U0114483

音韻探索

竺家寧 著

臺灣學生書局印行

自　序

　　聲韻學是研究國學的基礎學科。這門學科在清儒鍥而不捨的耕耘下，已經有了很好的成績。瑞典漢學家高本漢又運用了現代語言學，爲傳統的聲韻學開闢了新的格局，使它成爲一套精密的、有系統的科學。

　　筆者於1960年代開始，致力於斯學，迄今有三十年了。這三十年的研究生涯中，逐漸摸索出一個方向，以爲聲韻學要能獲得一些眞正的突破，必需結合傳統與現代。一方面充分吸收清儒的研究成果，一方面還必需熟悉現代語音學、語言學的觀念和方法。二者缺一不可。對中文系的研究者來說，後者尤不可忽略。如果缺少了語音學的基礎，不能熟悉音標的使用，正如同研究數學的人不懂阿拉伯數字，研究音樂的人不懂五線譜一樣。失去了有力的工具，就無法有效掌握古音的種種現象，而難免於迷失在茫然之中了。

　　這部書是筆者1973年至1992年之間發表的研究成果中，選出的16篇文章。另外加上兩篇附錄。內容重點放在上古聲母方面，特別是複聲母方面。前十篇和兩篇附錄都屬此類。這是因爲在整個聲韻學的領域中，複聲母代表了清代以後的一項新發展。它是繼「古韻分部」、「反切系聯」、「等韻學」之後的研究新趨勢。同時也是目前各類聲韻學教科書談的最少的部分。我們希

望藉著這部書，能有一些補足。

　　在全書的18篇文章中，有探索傳統材料的，如《說文》、《經典釋文》，有介紹西方漢學家研究成果的，如白保羅、蒲立本，有評述大陸方面研究概況的，可以說全面的呈現了當前複聲母研究的發展情形。讀者由此作爲門徑，自可逐步深入，升堂入室。希望有志於聲韻學的同好，能從這部書獲得一些幫助。

竺家寧　序於內湖

民八十四年九月

音韻探索　目　錄

附　　錄

《古漢語複聲母研究》提要

壹、緒　　論

　　因爲漢字本身不是標音文字，無法把各時代的音在字形上表現出來，所以研究漢語語音的歷史是一件十分繁雜的工作。清儒的古音學很發達，對古韵部的分析有卓越的貢獻，但是在古聲母方面，由於材料、方法、觀念的限制，所得的成績就差了一大截。直到黃季剛先生的十九紐，才大致爲單聲母建立了一個系統。

　　至於複聲母的可能性，清儒不曾觸及。最早提出探討的，是英國漢學家艾約瑟（ Joseph Edkins, 1876 ）。後來有高本漢的闡揚。國內最先倡導的，是林語堂氏。近十年來研究的風氣較盛，從初期的只提出證據，證明複聲母的存在，而演變到後期的專注於複聲母之形式、結構、數量、系統的探討。以下是幾部較有代表性的論著：

本國學者方面：
　　1.　林語堂〈古有複輔音說〉（一九二三）
　　2.　吳其昌〈來紐明紐古複輔音通轉考〉（一九三二）
　　3.　陳獨秀〈中國古代語音有複聲母說〉（一九三七）

4. 陸志韋《古音說略》（一九四三）

5. 董同龢《上古音韵表稿》（一九四四）

6. 杜其容〈部分疊韵連綿詞的形式與帶 1 複聲母之關係〉（一九七〇）

7. 周法高〈論上古音和切韵音〉（一九七〇）

8. 梅祖麟〈試論幾個閩北方言中的來母S-聲字〉（一九七一）

9. 李方桂〈上古音研究〉（一九七一）〈幾個上古聲母問題〉（一九七六）

10. 張琨〈 The Prenasalized Stop of MY, TB, and Chinese : A Result of Diffusion or Evidence of a Genetic Relationship? 〉(1976)

11. 陳新雄〈酈道元水經注裏所見的語音現象〉（一九七八）

12. 丁邦新〈論上古音中帶 1 的複聲母〉（一九七八）

13. 楊福綿〈遠古及上古*S K及*SKL聲母的擬構〉（一九七八）

歐美學者方面：

1. 高本漢《修訂漢文典》（一九五七）「中國聲韵學大綱」（一九五四）

2. 蒲立本〈古漢語的聲母系統〉（一九六二）

3. 班尼迪《漢藏語概要》（一九七二）〈漢藏語新探〉（一九七六）

4. 包擬古《釋名研究》（一九五〇）〈藏語sdud與漢語卒字的關係，以及st聲母的擬訂〉（一九六九）〈反映在漢語中的漢藏S-型複聲母〉（一九七三）

5. 薛斯勒〈上古漢語的詞頭〉（一九七四）〈上古漢語的R與L〉（一九七四）

6. 富勵士〈高本漢上古聲母商榷〉（一九六四、一九六七）《中國的語言》（一九七三）

7. 柯白林〈說文讀若聲母考〉（一九七八）

由以上的論著，可以窺知複聲母學說的沿革與發展。由於這些前輩學者的努力，使上古聲母在單聲母之外，補入了複聲母，更具備了一個完整的體系。本文的目的正是綜合前賢的成果，把歷來的複聲母學說作一集結、整理，並提出一些個人的淺見，在語音學的基礎上，擬出一套系統來。

本文研究的依據，以形聲字爲主，其他用得比較多的是漢代的聲訓、經典釋文和廣韵的反切又音、說文讀若與重文、異文假借。其他可用的材料還有古籍中的音注、古今方言、疊韵聯綿詞、同源詞、漢藏語言的對應。

研究方法是先客觀的歸納整個諧聲字，把所有異常諧聲（也就是不同發音部位而諧聲的）的字都網羅無遺，然後分類擬音。在歸類時，可以感覺到這些異常諧聲的字，實在呈現著相當的規律性，多數現象都能找到大量平行的例證，實在無法把它看成是偶然的。如不用複聲母解釋，實在很難再找到其他理由能給予一個完滿的解釋。對於這些古音材料，本文可能做到三點：

第一、從橫的方面看，所擬的音儘可能解釋所有的上古語音

材料，所觀察的是諧聲整組的相互關係，而不是截取聲系中三、兩個例子來遷就自己的系統。因此而將所有聲系歸入K、P、T、TS／S四大類發音部位中。例如K類聲系中的所有形聲字聲母必定有個舌根成分，既有此類似的成分，加上同類的韻母，自然在發音上就相近了，因而它們產生了諧聲關係。

第二、在縱的方面看，所擬的音不但要求其能成一個嚴密的系統，更要能說明其演變規律，讓每一個音的演化過程都合乎語音的常例。

第三、所擬的複聲母儘可能減少，如無需用複聲母解釋的，就維持原來的單聲母型式。複聲母的結構也儘量求平實簡單，避免過於繁雜。嚴學宭先生「原始漢語複聲母類型的痕迹」（一九八一年八月十四屆國際漢藏語言學會議發表）一文所擬訂的複聲母超過兩百種。其中還有pkts-、xmtsh-等複雜的型式。而本文只有-1-(-r-)、s-、ʔ-、t-四大類，共六十母而已。

貳、帶l或r的複聲母

帶舌尖邊音l的複聲母，歷來古音學者討論得最多，證據也最明顯。從l成分可以普遍存在於各類聲母中的情況看，這個l在很早的時代，很可能是個「詞嵌」。後來逐漸失去了辨義作用而殘留在聲母中，由構詞成分轉成了語音成分。另外，本文採用了李方桂先生的理論，即上古二等韻有介音r，莊系字、知系字、喻四也都有r成分，這樣的假設，往往能解釋許多諧聲的現象。這個r和l性質相近，都屬舌尖部位的流音，所以合在一起討論。

這類複聲母的演化規則是：

一、凡是不送氣濁塞音、基擦音加l的，就失落前一成分。

二、凡是其他音加l的，就失落後一成分。

這類複聲母可以分爲六小類：

一、PL-型

聿　r-/ϕ-　筆　pl-/p-（斜線之前爲上古音，後爲中古音）

樂　l-/l-　𤔌　pr-/p-

䜌　l-/l-　變　pl-/p-

侖　l-/l-　錀　p'l-/p'-

風　p-/p-　嵐　bl-/l-

龍　l-/l-　龐　b'l-/b'-

二、TL-型

來　l-/l-　𪎭　tr-/ʈ-

賴　l-/l-　獺　t'l-/ʈ-

兌　d'-/d'-　銳　dl-/l-

利　l-/l-　莉　d'r-/ɖ-

三、KL-型

婁　l-/l-　屨　kl-/k-

立　l-/l-　泣　k'l-/k'-

京　k-/k-　涼　gl-/l-

    翏 l-/l- 璆 g′l-/g′-

四、TSL-型

    僉 ts′l-/ts- 臉 l-/l-
    令 l-/l-   斿 tsl-/ts-
    子 ts-/ts- 李 dzl-/l-

五、NL-型（N代表鼻音）

    里 l-/l- 埋 mr-/m-
    文 ml-/m- 峇 l-/l-
    魚 ŋl/ŋ 魯 l-/l-
    亂 l-/l- 薍 ŋr-/ŋ

六、FL-型（F代表擦音）

    史 sr-/s- 吏 l-/l-
    立 l-/l- 颯 sl-/s-
    鹿 l-/l- 麤 xl-/x-
    翏 l-/l- 嘐 xr-/x-

叁、帶s-的複聲母

  這類複聲母的演變不外三種情況：

  一、音位失落——例如：sr-、sg-、sb-皆變爲中古s-，後面的濁音消失。印歐語也有spr-變sp-一類的失落現象。

二、音素易位——例如：st變ts。英文也有類似的現象:woeps>wasp、ax>ask。

三、顎化作用——例如：skj-變tɕ。英文的類似變化有skip>ship、fisk>fish。

S-複聲母也可以視爲遠古詞頭的遺留。本文共分作四小類：

一、ST-型

左	st-/ts-	隋	t'-/t'-
耑	t-/t-	端	st'-/ts'-
亶	t-/t-	羶	sd'-/ɕ-
單	t-/t-	闡	sd'-/dz'-（>dʒ'-）
妥	t-/t-	綏	sr-/s-

二、SK-型

支	sk-/tɕ-	妓	k-/k-
區	k'-/k'-	樞	sk'-/tɕ'-
曷	g-/ɣ-	鶡	sg'-/dʑ'-（食列切）
宣	sg-(sr-)/s-	喧	x-/x-
血	sx-/x-	恤	s-/s-

三、SP-型

必	p-/p-	瑟	sb-(sβ-)/s-
卞	b'-/b'-	㸤	sb'-(sβ'-)/s-

四、SN-型（N代表鼻音）

  尾　sm-/m-　　犀　s-/s-

  襄　s-/s-　　　囊　sn-/n-

  埶　sŋ-/ŋ-　　　鷙　s-/s-

  叔　sd-/ɕ-　　　怒　stn-/n-

肆、帶ʔ-的複聲母

  以喉塞音開頭的字，在語言中很普遍，例如：德語、丹麥語皆然。趙元任 Language and Symbolic Systems 一書曾指出ʔ-常伴隨 p、t 兩類塞音出現（二〇頁）。本文的歸納，正發現有ʔp-與ʔt-兩型複聲母。ʔ-是個弱勢音，所以在演化過程中，上古的這個 p-成分都失落了。舉例如下：

一、ʔT-型

  合　g-/ɣ　　　答　ʔtt

  君　k-/k-　　　涒　ʔt'-/t'-

  谷　k-/k-　　　俗　ʔd-/d-(>z-，案在本文系統中邪母z-來自上古的d-）

  貴　k-/k-　　　穨　ʔd'-/d'-

二、ʔST-型

  告　k-/k-　　　造　ʔst'-/st'-(>ts'-)

  今　k-/k-　　　岑　ʔsd'-/sd'-(>dz'-)

堯　ŋ-/ŋ-　燒　ʔsd-/sd-(>ɕ-)

畫　g-/r-　攙　ʔst-/st-(>ts-)

三、ʔP-型

各　k-/k-　貉　ʔʔ p'-/p'-

斌　ʔp-/p-　贇　ʔ-/ʔ-

夸　k'-/k'-　鮬　ʔb'-/b'-

四、ʔN-型（就音位而言，也可以寫作KN-型，N代表鼻音。）

堯　ŋ-/ŋ-　撓　ʔn-/n-

久　k-/k-　畝　ʔm-/m-

伍、帶t-的複聲母

　　在一般語言結構上，塞音做爲複聲母首一成分的，比較少見。可是從諧聲的證據看，許多非t類的中古聲母，在聲系中都和t類字接觸。很可能這些非t類字在上古前面帶有t-成分。這個t-成分很可能是由更早的詞頭演變而成。這類詞頭在藏緬語中是很普遍的。例如：班尼迪的「漢藏語概要」曾舉出幾個藏緬語d-詞頭的字：「六」d-ruk、「九」d-kuw、「熊」d-wam、「虎」d-key、「鹿」d-yuk、「蟹」d-kay等。

　　在寫法上，這個舌頭音詞頭如果出現在清音前就是t-，如果出現在濁音前就是d-。這是語音同化作用的影響，二者不構成對立。

在演變上，這個t詞頭後世全都失落了。共分爲三小類：

一、TK-型

自	t-/t-	歸	tk-/k-
它	t'-/t'-	牠	tk'-/k'-
佳	t-/tɕ-	帷	dg-/g-(>ɣ-)
氏	t-/tɕ'-	祇	dg'-/g'-
台	t-/t-	哈	tx-/x-
多	t-/t-	黟	tʔ-/ʔ-

二、TP-型

勺	t-/tɕ-	箹	tp-/p-
朱	t-/tɕ-	眹	tp'-/p'-
乏	db'-/b'-	鈂	d'-/d'-

三、TN-型（N代表鼻音）

朝	t-/t-	廟	dm-/m-
占	t-/tɕ-	黏	dn-/n-
多	t-/t-	宜	dŋ-/ŋ-

陸、結　論

以上的四大類複聲母都有可能由遠古的詞頭、詞嵌變來，後世因喪失辨義功能，乃由構詞成分轉爲構音成分。根據班尼廸的

研究，藏緬語有六類詞頭，和本文所歸納出來的系統十分接近。
茲比較如下：

　　漢語　　　s-　　-l-　-r-　　ʔ-　　t-　d-

　　藏緬語　　s-　　r-　　　g-　　　d-　b-　m-

　　其中，漢語的ʔ-也可能是遠古g-弱化形成。漢語似乎還少了
b-、m-兩類，實際上並不缺這兩類，只是本文歸類時，歸入其
他類了。例如bl-、pl-、p'l-、b'l-、ml-都歸入了l類，如果單獨
列出，不是跟藏緬語完全符合了嗎？由於漢語與藏緬語的同源，
這種類似恐不單是巧合而已。

　　複聲母已不存於現代方言，它的消失時代可能在漢代，由前
列包擬古、柯白林的論文可窺知一、二。因為漢代的資料顯示，
可供引證的複聲母數量大為減少。我們可以推測它消失的時代大
約和反切產生的時代相銜接。

上古漢語帶喉塞音的複聲母

壹、緒　論

　　複聲母的學說由英國漢學家艾約瑟（Joseph Edkins）提出至今已有百年歷史，其後有瑞典漢學家高本漢的闡揚，中國學者最先倡導的是林語堂氏，這十年來研究風氣漸盛，尤其是帶舌尖邊音與舌尖清擦音兩類，討論得比較深入，筆者對形聲字作了全盤整理分析，提出了另外一類前人較少觸及的複聲母：帶喉塞音的複聲母，除了形聲字所呈現的規律性，本文也採用了古籍中的其他資料作爲旁證，所擬訂的系統務求在橫的方面能解釋各種異常的諧聲現象，縱的方面能說明歷史的演變。

　　擬構複聲母，首先要以已經確定的上古單聲母做基礎，綜合前賢的研究成果，筆者擬訂了這樣一個單聲母系統：

牙喉音　k（見）k'（溪）g'（群）ŋ（疑）ʔ（影）x（曉）
　　　　g（喻三、匣）

舌頭音　t（端、知、照）t'（透、徹、穿）d'（定、澄、神、禪）d（邪、俟）n（泥娘日）

齒頭音　ts（精、莊）ts'（清、初）dz'（從、床）s（心、疏）

重唇音　p（幫）p'（滂）b'（並）m（明）m̥（曉）

　　　流　音　1（來）r（喻四）

以上共廿三母（審母源於複聲母）。

在諧聲中，或其他材料裡，什麼聲母的接觸是正常的，什麼聲母的接觸是異常的，必需先訂出個標準，我們才能進一步去處理這些異常的接觸，根據音理爲之找出本來的面貌，本文所提出的原則如下：

　　一、舌根音中，k、k′、g、g′、ʔ都是塞音，它們可以互相諧聲，擦音x也可以歸入，因爲在漢語的習慣中，k、k′、x往往視爲相近的音，我們可以在現代方言裡找到k：x通轉的例證，像曉母的「許」字，閩南語念k′。一字兩讀也反映了它們的關係，像「昊」字就兼有k-、x-二音，這一大類總稱爲K類聲系。

　　二、鼻音的問題，本文依高本漢的辦法，認爲ŋ可以和K類聲系諧聲，m可以和P類諧聲，因爲這個ŋ-與m-在上古某些方言中，發音可能近似塞音，正如現代閩南語一樣，李方桂雖訂了鼻音不跟非鼻音諧聲的原則，對於ŋ和k，m和b諧聲的字，並未另作處理。

　　三、舌尖塞音t、t′、d、d′是同類聲母，它們的相互諧聲是正常的，舌尖閃音r也可以歸入這類，這一大類總稱爲T類聲系。

　　四、塞擦音ts、ts′、dz′和擦音s同屬一類，它們和舌尖塞音不能諧聲，如果發現有接觸，就表示它們上古另有讀法，或許有人會懷疑，k既能諧x，爲何t不能諧s？從發音性質上說，偏後的音，調節作用變化較少，偏前的音，調節變化較豐富，所以偏前的音分得細，種類多，在音感上，s：t和x：k其相似度是不能相提並論的，如果細加辨別，t和ts、s雖說都是舌尖音，發音部位

卻不完全相似，t是舌尖向上升起，碰到上齒齦，ts、s是舌尖向前抵住下齒背（或上齒背），因此古人要把t歸入舌音，ts、s歸入齒音了。

這一大類總稱爲Ts/s類聲系。

五、唇音p、p'、b'是一類，鼻音m也可以歸入，相互諧聲，這一大類總稱爲P類聲系。

六、鼻音n不和t諧聲，卻能和l諧聲，現代長江流域的方言還有許多是n,l不分的，另外r也可以和這組相諧，都是舌尖部位的流音。

七、如果發現Ts/s類字和T類字諧聲，那麼，這些Ts/s上古都是帶塞音（如st→ts）或閃音（如sr→s）的複聲母，包擬古（N. C. Bodman）在一九六九年曾提出一個主張，認爲有些ts在上古是st，經過「音素易位」（metathesized）而演化成塞擦音，李方桂在一九七六年，也做了這樣的擬訂：

　　　　st'→ts'（催、邨等字）

　　　　sd→dz（寂、摧等字）

由於這項啟示，我們可以把和塞音接觸的ts、ts'、dz'擬訂爲st、st'、sd'（上古音），至於和舌尖塞音接觸的心母，可以採用周法高的主張，擬作sr，本文沒有照李方桂的辦法，把心母定爲st，審母定爲st'，就是爲了避免跟這類ts、ts'、dz'的上古音相衝突。

本文把審母（三等）擬爲sd，心審諧聲的例子很多，就是因爲它們是sr：sd的關係，第二成分都是不送氣舌尖濁音，錢大昕《十駕齋養新錄・卷五》「翻切古今不同」一文引《顏氏家

訓·音辭篇》云：「《字林》音伸（審母）爲辛（心母）」錢氏注云：「古無心審之別」，周祖謨〈審母古音考〉亦云：「然而今之審母三等字，尚有一類不可詳考者，其古音蓋讀與心母相近。」二氏都從語音史料中證明心、審上古相似。

八、和聲母密切相關的，是聲母後頭的介音。本文認爲上古也有開口、合口的區別，而二等韵則採李方桂之說，上古有個r介音。三等介音是j，四等是i，和中古一樣。

九、喉牙音和舌齒音通轉的問題，古音學者提出了幾種不同的解釋，董同龢把這些舌齒音擬爲舌根前音，因而和喉牙音諧聲；陸志韋認爲是喉牙音的齶化，所以和舌齒音相諧。董氏說法的漏洞，周法高已在「論上古音和切韵音」第三五九頁加以評述。陸氏的假定，也由於並非所有通舌齒音的喉牙音都是細音，而無法成立。

周法高對於這個問題提出另外一套見解：

> 究竟上古音有沒有 tk、t′k、dg、st′k 等複輔音，這倒是一個問題，假如有的話，倒可以連舌根音和舌頭舌上音的諧聲關係都可以解決了，不像董說只能解決一部分，我另外有一個想法：是不是和舌根音發生關係的舌音和正齒三等前面有一個喉塞音：ʔt、ʔt′、ʔst′？起碼我們可以這樣寫。

李方桂在一九七一年用SK 型複聲母來擬構這些舌齒音，以便和牙喉音諧聲。

本文參酌了周氏、李氏的看法，做如下的處理：

㈠舌根音和照系三等字接觸的，把這些照系三等字擬爲SK

型（→tɕ）。

　　㈡舌根音和舌頭音接觸的，如屬舌根聲系，就把這些舌頭音擬爲帶喉塞音詞頭的複聲母，即ʔt型（→t）。

　　㈢舌根音和舌頭音接觸的，如屬舌尖聲系，就把這些舌根音擬爲帶舌頭音詞頭的複聲母，即tk型（→k）。

　　把這個擬構運用到諧聲上，竟然每一組聲系都獲得了解決，尤其是t-、ʔ-詞頭的假定，更能以簡御繁，澈底解決了牙喉音和舌齒音諧聲的難題。

　　基於以上九項原則，本文分析全部形聲資料後，擬訂了上古漢語帶喉塞音的複聲母。

貳、喉塞音複聲母的性質

　　這類複聲母往往出現在首位，所以可以把它看爲一個詞頭，這個詞頭在更早的時代，或許有辨義作用，可是在諧聲時代，它的作用逐漸消失，只在語音上留下痕迹，成爲複聲母的一個成分。

　　在漢藏語族裡，詞頭是普遍存在的，班尼迪的《漢藏語概要》（ Benedict, Sino-Tibetan : A conspectus, 1972 ）一書曾舉出藏緬系語言具有豐富的詞類，所列舉的詞頭中，正有g-一類，本文的喉塞音詞頭，事實上可以視爲一個牙喉音（塞音）成分的總代表，如果把這個喉塞音換成舌根塞音g-或k-，也無不可。在音位上，它們並無區別，在形聲資料所呈現的複聲母系統中，它們沒有對立性，本文之所以訂爲喉塞音，只是爲便於描述其演變而

已，也許它在早期具有詞頭功能時，是個g-或k-，後來轉爲複聲母就弱化爲喉塞音了。

班尼迪的研究，曾爲詞頭的演化，做了說明：

「These elements are peculiarly subject to replacement or loss」（103頁）

「Sgaw（屬卡倫語系的一個方言）has a fairly extensive set of prefixes, sometimes alternating with initial consonant clusters.」（132頁）

「In many instances, no function can be assigned these elements, i.e. loss of morphological utility had already occurred in proto-TB times.」（96頁，TB指藏緬語）

班氏指出，詞頭的功能到今天大都無法辨認了，像g-詞頭之後，他就註明「funtion unknown」（97頁），漢語的情況也應該一樣。

有些語言中，常存在著喉塞音的起頭，例如德國北部語，幾乎所有的字首母音前都帶個喉塞音，尤其在重讀時，更爲明顯。

喉塞音如果和輔音結合，總是伴隨著p、t兩類塞音，趙元任所著《Language and Symbolic Systems》(1968) 一書第20頁說：

With consonants, one can have glottalized stops formed with oral closure for〔p〕、〔t〕etc, made simultaneously with a glottal stop, which are often met with in American Indian Languages.

本文所發現的材料，上古漢語的喉塞音也正是出現在p、t兩類聲母前。

叁、喉塞音和舌頭音相連的複聲母

這類複聲母我們可以寫做ʔT-型,高本漢的《修訂漢文典》和陸志韋的諧聲統計表中,喉塞音和舌根音以外的聲母接觸的實在很少,但是我們仍可以從其他方向發現帶ʔ-的複聲母實普遍存在於上古音中,在演化過程中,這個ʔ-成分失落了,ʔ-本來就是個弱音,很容易失落,例如漢語韻尾的-t、-k就是轉為-ʔ之後,整個消失了(現在只保存在東南沿海)。

ʔT→型複聲母共有四個:

ʔt→t(端、知、照)

ʔt′→t′(透、徹、穿)

ʔd→d(邪、俟)

ʔd′→d′(定、澄、神、禪)

下面分別討論這四個複聲母。

(一)ʔt→t

1. 夅(下江切)g/ɤ:憃(陟降切)ʔt/ȶ

按「憃」字的原始聲符是「夅」,它們的發音應當相近,韻母既已類似,聲母也應該以牙喉音開頭,如此才能相諧,後來產生了ʔt→t→ȶ的變化。

為什麼不把聲符訂為dg-(→g→ɤ),以之和單純的t-(→ȶ諧聲呢?因為「夅」另外還做來母「隆、窿」的聲符。dg:gl(→l)的關係不如g:gl合理,所以我們還是把這個聲系假定為K類聲系(即舌根類聲系)。

2.　咸（胡讒切）g/ɣ感（古禪切）k/k：憾（都感切）ʔt/t

按從咸得聲的字大多是牙喉音，所以是K類聲系。

3.　尸（侯古切）g/ɣ：雇（古暮切）k/k：妒（當故切）ʔt/t

4.　今（居吟切）k/k：念（奴店切）kn/n：唸（都念切）ʔt/t

按從"今"得聲的字大多是牙喉音，因此是K類聲系，「念、唸」也不例外，上古必帶一個牙喉音成分於字首。這兩字的第二音位又都是舌尖音，有如此的近似關係，故能相諧。

5.　鬼（居偉切）k/k：腿（都罪切）ʔt/t

按從鬼得聲的字共47個，除了「腿」，都是牙喉音，所以這個聲系必然是K類，「腿」在上古也當有個牙喉音字頭。

6.　咼（苦緺切）k'/k'：過（古禾切）k/k：樆（陟瓜切）ʔt/ȶ

按此聲系共有58字，其中55個中古都屬牙喉音，所以是K類聲系，則上古「樆」也必帶牙喉音字頭。

7.　艮（古恨切）k/k：頣（多殄切）ʔt/t

按「頣」字《說文》作「頗」，頰後也，從頁㐱聲，段注云：古恨切，十三部，《廣韵》銑韻「頣」：頰後也，多殄切，又古很切，廣韵的兩讀正反映了原來的ʔt-複聲母，其聲符「艮」字《說文》作「㿻」，很也，從匕目，段注，古恨切，十三部。

8.　合（侯閤切）g/ɣ：答（都合切）ʔt/t：劄（竹洽切）ʔt/ȶ：榙（侯閤切）g/ɣ

按「答」亦作「荅」，《說文》「荅」，小尗也，從艸合聲，段注，都合切，七部，從「答」得聲的字既有舌頭音「劄」，又有舌根音「榙」，很顯然「答」字在上古必兼具牙喉音與舌頭音，而爲一複聲母。

9. 甲（古狎切）k/k ：笚（都搕切）ʔt/t

按從「甲」得聲的26字中，有25字中古屬牙喉音，所以這必是個K類聲系，《廣韵》「笚」，竹相擊，上古必是個帶牙喉音字頭的複聲母。

10. 臽（苦感切）kʹ/kʹ：䶎（竹咸切）ʔt/ȶ，（苦咸切）kʹ/kʹ

按從「臽」得聲的字大多是牙喉音，有一小部分是舌頭音，當然也有可能聲符是個T-類的複聲母tk-/kʹ，但是從「䶎」字本身有兩讀，可推測它上古是個兼具牙喉音與舌頭音的複聲母，後世才有可能分化爲牙喉的kʹ和舌頭的t(→ȶ)兩讀。

(二)ʔtʹ→tʹ

11. 于（羽俱切）g/ɣj：雩（音同前）：嶀（他胡切）ʔtʹ/tʹ：摴（丑居切）ʔtʹ/ȶʹ

12. 爰（雨元切）g/ɣj：暖（吐緩切）ʔtʹ/tʹ

13. 號（胡刀切）g/ɣ：饕（土刀切）ʔtʹ/tʹ

按從「號」得聲的字共6個，除「饕」外，都是中古牙喉音字，故「饕」上古應該是帶ʔ-的複聲母，才能相諧。

14. 共（九容切）k/k：巷（胡絳切）g/ɣ：替（丑降切）ʔtʹ/ȶ

15. 䀗（舉朱切）k/k：謼（丑亞切）ʔtʹ/tʹ，（古罵切）k/k

按「謼」字兼具喉牙與舌頭兩讀，反映了上古的ʔtʹ型複聲母。

16. 君（舉云切）k/k：涒（他昆切）ʔtʹ/tʹ

按「君」聲系共26字，其中25字皆屬中古牙喉音，故「涒」字上古亦當有個牙喉字頭。

17. 幵（古賢切）k/k：評（他前切）ʔtʹ/tʹ

18. 今（居吟切）k/k ：貪（他含切）ʔt'/t'

按高本漢無法解釋這組諧聲，他就否定了「貪」是從「今」得聲，他在《漢文典》291頁第645組a條之下說：

今can hardly be phonetic, so this is probably a compound ideogram.

事實上，《說文》貝部明明說：「貪，欲物也，從貝今聲」，如果依本文的系統，擬爲ʔt'仍然可以和「今」相諧。

19. 敢（古覽切）k/k ：厰（吐敢切）ʔt'/t'，（魚金切）ŋ/ŋ：澉（吐濫切）ʔt'/t'

按從「敢」得聲的共有三十字，其中26字中古屬牙喉音，所以這是個K類聲系，則「厰、澉」也必然帶牙喉字頭，尤其「厰」字兼有牙喉，舌頭二讀，正反映了上古的這類複聲母。

20. 契（苦計切）k'/k' ：趆（丑例切）ʔt'/t'

21. 見（古電切）k/k ：覝（他典切）ʔt'/t'

按從「見」得聲的共有28字，其中25字中古屬牙喉音，所以這是個K類聲系，「覝」字在廣韵銑韵「面慙也」。

22. 合（侯閤切）g/ɤ ：㙮（他合切）ʔt'/t'

23. 合（侯閤切）g/ɤ ：拾（是執切）sg'/ʑ：潝（丑入切）ʔt'/t'

24. 區（豈俱切）k'/k' ：貙（敕俱切）ʔt'/t'

25. 臽（苦感切）k'/k' ：閻（余廉切）gr/r ：謟（丑琰切）ʔt'/t'：個（丑減切）ʔt'/t'

按前面第10條把這個聲系假定爲K類，則「謟、個」的第一成分本來都是個牙喉音，第二成分都是舌頭音，故能諧聲。

26. 監（古銜切）k/k ：艦（吐濫切）ʔt'/t'

27. 殼（苦擊切）k'/k' ：軟（他計切）ʔt'/t'

按此聲系共28字中，有27字是牙喉音，所以在上古必然是個K類聲系，「軟」字《廣韻》作「軟」，見霽韵，唾聲。《說文》欠部：且唾聲，從欠殼聲。

28. 臾（求位切）g'/g' ：貴（居胃切）k/k ：債（吐猥切）ʔt'/t'

按本聲系共60字，絕大部分屬牙喉音。

(三)ʔd→d

29. 育（烏縣切）ʔ/ʔ ：圓（似宣切）ʔd/d/z

30. 惠（胡桂切）g/ɣ ：穗（徐醉切）ʔd/d/z

31. 公（古紅切）k/k ：松（祥容切）ʔd/d/z ：頌（似用切）ʔd/d/z

按本系大多爲中古喉牙音字，故上古均歸之於K類，「頌」又音「餘封切」gr/r/∅，其上古之ʔd-、gr-兩讀當係方言之音轉，因爲首一成分皆喉牙音，第二成分皆舌尖濁音，十分類似。

32. 今（居吟切）k/k ：枔（徐林切）ʔd/d/z

33. 谷（古祿切）k/k ：俗（似足切）ʔd/d/z

34. 臽（苦感切）k'/k' ：閻（余廉切）gr/r ：燗（徐鹽切）ʔd/d/z

按此系參見前第10,25條。

(四)ʔd'→d'

35. 贛（古禫切）k/k ：齽（徒紺切）ʔd'/d'

按本系共17字，有14字中古屬牙喉音，故上古必爲一K類聲系。

36. 宮（居戎切）k/k ：敳（徒冬切）ʔd'/d'

按從「宮」聲的字，除「敳」外，中古皆牙喉音。

37. 貢（古送切）k/k ：韻（徒弄切）ʔd'/d'

按從「貢」聲的字，除「韻」外，中古皆牙喉音。

38. 庚（古行切）k/k ：唐（徒郎切）ʔd/d'

按「唐」見說文口部：大言也，從口庚聲，從庚聲的字，除「唐」外，中古皆牙喉音。

39. 兼（古甜切）k/k ：廉（力鹽切）gl/l ：賺（佇陷切）ʔd'/d'

按「廉、賺」二字在上古的聲韻關係是：第一成分皆牙喉音，第二成分皆舌尖濁音，故能相諧。

40. 敢（古覽切）k/k ：噉（徒敢切）ʔd'/d'

41. 咼（苦緺切）k'/k' ：碢（徒和切）ʔd'/d'

42. 臽（苦感切）k'/k' ：窞（徒感切）ʔd'/d' ：啗（徒感切）ʔd'/d'

按「啗」廣韻通「噉（見前第40條），啖」，皆「噉」食之義。

43. 臽（苦感切）k'/k' ：閻（余廉切）gr/r ：藺（徒感切）ʔd'/d'

按本系字可參考前第10,25,34,42各條。

44. 示（巨支切）g'/g' ：奈（奴帶切）ʔn/n ：隸（除邁切）ʔd'/d'd'

按從「示」得聲的字大多屬中古牙喉音，「示」字有二讀：巨支切g'/g'，同「祇」，地祇神也；神至切sg'/dz，垂示也。中古音雖迥別，上古實係一音之轉。「奈」字《說文》木部：奈果也，從木示聲，段注：假借爲奈何字，古音十五部，其擬音參考後ʔn→n一節，「奈，隸」二字上古音的第一成分都是喉塞音，第二成分都是舌尖濁音，故能相諧。

45. 貴（居胃切）k/k ：魋（杜懷切）ʔd'/d' ：隤（杜回切）ʔd'/d'

以上四十五條形聲字的證據說明了上古ʔT-型（T代表t、t'、

d、d'四種輔音，相當於舊稱之「舌頭音」一詞）複聲母的存在，這一大批例證如不作這樣的擬構，似很難再找出其他合理的解釋了。何況，下面還可以舉出一些形聲字以外的證據，做爲ʔT-型複聲母的旁證。

46. 陸德明《經典釋文・儀禮音義》「校」字胡鮑反（g/ɤ），又丁孝反（t）。

47. 《釋文・周禮音義》「傀」字，李軌杜回反（d'），《廣韻》、《字林》皆公回反（k）。

48. 《釋文・毛詩音義》「趙」字，沈旋起了反（k'），又徒了切（d'）。

以上三條又讀的旁證，可以解釋爲上古ʔT-型複聲母的分化，因爲兩音的關係都是韻母相近，聲母一爲牙喉類塞音，一爲舌頭音，這種又讀很可能是同源的。

49. 《禮記・緇衣》「祈寒」注：「祈（g'-）之言是（d'/z）也，齊西偏之語也」。《春秋・隱十年・左穀》「會鄭伯於時（d'/z）來」，《公羊》作「祁（g'）黎」，《春秋宣二年・左傳》「右提（d'）彌明」《公羊》作「祁（g'）彌明」。

這三條異文的資料都顯示了牙喉音和舌頭音的通假，通假必需音近，因此這些資料也可能反映了ʔT-型複聲母。

50. 《說文》：「啁（t-），嘐（kr-）也」（蕭部）

51. 《說文》：「鬭（t-），遇（ŋ）也」（侯部）

52. 《說文》：「襘（k-），帶（t-）所結也」（曷部）

53. 《說文》：「兄（x-），長（t-）也」（唐部）

54. 《說文》：「永（g-/ɤj-），長（t-）也」（唐部）

55. 《説文》：「佗（t'-），負何（g-）也」（歌部）

56. 《説文》：「倀（t'-），狂（g'-）也」（唐部）

57. 《説文》：「坦（t'-），安（ʔ-）也」（寒部）

58. 《説文》：「荼（d'-），苦（k'-）荼也」（模部）

59. 《説文》：「詞（d'-），共（g'-）也」（東部）

60. 《説文》：「共（g'-），同（d'-）也」（東部）

61. 《説文》：「屠（d'-），刳（k'-）也」（模部）

62. 《説文》：「滑（k-），多（t-）汁也」（歌部）

63. 《説文》：「窞（d'-），坎（k'-）中更有坎也」（添部）

64. 《説文》：「穀（k-），續（d-/z-）也」（屋部）

65. 《説文》：「訩（x-），訟（d-/z-）也」（東部）

66. 《説文》：「犞（d'-），讀若糗（k'-）」（蕭部）

67. 《説文》：「乚（k-），讀若𨑏（t-）」（曷部）

68. 《説文》：「蚳（d'-），讀若祁（g'-）」（灰部）

69. 《説文》：「婳（k-），讀若旬（d-）」（先部）

70. 劉熙《釋名》：「輈（t-），句（k-）也」（蕭部）

71. 《釋名》：「緩（g-），浣（g-）也，斷（t-）也」（寒部）

72. 《釋名》：「苦（k'-），吐（t'-）也」（模部）

73. 《釋名》：「階（k-），梯（t'-）也」（灰部）

74. 《釋名》：「檀（d'-），坦（g-/ɣj-）也」（寒部）

75. 《毛詩·彤弓》：「蠱（k-），韜（t'-）也」（蕭部）

76. 《毛詩·小弁》：「佗（t'-），加（k-）也」（歌部）

77. 《毛詩·綿》：「土（t'-），居（k-）也」（模部）

78. 《毛詩·卷耳》：「永，長也」

79. 《毛詩·文王》：「永，長也」

以上兩條亦見第54條說文音訓。

80. 《毛詩·小明》：「介（k-），大（d'-）也」（曷部）

81. 《毛詩·節南山》：「訩（x-），訟（d-）也」（東部）

82. 《毛詩·小旻》：「潰（g-），遂（d-）也」（沒部）

83. 《毛詩·泮水》：「囚（d-），拘（k-）也」（蕭部）

從以上第50條至83條包含了《說文》、《釋名》、《毛詩》的音訓和讀若，這些材料，相關的兩字都屬同一上古韻部，聲母正好都是一個牙喉音，一個舌頭音，這樣多而整齊的現象很難說是偶然的巧合，它們很可能反映了一個古代「牙喉音＋舌頭音」的複聲母，因為音訓必然聲音要相近，除了韻母相近，聲母也不會如中古一樣，一個喉牙，一個舌頭，相去這樣遠，雖然我們很難確知複聲母是存在於兩字中的哪一方，但和形聲材料合起來看，它們所呈現的一致性，我們除了用這樣的複聲母去說明外，還能有其他更妥善的解釋嗎？

肆、喉塞音和ST-相連的複聲母

帶喉塞音的複聲母除了上述類型外，還有一種較複雜的ʔST-型，它到了中古演化成舌尖塞擦音：

ʔst→st→ts

　　這兩個階段的演變和上古聲母演化的一般規律相符合——首先失落字首的喉塞音，正如前述類型一樣，然後發生音位轉移，這又和某些ts系字的演化一致。

　　本類複聲母的擬訂是由於諧聲字或其他古音材料上，常有精、莊系字和牙喉音接觸的現象，因此我們可以推測這些ts聲母應該還帶著個牙喉音成分，但擬作ʔts-在語音結構上或音位分配上不如ʔst-來得自然，況且有些ts本來就是由st演化來的。

　　ʔST-型複聲母可以細分爲以下四種：

　　　　ʔst→st→ts（精、莊）

　　　　ʔst′→st′→ts′（清、初）

　　　　ʔsd′→sd′→dz′（從、床）

　　　　ʔsd→sd→ɕ（審）

　　前三類的演化經過了音位轉移的階段，末一類則否，而是音位失落，然後顎化，通常，不送氣濁音較傾向於失落，筆者依據形聲資料的歸納，發現l類複聲母也是這樣的：dl→l，d′l→d′。例如：

　　　　同（徒紅切）d′/d′：祠（盧紅切）dl/l

　　　　貪（他含切）t′/t′：儖（郎紺切）dl/l

　　　　童（徒紅切）d′l/d′：龍（力鍾切）l/l

　　　　列（良辥切）l/l：劽（直例切）d′r/d

　　楊福綿先生1978年在台灣師範大學發表的「遠古及上古SK及SKL聲母的擬構」提出一個這樣的系統：

　　　　ʔsk→ts

　　　　ʔsk′→ts′

ʔsg′→dz′

複聲母的第一和第三成分都是牙喉音，固然在解釋它和牙喉音接觸的現象時，更顯得近似，但在演變上就很難說明了，爲了遷就諧聲語音上的密合，而忽略了演化上音理的說明也是不夠圓滿的。

本文所提出的ʔST-型，儘可能兼顧語音的演化，而第一成分的喉塞音，就足以表明這類字和牙喉音的音近關係了。

下面是諧聲的證據：

1. 告（古到切）k/k ：造（七到切）ʔst′/ts′

按從「告」得聲的字大多是喉牙音，所以這是個K類聲系，因此假定「造」字在上古也有個喉牙音的字頭，其又音「昨旱切」同樣由ʔsd′→sd′→dz′的過程形成，幾個從「造」得聲的字，可以做這樣的解釋：糙st′/ts′，嘈sr/s，簉st′/ts′。「造」字若用楊氏的擬訂ʔsk′就不易處理這批從「造」聲的字。

李方桂先生在「上古音研究」第二十頁也提到「造」字：

上古sk′→ts′（？）如「造」

上古sg→dz（？）如「造」

顯然李氏也沒能找出「告：造」諧聲的原因。他擬了一大批SK型複聲母，主要是解決舌根音與照系三等字的諧聲，因爲「造」字的聲符是舌根音。所以李先生也把它納入SK型中。但對於它的演變又無法解釋，所以打了個問號。楊氏承襲了這個系統，又在「造」字前面增了個喉塞音，以說明和其他SK類字的分化條件，但是仍未能徹底解決問題。

2. 學（胡覺切）g/ɣ ：𥢓（土角切）ʔsd′/dʒ′

按《說文》水部：「夏有水，冬無水，曰潒，從水學省聲，讀若學」段注：胡角切，三部。

3. 角（古岳切）k/k：捔（土角切）ʔsd'/dʒ'

4. 夾（古洽切）k/k：浹（子協切）ʔst/ts

5. 及（其立切）g'/g'：扱（楚洽切）ʔst/tʃ'

6. 行（胡郎切）g'/ɤ：衙（助庚切）ʔsd'/dʒ'

按「衙」字《廣韵》「角長貌」。

7. 戶（侯古切）g/ɤ 所（疏舉切）sg/ʃ：斵（創舉切）ʔst'/tʃ'，（疏舉切）s/ʃ

按「斵」的又音s-可能是早期ʔst'的中間一個音位的殘留。「所」的聲符是「戶」g/ɤ。

8. 惠（胡桂切）g/ɤ：轒（此芮切）ʔst'/ts'

按從「惠」聲的字皆可納入喉牙類：例如鷒km/m，繐sg/s，穗ʔd/z，鶂gr/r

9. 畫（胡卦切）g/ɤ：擿（簪摑切）ʔ st/ts，（于馘切）g/ɤj

按「擿」的又讀g-可能是早期複聲母中喉牙成分的殘留。

10. 隺（胡沃切）g/ɤ：篧（側角切）ʔst/tʃ

11. 公（古紅切）k/k：悤（倉紅切）ʔst'/ts'：怱（七恭切）ʔst/ts'

按廣韵「怱」爲忽的俗寫，「迚」，遷也。

12. 今（居吟切）k/k：鈐（昨淫切）ʔsd'/dz'：岑（鋤針切）ʔsd/dʒ'

按幾個從「岑」得聲的字，有喉牙音的，也有舌頭音的，可證聲符「岑」必具有兩種成分，才能和兩類迥異的字相諧，它們是：

岑ʔsd'/dʒ'：涔sd/dʒ'：臜g'/g'：鯵sd'/dz'：傪d'/ʐ

13. 今（居吟切）k/k 頷（土痒切）ʔsdˊ/dʒˊ，（丘广切）kˊ/kˊ

按「頷」字《廣韵》儼韵作「顉」，醜也，其又音kˊ反映了早期的喉牙音字頭。

14. 敢（古覽切）k/k ：獑（楚鑒切）ʔstˊ/tʃˊ

15. 豦（強魚切）gˊ/gˊ：齟頻（廣韻作齟，鋤誤切）ʔsdˊ/dzˊ

16. 巂（戶圭切）g/ɣ ：纗（姊宜切）ʔst/ts

以上是ʔsT-型後世變成塞擦音的，還有變成擦音的，那就是ʔsd→sd→ɕ，也就是中古審母三等字的來源，因爲審母字有很多和喉牙音諧聲，它本身很可能在上古也帶著個喉牙成分，我們假定是個喉塞音，和其他的ʔST-型組成個完整的系統。

17. 殼（口莖切）kˊ/kˊ：聲（書盈切）ʔsd/ɕ

18. 車（九魚切）k/k ：庫（夜始切）ʔsd/ɕ

19. 丩（居求切）k/k ：收（式州切）ʔsd/ɕ

20. 今（居吟切）k/k ：鈐（式任切）ʔsd/ɕ

21. 今（居吟切）k/k ：念（奴店切）kn/n ：諗（式任切）ʔsd/ɕ

22. 巂（戶圭切）g/r ：鑴（舒芮切）ʔsd/ɕ

23. 耆（渠脂切）gˊ/gˊ：蓍（式之切）ʔsd/ɕ

24. 支（章移切）sk/tɕ ：妓（居宜切）k/k ：岐（巨支切）gˊ/gˊ：翅（施智切）ʔsd/ɕ

按從「支」得聲的字大多爲喉牙音，和「支」同音的「枝」在閩南語中是k-，顯然是古語SK的遺留。

以上24條ʔST-型複聲母的例證都見於形聲中，形聲字以外的材料也往往可以發現喉牙音和ts類塞擦音接觸的例證，茲列於下作爲旁證。

25. 陸德明《經典釋文·毛詩音義》「挾」字「戶頰反」（
g/ɤ），又「子洽反」（ts-）。

26.《儀禮·鄉射禮》：「兼挾乘矢」注云：古文「挾」（g/
ɤ）作「接」（ts-）：又「執弓挾乘矢」亦云：古文「挾」作「
接」。

27. 《漢書·郊祀志》：「揖（ʔ-）五瑞」《尚書》作「輯（
dzʼ-）五瑞」。

28. 《詩·芄蘭》：「垂帶悸兮」韓詩「悸（gʼ-）作「
萃」（dzʼ-）。

29. 《類篇》「茸」字「即入切」（ts-），又「七入切」（
tsʼ-），又「一入切」（ʔ-）。

30. 《説文》：「贊（ts），見（k）也」（寒部）

31. 《説文》：「局（gʼ），促（tsʼ）也」（屋部）

32. 《説文》：「雜（dzʼ），五采相合（g/ɤ）也」（合部）

33. 《説文》：「琴（gʼ），禁（dzʼ）也」（覃部）

34. 《説文》：「基（k），牆始（sd/ɕ）也」（咍部）

35. 《説文》：「浥（ʔ-），溼（sd/ɕ）也」（合部）

36. 《釋名》：「滄（tsʼ），乾（k）也」（寒部）

37. 《釋名》：「删（k），吮（dzʼ）也」（魂部）

38. 《釋名》：「勾（k），聚（dzʼ）也」（侯部）

39. 《釋名》：「濕（sd/ɕ），浥（ʔ-）也」（合部）

40. 《釋名》：「嗚（ʔ-），舒（sd/ɕ）也」（模部）

41. 《釋名》：「庫（kʼ），舍（sd/ɕ）也」（模部）

42. 《毛詩·簡兮》：「將（ts），行（g/ɤ）也」（唐部）

43. 《毛詩·卷耳》:「姑(k),且(ts)也」(模部)

44. 《毛詩·采芑》:「芑(k′),菜(ts′)也」(哈部)

45. 《毛詩·皇矣》:「因(ʔ-),親(ts′)也」(先部)

46. 《毛詩·昊天有成命》:「基,始也」(此條可參閱前第34條)

47. 《毛詩·生民》:「字(dz′),愛(ʔ-)也」(哈部)

按以上由30條至47條皆漢代聲訓的例證,它們所呈現的語言關係和形聲材料十分一致。

伍、喉塞音和重唇音相連的複聲母

上古的ʔp-型複聲母,在諧聲中的例證比ʔT-型要少,可能是p前面的喉塞音失落的比t前面的要早,所以剩下的ʔp-聲母數量就少了,也可能因爲唇音字本來就沒有舌音字那麼多,當然反映在諧聲中的ʔp- 也就沒那麼多了,這類複聲母可以歸納成下面三類:

ʔp→p(幫,非)

ʔp′→p′(滂,敷)

ʔb′→b′(並,奉)

以下分列出諧聲的例證:

㈠ʔp→p

1. 爻(胡茅切)g/ɣ :駁(北角切)ʔp/p

按本系字除「駁」字外,皆牙喉音,《說文》馬部:「駁,馬色不純,從馬爻聲」。

2. 隺(胡沃切)g/ɣ :鵬(北角切)ʔp/p

3. 䦆（古閑切）k/k ：覵（方免切）ʔp/p
按《廣韵》獮韻：「覵，視貌」。

4. 交（古肴切）k/k ：駁（北角切）ʔp/p
按《廣韵》「駁，獸名」。

5. 革，䨣（古核切）k/k ：霸（必駕切）ʔp/p
按「霸」字從月䨣聲。

6. 㱿（苦角切）k'/k' ：䨣（甫鳩切）ʔp/p
按《廣韻》尤韻：「㱿，未燒瓦器」。

7. 彬，斌（府巾切）ʔp/p ：贇（於倫切）ʔ/ʔ

按這條和前幾條稍有不同，前面都是K類聲系，中間夾了個唇音（←上古ʔp-），這條是P類聲系中間夾了個影母的「贇」，我們不能把它擬作ʔp/ʔ，因爲ʔp的演化必需是失落喉塞音，語音演化有其一定的規律，所以我們只能把聲符擬作ʔp/p。

(二)ʔp'→p'
8. 夸（苦瓜切）k'/k' ：荂（芳無切）ʔp'/p'
按二字皆屬古音第五部。

9. 熒（戶扃切）g/ɣ ：覮（普丁切）ʔp'/p'
按「覮」字不見於《說文》，但《說文》「營，塋，榮，嫈」等字皆「熒」省聲，故此字當亦屬同類結構。

10. 各（古落切）k/k ：詻（匹各切）ʔp'/p'
按「詻」字在廣韻鐸韻：「飛去也」。

(三)ʔb'→b'
11. 夸（苦瓜切）k'/k' ：鮬（薄故切）ʔb'/b'
12. 交（古肴切）k/k ：䮧（蒲角切）ʔb'/b'

13. 咎（古勞切）k/k：欻（平表切）ʔbʹ/bʹ

14. 棘（紀力切）k/k：樊（蒲北切）ʔbʹ/bʹ

15. 㲉（苦角切）kʹ/kʹ：㲉（蒲角切）ʔbʹ/bʹ

16. 妭（房法切）ʔbʹ/bʹ，（孚梵切）ʔbʹ/bʹ，（起法切）kʹ/kʹ

按此字的喉牙聲母與重唇聲母兩種讀法，很可能淵源於早期的ʔp-型複聲母，在不同的方言中分別保存下來。

17. 魾（皮及切）ʔbʹ/bʹ，（居立切）k/k，（其輒切）gʹ/gʹ

按此字在中古也有喉牙音與重唇音兩類讀法，也可以假定是由上古ʔp-型複聲母演化形成的，喉牙音的ʔ，k，gʹ實爲一音之轉。

以上十七條是形聲的例證，其他材料，可以做爲ʔp-型複聲母之旁證的，也列在下面作參考。

18. 《釋文・周禮音義》「緶」字音餅（p），又姑杏反（k）。

19. 《周禮・甸祝》注：「杜子春讀貉（g/ɤ）爲百爾所思之百（p）。

20. 《類篇》「罦」字方勇切（p），又古勇切（k）。

21. 《類篇》「教」字居效切（k），又北角切（p）。

22. 《類篇》「毒」字鋪枚切（pʹ），又於開切（ʔ）。

23. 「窌」字《集韻》，《正韻》「居効切」（k），通「窖」字，《廣韻》「匹貌切」（pʹ），《集韻》又「拔教切」（pʹ）。

24. 《説文》：「非（p），韋（g）也」（灰部）

25. 《説文》：「譏（k），誹（pʹ）也」（灰部）

26. 《説文》：「父（bʹ），巨（gʹ）也」（模部）

27. 《説文》：「怫（b'），鬱（ʔ）也」（沒部）

28. 《説文》：「謦（k'），讀若等（p'）也」（蕭部）

29. 《説文》：「鼥（p），讀若嫣（k）也」（歌部）

30. 《釋名》：「阜（b'），厚（g）也」（侯部）

31. 《釋名》：「敗（b'），潰（g）也」（沒部）

32. 《毛詩·草蟲》：「蕨（k），鼈（p）也」（曷部）

33. 《毛詩·甫田》：「弁（b'），冠（k）也」（寒部）

34. 《毛詩·靈台》：「麀（ʔ），牝（b'）也」（灰部）

按「牝」字廣韵有扶履切（b'旨韵），毗忍切（b'軫韻）二讀，上古讀陰聲韻，故段玉裁歸之於十五部。

35. 《毛詩·桑柔》：「梗（k），病（b'）也」（唐部）

按從「丙聲」，「更聲」的字皆歸段氏第十部。

從18條至35條，相對的兩字韻母皆類似，聲母皆為一喉牙音，一重唇音，它們可能反映了上古重唇音前之ʔ-詞頭，但也可能是某些喉牙音前面帶了個b-詞頭，目前階段尚無法下定論。

陸、喉塞音和鼻音相連的複聲母

這一類我們可以用ʔN-型表示，大寫的N（Nasal）代表鼻音n-、m-，另外一種鼻音ŋ在諧聲中和K-類字接觸是很自然的，因為它們屬同一發音部位，至於n-、m-和喉牙音諧聲，那麼上古就應當有ʔn（→n），ʔm（→m）一類的複聲母，其演化方式和前面所論各類一致，即失落頭一成分，成為中古的「泥、娘、日」母和「明」母。

這兩個複聲母我們也可以寫作kn，km，因爲k和ʔ詞頭在分配上沒有對立存在，我們可把它視爲一個喉牙音成分即可。

下面分別舉出形聲字的例證：

㈠ʔn→n

1. 菫（巨巾切）gʹ/gʹ：蔖（人善切）ʔn/nʑ：（呼旰切）x/x

2. 癮（依倨切）ʔ/ʔ，（人諸切）ʔn/nʑ

3. 空（苦紅切）kʹ/kʹ：浤（女江切）ʔn/n

4. 今（居吟切）k/k：念（奴店切）ʔn/n

5. 九（舉有切）k/k：厹（女久切）ʔn/n

按《說文》：「厹，獸足蹂地也，象形（段注：謂厶），九聲（段注：人久切，三部）」。

6. 睍（胡甸切）g/ɣ：晛（奴甸切）ʔn/n

7. 殼（口莖切）kʹ/kʹ：殸（奴丁切）ʔn/n

8. 彀（苦角切）kʹ/kʹ：縠（奴豆切）ʔn/n

按「縠」字見《廣韻》候韻：「乳也」，候韻另有「瞉」古候切（k），乳也，當係同一字的兩種寫法，則由其k，n兩讀看，正反映了上古kn-（ʔn-）複聲母。

9. 示（神至切）sgʹ/dʑ，（巨支切）gʹ/gʹ：柰（奴帶切）ʔn/n

10. 兒（汝移切）ʔn/n：羋（妳佳切）ʔn/n：蠠（莫兮切）m/m：唲（又作䁥，於佳切）ʔ/ʔ：倪（五稽切）ŋ/ŋ

按從「兒」得聲的字有兩類：牙喉音與鼻音，可以假定上古都是牙喉音，則「兒、羋」的前頭當有個喉塞音詞頭。

「兒」系字包含了三類鼻音：n、m、ŋ，其中的n既是ʔn變來，ŋ本身就是個牙喉音，剩下的m聲母字是否源於上古ʔm呢？仔

細分析，恐怕不大可能，因爲本系的m聲母字只有一個「黽」，可能是受了偏旁「黽」m-的影響，而訛讀爲m-的。

11. 敗（烏括切）ʔ/ʔ：暬（女利切）ʔn/n

12. 爰（雨元切）g/rj：煖（乃管切）ʔn/n

13. 委（於爲切）ʔ/ʔ：捼（奴禾切）ʔn/n：諉（女圭切）ʔn/n

按「諉」字《說文》：從言委聲，段注：音在十六、十七部間。

14. 銜（戶監切）g/ɤ：衡（女減切）ʔn/n

15. 染（而琰切）ʔn/nʐ：㮣（古三切）k/k

諧聲材料之外，其他可做爲ʔn型複聲母旁證者，亦列於下：

16. 《類篇》「弇」字「姑南切」（k-），又「衣廉切」（ʔ），又「那含切」（n-），由這樣的異讀看來，很可能是早期ʔn（或kn-）一類的複聲母遺留的痕迹。

17. 《類篇》「殳」字「袪尤切」（k'），又「居又切」（k），又「尼猷切」（n-）。

18. 《說文》：「柔（n），栩（g）也」（模部）

19. 《說文》：「衿（k），亦袵（n）也」（覃部）

20. 《說文》：「袵（n），衣衿（k）也」（覃部）

21. 《說文》：「饗（k），讀若餐（n）」（齊部）

22. 《說文》：「懭（n），讀若溫（ʔ）」（魂部）

23. 《說文》：「䖏（g'），讀若宁（n）」（模部）

24. 《毛詩·行葦》：「醹（n），厚（g）也」（侯部）

25. 《毛詩·小毖》：「堪（k），任（n）也」（覃部）

(二)ʔm→m

26. 高（古勞切）k/k：蒿（呼毛切）x/x：蘁（莫報切）ʔm/m

按「蒿」字《說文》：從艸高聲，古音第二部，「薹」字《說文》，從老蒿省聲，第二部。

這是個K類聲系，「蒿」字上古絕不可能是個清鼻音m̥（→x），來解釋它和m-的諧聲，因爲它本身還有個舌根聲符「高」（k）。

27. 甘（古三切）k/k ：姏（武酣切）ˀm/m

28. 久（舉有切）k/k ：畞（莫厚切）ˀm/m

29. 介（古拜切）k/k ：勱（莫拜切）ˀm/m

30. 夬（古賣切）k/k ：袂（彌獘切）ˀm/m

31. 各（古落切）k/k ：貉（莫白切）ˀm/m，（下各切）g/ɣ

32. 㐭（綺戟切）k'k' ：㐱（莫六切）ˀm/m

按「㐱」字說文通訓定聲：「從彡，從㐭省聲」。

33. 敄（文甫切）ˀm/m ：蝥（武夫切）m/m ：嵍（古祿切）k/k

按從「敄」聲的字有m-，也有k-，可證聲符本身應兼具這兩種發音部位。

34. 敳（無非切）ˀm/m ：嬍（無鄙切）m/m ：豈（袪狶切）k'k'

按從「敳」聲的字既有k'，又有m，情況同上條。「豈」字《說文》二徐本均作「從豆，微省聲」，段氏依徐鉉本，「敳」下注語以「豈」爲「微」省聲。

35. 嬰（於盈切）ˀ/ˀ ：瀴（於孟切）ˀ/ˀ，（莫迥切）ˀm/m

36. 灰（呼恢切）x/x ：恢（苦回切）k'/k' ：脄（莫代切）ˀm/m

這是個K類聲系，「灰」字上古絕不可能是個清鼻音m̥（→x），來解釋它和m-的諧聲，因爲其中還夾著舌根音的「恢」。

37.惠（胡桂切）g/ɣ ：䵻（莫八切）ˀm/m

按「黮」字《廣韻》黕韻：「黑也」，二字皆當屬古音十五部。

形聲之外的旁證有：

38. 《釋文・孟子音義》「貉」字音鶴（g/ɣ），《廣韻》莫白切（m），此可與前第31條相參證。

39. 《說文》：「幾（k），微（m）也」（灰部）

40. 《說文》：「光（k），明（m）也」（唐部）

41. 《毛詩・烝民》：「懿（ʔ），美（m）也」（灰部）

柒、結　　語

以上總共討論了四大類帶喉塞音（ʔ-）的複聲母，所提出的例證有兩百零陸條，這些例證的韻母都相近，唯獨聲母相去迥遠，而聲母又正好有一方是牙喉音，這種現象無法看成是偶然的，因爲有這樣多相平行的例證。又這樣廣泛的和各類聲母相接觸，我們除了假定上古有個牙喉音一類的詞頭存在，實很難再找到其他更理想的解釋了。我們用喉塞音ʔ-來代表這個牙喉音詞頭，當然，可能是個k-。不過，它們既沒有對立性存在，寫法上用哪個都一樣。總之，把它當成個牙喉音的代表就行了。本文的標題定爲「喉塞音」是因爲它在一般語言中常出現在字頭，尤其是塞音的前頭，另外一個理由是它的性質屬弱勢音，在語言的演變過程中很容易失落。而本文所歸納的系統，這個字首的牙喉音成分到中古時代，完全失落了，不論它是出現在哪一種輔音之前。所以我們推測，這個牙喉音成分是喉塞音的可能性最大。

　　本文所用的形聲資料中，有些是《說文》所無，而見於《廣韻》的，或者有人認爲《廣韻》刊行於宋代，怎能用於研究上古音呢？事實上，《廣韻》雖刊於宋，裡面卻含著古音的痕迹，王了一先生說：「《廣韻》的語音系統基本上是根據《唐韻》的，《唐韻》的語音系統則又基本上是根據《切韻》的。」又說：「陸法言的古音知識是從古代反切得來的，他拿古代反切來跟當代方音相印證，合的認爲是，不合的認爲非，合的認爲通，不合的認爲塞，這樣就在很大程度上保存了古音系統，《切韻》保存了古音的痕迹，這就有利於我們研究上古的語音系統。」

　　董同龢《漢語音韻學》也說：「《切韻》的制作是前有所承的……他們分別部居，可能不是依據當時的某種方言，而是要能包羅古今方言的許多語音系統。」

　　陳師伯元「切韻性質的再檢討」（中國學術年刊第三期）也說：「各家的說法，都是主張《切韻》包羅古今南北的語音的，雖然古今南北的範圍容有不同，可是觀念是相近的，這派學者所謂的古今南北，大體上是指周秦以迄隋唐各地的方音。」

　　《廣韻》即使有些是後起的形聲字，但「字」造得遲，並不表示那個「音」產生得晚，它也可能反映了古音，是某一類古讀遺留下來的痕迹。例如「爁、㘓」（l-）都是來母字，《說文》沒有這兩個字，應該算是後起的，但是它們卻用「監」（k）做聲符，這就表示後世某些地方還有把「爁、㘓」唸作k的，所以才會用「監」（k）做聲符（和《說文》時代就有的「覽、濫」（l-），正可相互印證），要不然就是「監」（k）字後世某些地方把它讀成來母l-，這不正是反映了k和l的原始關係嗎？那

麼，晚起的字不也一樣可用來尋找古音的痕迹嗎？

本文所論證的依據都是屬於文獻上的，都是屬於漢語內部的證據，限於目前材料，不能再用漢藏語言的比較，來做更進一步的證明。所以這裡提出的看法只是一套假說，一套理論而已，將來，漢藏語言的歷史研究發達以後，希望能有更充分的證據來支持或補充，修正本文的看法。

上古漢語帶舌尖塞音的複聲母

壹、緒　　論

　　這十多年來，學術界對上古漢語複聲母的問題討論得比較熱烈，尤其是在帶舌尖邊音和帶舌尖清擦音兩類複聲母方面，討論得更爲深入，提出了不少有啟發性的論文與見解。外籍學者參與討論的，例如蒲立本、班尼迪、包擬古、薛斯勒、富勵士、柯白林諸人，他們對古漢語的複聲母鍥而不捨的研究態度，更値得欽佩。

　　筆者對形聲字作了一番觀察與分析，假定了一類前賢較少觸及的複聲母：帶舌尖塞音的複聲母。除了形聲字所呈現的規律性，本文也列出了古籍中的其他資料作爲旁證。所假定的系統務求在橫的方面能解釋各種異常的諧聲現象，縱的方面能說明歷史的演變。

　　複聲母的擬構，先要有單聲母做爲基礎。綜合前賢的研究成果，本文做爲基礎的上古單聲母系統是這樣的：

　　牙喉音 k（見）k′（溪）g′（群）ŋ（疑）ʔ（影）x（曉）g（喻三、匣）

　　舌頭音 t（端、知、照）t′（透、徹、穿）d′（定、澄、神、禪）d（邪、俟）n（泥、娘、日）

齒頭音ts（精、莊）ts′（清、初）dz′（從、床）s（心、疏）

重唇音p（幫）p′（滂）b′（並）m（明）m̥（曉）

流　音l（來）r（喻四）

以上共二十三母（審母源於複聲母sd）

在一般語音結構上，塞音做爲複聲母首一成分的，比較少見。可是從形聲字看來，許多非舌頭類的中古聲母，在聲系中都和舌頭類的字接觸。很可能這些非舌頭類的字在上古時代，前面帶個舌頭音t-成分。在更早的時代，這個t-成分也可能是個詞頭（Prefix）。

詞頭是附加在一個語根（root）的聲母前面的成分，它可以改變這個字的意義、詞性、或文法功能。在我們漢藏語族裏，詞頭是普遍存在的。班尼迪的漢藏語概要（Benedict, Sino-Tibetan : a Conspectus, 1972）一書曾舉出藏緬系語言具有豐富的詞頭，這些詞頭到了後世，漸趨失落。他舉出藏緬語古代正有舌頭音的詞頭存在，例如：六*d-ruk　九*d-kuw　熊*d-wam　虎*d-key　鹿*d-yuk　蟹*d-kay。

屬漢藏系統的卡倫語（karen）也有這種舌頭音詞頭存在，例如：狗*t-wiy。

至於這些詞頭所具有的文法功能，班氏指出在藏緬語中已趨消失，他說：

In many instances, no function can be assigned these elements, i.e. loss of morphological utility had already occurred in proto-TB times.

因此班氏在描述舌頭音d-或其他詞頭時，往往注明"function

unknown"。也就是說，詞頭的功能到今天大都無法確指了。漢語的情況當然也有可能和這些親族語言相平行的。何況在形聲字中還留存著這樣多的證據。

事實上，有不少學者都贊成漢語是有詞頭存在的。法國漢學家H. Maspero，著有"Sur quelques texts anciens du chinois parle" (BEFEO 14, 1914),"Préfixes et dérivation en chinois archaiqué" (Mem. Soc. Ling. de paris 23,1930）兩篇文章都論及詞頭。班尼迪認爲現代漢語也有詞頭，例如稱呼用的「阿」，像「阿媽」、「阿姨」、「阿黃」、「阿三」。這個「阿」詞頭的存在還可以推到初唐或六朝時代（約公元六〇〇年左右）。先師詩英先生《中國文法講話》一書也以國語裏的「老」字具有詞頭的作用，像「老虎」、「老鼠」皆是。

楊福綿先生認爲古漢語有s-詞頭和s-複聲母的對立，例如sk→t、s-k→喉塞音、sk′→t′、s-k′→x、sg→i̯、s-g→s、sg′→d′、s-g′→舌面清擦音。不過，這種具有相同音素的詞頭和複聲母，在實際語言中恐怕是無法區別的。本文所假定的舌頭音複聲母是由詞頭演化形成，並不在同一個系統中形成對立。也就是說，在上古時代它們的詞頭功能已消失，只留下痕迹於複聲母中。早期的詞頭已由構詞（morphological）的層次轉爲語音（phonetic）的層次。

周法高先生在〈論上古音和切韵音〉一文中也想到了t-類複聲母可以解決許多形聲字諧聲的問題，他說：

究竟上古音有沒有tk、t′k、dg、st′k等複輔音？這倒是一個問題。假如有的話，倒可以連舌根音和舌頭舌上音的諧

聲關係都可以解決了。

上古的舌頭音t-詞頭主要出現在舌根聲母之前，所以這些舌根字能和舌頭類字諧聲。也有一些舌頭音詞頭出現在唇音和鼻音之前，所以這些唇音和鼻音字也可以和舌頭類字諧聲。

這個上古的舌頭音詞頭我們可以寫作t-，也可以寫作d-。這是由於語音的同化作用使然。如果語根（root）的聲母是濁音，這個詞頭就寫作d-，如果語根的聲母是清音，這個詞頭就寫作t-。因爲是有條件的分配，所以寫法雖有不同，在作用上是同一個音，稱爲同位詞音（morphophonemic allomorph）。這在語言裏是很普遍的現象，例如英語的詞頭con-有「共同」之意，發音常隨後一成分而改變：combine（聯合）、conform（使一致）、collect（收集）、correspond（相符合）。又如表示否定的詞頭in-，也常隨後一音位而改變發音：inept（不合適的）、immature（不成熟的）、illicit（不允許的）、ignorant（無知的）、irregular（不規則的）。

貳、舌尖塞音和舌根音相連的複聲母

這一類在諧聲中的例證最多。可分爲tk、tk′、dg、dg′、tʔ、tx六種。前五種是「塞音＋塞音」的型式，末一種是「塞音＋擦音」。以下分別列出例證討論：

一、tk→k

1. 臣（與之切）r/∮：姬（居之切）tk/k：洍（詳里切）d/z：茝（諸市切）t/tɕ

　　案「姬」字實際上是處於一個舌頭類的聲系中，所以它前面
應當也帶個舌尖塞音。上古的t-詞頭，在演化上是趨向於失落
的，因此，到了中古，「姬」成爲單聲母見母字。

　　至於聲符「𦣞」是喻四，爲何在這裡不擬訂爲gr-呢？𦣞gr-
和姬k-不是一樣可以相諧嗎？我們不做這樣的擬訂是因爲本聲系
中還有許多t-類字存在，不能把聲符假定成舌根音。我們可以假
定這樣一個原則：

　　(1)　喻四如果專諧舌根音，則這個喻四上古不妨定爲gr-和
上古其他的KL-型複聲母歸爲一大類。

　　(2)　喻四如果既諧舌根音，又諧舌頭音，則喻四是單聲母r
，那些舌根音是複聲母 tk-。

　　董同龢先生的擬音是：𦣞gd-姬kz-洍gz-。事實上，並無必
要把它們全擬爲複聲母。況且kz-和gz-的對立也是值得商榷的。
由於同化作用的影響，濁音z的前面往往也是濁音才合理。

　　2.　與 (余呂切) r/ϕ：舉 (居許切) tk/k：䕲 (徐呂切) d/z

　　3.　勻 (羊倫切) r/ϕ：均 (居勻切) tk/k：畇 (詳遵切) d/z：恂 (
常倫切) d′/z

　　4.　羊 (與章切) r/ϕ：姜 (居良切) tk/k：詳 (似羊切) d/z：牂(
則郎切) st/ts

　　5.　異 (羊吏切) r/ϕ：冀 (几利切) tk/k：趩 (恥力切) t′/t′：禩(
祥里切) d/z

　　案以上四條和第一條的情況相類似，都是舌頭音的聲系，聲
符都是近似d的舌尖閃音r。

　　第四條的st／ts是一種音素易位的現象 (metathesis)。古漢

語之有音素易位，在一九六九年就由包擬古（N. C. Bodman）提出來了。李方桂先生也在一九七六年的論文中假定了st′→ts′（崔、威、揣）、sd→dz（寂、摧）的變化。

6. 受（市朱切）d′/ʑ：股（公戶切）tk/k：叹（當侯切）t/t：叹（他候切）t′/t′：投（度侯切）d′/d′

7. 丞（署陵切）d′/ʑ：冘（居隱切）tk/k：蒸（煮仍切）t/tɕ

8. 是（承紙切）d′/ʑ：翅（鳥羽也，居企切）tk/k：鞮（都奚切）t/t：醍（他禮切）t′/t′：提（杜奚切）d′/d′

9. 善（常演切）d′/ʑ：犞（九輦切）tk/k：膳（旨善切）t/tɕ

10. 出（尺類切）t′/tɕ：屈（九勿切）tk/k：咄（當沒切）t/t：黜（丁滑切）t/t：䶂（陀骨切）d′/d′

11. 只（章移切，又諸市切）t/tɕ：伿（支義切）t/tɕ：枳（居帋切）tk/k

案「枳」字又有諸市切一音，上古是t-。「枳」字何以有t-、k-兩讀呢？如果依本文擬訂的複聲母，這兩讀就是tk-分化而成。

12. 隹（職追切）t/tɕ：稚（直利切）d′/d′：季（居悸切）tk/k

案「季」字從子稚省，稚亦聲。

13. 酋（自秋切）sd′/dz′：猶（居祐切）tk/k（又以周切）r/∅：輶（以周切）r/∅：楢（尺沼切）t′/tɕ′

案「酋」字的從母一讀也是由音素轉移而形成，本來是個舌頭音（開頭的擦音s是個弱勢音）。「猶」的舌尖和舌根兩讀可能是古代tk-分化而形成。

14. 自（疾二切）sd′/dz′：洎（几利切）tk/k：替（他計切）t′/t′

：習（似入切）d/z

15.　自（都回切）t/t：歸（舉韋切）tk/k：追（陟隹切）t′/t′

16.　壴（中句切）t/t：鼓（公戶切，說文：壴亦聲）tk/k：尌（常句切，立也，音義同樹字）d′/z

17.　蟲（直弓切）d′/d′：螝（徒冬切，鳥名）d′/d′：融（以戎切，說文，從鬲蟲省聲）r/ϕ：䗖（古送切，山名）tk/k

18.　刀（都牢切）t/t：照（之少切）t/tɕ：羔（古勞切）tk/k

案「羔」字，《說文》：「從羊，照省聲」，其聲符既屬舌頭音，從之得聲之字有舌頭音的「窯」r/ϕ、牙喉音的「窯」k′/k′、更有兼舌頭、牙喉兩讀的「䍃」（之若切、古沃切）tk/t、k，可證「羔」字上古是tk-複聲母。

19.　壬（他鼎切）t′/t′：聽（他丁切）t′/t′：廷（特丁切）d′/d′：呈（直貞切）d′/d′：巠（古靈切）tk/k

案「巠」字，《說文》：「壬省聲，古文作𢀖不省」。

二、tk′→k′

20.　羊（與章切）r/ϕ：姜（去羊切）tk′/k′：詳（似羊切）d/z

案此三字的頭一個音都是舌頭類的r、t、d，韵母也近似，故能相諧。

21.　臣（植鄰切）d′/z：臤（苦寒切）tk′/k′：𦤶（職雉切）t/tɕ：頤（式忍切）sd/ɕ

案以上四字皆爲古韵第十二部，「𦤶」爲十二部、十五部合音。聲母皆爲舌頭類，故能相諧。

其中，有sd一母變爲審三。審三在上古是個舌頭一類的音，早經學者提出。林師景伊《中國聲韵學通論》之古聲十九紐，即

視審母爲透母之變聲。李方桂先生〈上古音研究〉亦擬訂審三爲舌頭之sth音。周法高先生〈論上古音和切韵音〉同樣擬訂爲舌頭之st′音。

22. 甚（常枕切）d′/ʐ：湛（丁含切）t/t：勘（苦紺切）tk′/k′

23. 出（尺類切）t/tɕ：屈（區勿切）tk′/k′

案「出」聲系又見前面第11條。

24. 止（諸市切）t/tɕ：企（丘弭切）tk′/k′：齒（昌里切）t′/tɕ′：祉（敕里切）t′/t′

案「企」字《說文》：「舉踵也，從人止聲」唯段注去其「聲」字。

25. 勺（市若切）d′/ʐ：芍（都歷切）t/t：葯（苦擊切）tk′/k′

26. 多（得何切）t/t：哆（丁可切）t/t：鄐（康禮切）tk′/k′

27. 它（託何切）t/t：蛇（食遮切）d′/dʐ：牠（苦禾切）tk′/k′

28. 兆（治小切）d′/d′：桃（吐彫切）t′/t′：洮（苦皎切）tk′/k′

29. 者（章也切）t/tɕ：奢（式車切）sd/ɕ：奲（苦瓦切）tk′/k′

30. 周（職流切）t/tɕ：調（徒聊切）d′/d′：惆（去秋切）tk′/k′

三、dg→g（→ɣ）

31. 勻（羊倫切）r/∅：昀（相倫切）sr/s：狗（辭閏切）d/z：恂（常倫切）d′/ʐ：詢（下珍切）dg/ɣ

32. 以（羊己切）r/∅：台（土來切）t′/t′：似（詳里切）d/z：矣（于紀切）dg/ɣ(j)

案「矣」字《說文》：「從矢，㠯（以）聲」。

33. 尹（余準切）r/∅：聿（胡畎切）dg/ɣ

34. 聿（羊至切）r/∅：眔（胡怪切）dg/ɣ

案後一字即古文「壞」字。其聲符「罘」《說文》云「讀若與矵同也」，小徐本作「隶省聲」。

35. 役（營隻切）r/∅：㑣（下革切）dg/ɣ

案以上三條也有可能是 gr（→r）：g（→ɣ）的關係。

36. 彘（直例切）d'/d'：（于歲切）dg/ɣ(j)

37. 黨（多朗切）t/t：攩（胡廣切）dg/ɣ

38. 臣（植鄰切）d'/ʑ：臤（胡田切）dg/ɣ

案此條可參考前面第21條。

39. 隹（職追切）t/tɕ：堆（都回切）t/t：淮（戶乖切）dg/ɣ

40. 占（職廉切）t/tɕ：玷（多忝切）t/t：黏（胡甘切）dg/ɣ

41. 勺（之若切）t/tɕ：釣（多嘯切）t/t：芍（胡了切）dg/ɣ

案「芍」字另有市若切 d'/ʑ，張略切 t'/t 等舌頭音的讀法，可能是上古 dg 複聲母分化的痕迹。

42. 柬（德紅切）t/t：重（直隴切）d'/d'：動（徒揔切）d'/d'：嘯（戶冬切）dg/ɣ

43. 耑（多官切）t/t：湍（他端切）：㙂（胡管切）dg/ɣ

44. 霅（徒合切）d'/d'：霅（胡甲切）dg/ɣ

案後一字《說文》：「從雨：疉省聲」。它另有丈甲切 d'/d'，之涉切 t/tɕ 兩個舌頭音的讀法，很可能是上古複聲母 dg 分化的痕迹。

45. 蟲（直弓切）d'/d'：陆（戶公切）dg/ɣ

案此條可參考前面第17條。

46. 朮（直律切）d'/d'：述（食聿切）d'/dʑ'：遂（于筆切）dg/ɣ(j)

四、dg′→g′

    47.　氏（承紙切）d′/ʑ：祇（巨支切）dg′/g′：紙（諸氏切）t/tɕ

    48.　勻（羊倫切）r/∅：赹（渠營切）dg′/g′

案此條可參考前面第3條。

    49.　尤（以周切）r/∅：耽（丁含切）t/t：沈（式任切）sd/ɕ：忱𠬶（巨金切）dg′/g′

案此系字的韵母多爲-m收尾，唯獨聲符例外，這可能是聲符「尤」在上古另有個 -m 的讀法，所以從之得聲的都是-m類。在聲母方面，這純係一個舌頭音聲系。

    50.　俟（依切韵殘卷作「漦史切」）d/z（→ʒ）又音渠希切g′

案「俟」字之聲母，與「漦」字互用，自成一類，《韻鏡》皆置於「禪二」的地位。由於字少，到了後來，受同類濁音床二的類化，所以《廣韻》變成了「床史切」。

依精照（莊）同源以及本文的系統，「俟」的演化是d→z→ʒ。因此，「俟」字在上古實有舌頭音與舌根音兩讀，很可能是dg′-，分化而成。

    51.　允（余準切）r/∅：夋（以轉切）r/∅：囷（旨允切）t/tɕ：菎（渠篆切）dg′/g′

    52.　隶（羊至切）r/∅：棣（特計切）d′/d′：隸（渠記切）dg′/g′

    53.　出（尺類切）t′/tɕ′：屈（衢物切）dg′/g′

案此條可參考前面第10條。

    54.　隹（職追切）t/tɕ：鵻（渠追切）dg′/g′

案此條可參考前面第39條。

    55.　自（疾二切）sd′/dz′：臮（具冀切）dg′/g′

案此條可參前面第14條。

56. 叕（陟劣切）t/ȶ：綴（丁劣切）t/t：掇（丁括切）t/t：窡（丁滑切）t/t：叕糸（彌物切）dg'/g'

57. 水（式軌切）sd/ɕ：瘳（其季切）dg'/g'
案後一字《說文》：「埶寐也，從寢省，水聲。讀若悸。」

五、tx→x

58. 夷（以脂切）r/ø：桋（杜奚切）d'/d'：咦（喜夷切）tx/x(?)
案像這種舌頭音聲系中夾雜的曉母字，上古應當也有個舌頭音成分。但「咦，笑貌」可能是擬聲詞，那麼原本即是曉母的可能性也很大。

59. 匀（羊倫切）r/ø：訇（呼宏切）tx/x
案此條可參考前面第31條。後一字《說文》：「從言，匀省聲。」

60. 攸（以周切）r/ø：欪（許金切）tx/x
案此條可參考前面第49條。後一字又音徒含切。

61. 台（土來切）t'/t'：殆（徒亥切）d'/d'：哈（呼來切）tx/x

62. 以（羊己切）r/ø：矣（于紀切）dg/ɣ(j)：俟（漦史切，又渠希切）dg'/g：烌（許其切）tx/x
案此條可參考前面第32、50條。

63. 隶（羊至切）r/ø：䘆（虛器切）tx/x
案此條可參考前面第52條。

64. 役（營隻切）r/ø：疫（許役切）tx/x
案此條可參考前面第35條。另有一個「從土，役省聲」的「坄」字，音度侯切d'/d'，可作爲本聲系屬舌頭類的旁證，唯韵母

不相近。

65. 尸（式之切）sd/ɕ：屍（丑利切）t/t'：呧（虛器切）tx/x

66. 世（舒制切）sd/ɕ：跐（丑例切）t'/t'：欯（呼計切）tx/x

67. 枼（與涉切）r/∅：𦊆（呼牒切）tx/x

68. 吹（昌垂切）t'/tɕ'：𡁻（香支切）tx/x

案本系只有這兩字，此歸之於舌頭類者，蓋穿三的大部分來源爲舌頭聲母，同時，「吹」字頗爲常見，卻無其他和舌根字接觸的迹象。

69. 川（昌緣切）t'/tɕ'：巡（詳遵切）d/z：訓（許運切）tx/x

案「巡」字《說文》：「從辵川聲」。

70. 出（尺類切）t'/tɕ'：欪（許吉切）tx/x

案此條可參考前面第10條。

71. 赤（昌石切）t'/tɕ'：捇（呼麥切）tx/x：赥（許激切）tx/x

72. 只（章移切）t/tɕ：欥（火佳切）tx/x

73. 隹（職追切）t/tɕ：睢（許規切）tx/x：推（他回切）t'/t'

74. 之（止而切）t/tɕ：寺（祥吏切）d/z：欼（許其切）tx/x

案末一字《說文》：「戲笑皃，從欠㞶（之）聲」。

75. 㐱（章忍切）t/tɕ：殄（徒典切）d'/d'：抮（呼典切）tx/x

76. 𠂤（都回切）t/t：脃（呼罪切）tx/x

77. 刀（都牢切）t/t：𠛗（許交切）tx/x

78. 召（直照切）d/d'：劭（許么切）tx/x

79. 亶（多旱切）t/t：翽（許延切）tx/x

80. 天（他前切）t/t：祆（呼煙切）tx/x

案「祆」字《集韻》又他年切，很可能是上古tx遺留的痕迹。

另一可能是「天」有x-一讀。如「天，顯也」，「天竺（Hindu）」。

81. 它（託何切）t′/t′：詑（香支切）tx/x

82. 折（常列切）d′/ʑ：袃（許列切）tx/x

83. 豆（田候切）d′/d′：鼓（呼漏切）tx/x

84. 丑（敕久切）t′/ʈ：丑攵（呼皓切）tx/x

85. 蠆（丑犗切）t′/ʈ：囍（許介切）tx/x

案後一字又有他達切一音，可能是tx的殘留。《說文》此字「從口，蠆省聲」。

86. 畜（許竹切）tx/x：蓄（丑六切）t′/t′

案「畜」字又音丑救切，爲舌頭音，也可能是tx首音素之殘留。

87. 逐（直六切）d′/d′：蓫（許竹切）tx/x

案後一字又音丑六切，爲舌頭音，可視爲tx的殘留。

88. 朮（直律切）d′/d′：欻（許聿切）tx/x：怵（丑律切）t′/t′

六、tʔ→ʔ

89. 矢（式視切）sd/ɕ：知（陟離切）t/ʈ：雉（直几切）d′/d′：醫（於計切）tʔ/ʔ

90. 真（職鄰切）t/tɕ：顛（都年切）t/t：顚（烏閑切）tʔ/ʔ

91. 勺（之若切）t/tɕ：約（於略切）tʔ/ʔ：釣（多嘯切）t/t

92. 西（先稽切）sr/s：垔（於眞切）tʔ/ʔ

案「垔」字《說文》：「從土西聲」。這裏必需假定它上古是個兼具舌頭音與喉塞音的複聲母，因爲從之得聲的字有舌頭音的「陻、甄」，又有影母的「禋、煙」。

93. 於（於塞切）tʔ/ʔ：扵（丑善切）t′/t′

94. 多（得何切）：爹（陟邪切）t/ȶ：黟（於脂切）tʔ/ʔ

95. 疌（土骨切）tʰ/tʰ'：頭（烏沒切）tʔ/ʔ

以下再列出一些形聲字以外，舌頭音和牙喉音接觸的例證。不過這種例證，我們比較不容易判斷是由於舌頭音詞頭或由於牙喉音詞頭造成的，也不容易指出複聲母是存在於兩個字的哪一個。只能把這些資料視爲旁證與參考而已。

96. 陸德明《經典釋文·儀禮音義》「校」字胡飽反（g-/ɣ-），又丁孝反（t-）

97. 《釋文·周禮音義》「傀」字，李軌杜回反（d'-），《廣韻》、《字林》皆公回反（k-）。

98. 《釋文·毛詩音義》「趙」字，沈旋起了反（k'-），又徒了切（d'-）

99. 《禮記·緇衣》「祈寒」注：「祈（g'-）之言是（d'/z-）也，齊西偏之語也」。《春秋·隱十年》左穀「會鄭伯于時（d'-/z-）來」公作「祁（g'-）黎」。《春秋·宣二年》左傳「右提（d'-）彌明」《公羊》作「祁（g'-）彌明」。

100. 《說文》：「啁（t-），嘐（k-）也」（蕭部）

101. 《說文》：「鬥（t-），遇（ŋ-）也」（侯部）

102. 《說文》：「襘（k-），帶（t-）所結也」（曷部）

103. 《說文》：「兄（x-），長（t-）也」（唐部）

104. 《說文》：「佗（t'-），負何（g-）也」（歌部）

105. 《說文》：「倀（t'-），狂（g'-）也」（唐部）

106. 《說文》：「坦（t'-），安（ʔ-）也」（寒部）

107. 《說文》：「荼（d'-），苦（k'-）也」（模部）

108. 《說文》：「調（d'-），共（g'-）也」（東部）

109. 《說文》：「共（g'-），同（d'-）也」（東部）

110. 《說文》：「屠（d'-），剋（k'-）也」（模部）

111. 《說文》：「淂（k-），多（t-）汁也」（歌部）

112. 《說文》：「窞（d'-），坎（k'-）中更有坎也」（添部）

113. 《說文》：「穀（k-），續（d-/z-）也」（屋部）

114. 《說文》：「詢（x-），訟（d-/z-）也」（東部）

115. 《說文》：「㩴（d'-），讀若糗（k'-）」（蕭部）

116. 《說文》：「乚（k-），讀若冁（t-）」（曷部）

117. 《說文》：「蚳（d'-），讀若祁（g'-）」（灰部）

118. 《說文》：「婘（k-），讀若旬（d-）」（先部）

119. 劉熙《釋名》：「鞘（t-），句（k-）也」（蕭部）

120. 《釋名》：「緩（g-），浣（g-）也，斷（t-）也」（寒部）

121. 《釋名》：「若（k'-），吐（t'-）也」（模部）

122. 《釋名》：「階（k-），梯（t'-）也」（灰部）

123. 《釋名》：「檀（d'-），垣（g-/ɣj-）也」（寒部）

124. 《毛詩·彤弓》：「橐（k-），韜（t'-）也」（蕭部）

125. 《毛詩·小弁》：「佗（t'-），加（k-）也」（歌部）

126. 《毛詩·綿》：「土（t'-），居（k-）也」（模部）

127. 《毛詩·卷耳》：「永（g-），長（t-）也」（模部）

128. 《毛詩·文王》：「永，長也」

以上兩條亦見於《說文解字》之音訓中。

129. 《毛詩·小明》：「介（k-），大（d-′）也」（曷部）

130. 《毛詩·節南山》：「訩（x-），訟（d-）也」（東部）

131. 《毛詩·小旻》：「潰（g-），遂（d-）也」（沒部）

132. 《毛詩泮水》：「囚（d-），拘（k-）也」（蕭部）

叁、舌尖塞音和唇塞音相連的複聲母

形聲字裏還有一些舌尖塞音和雙唇塞音接觸的例子，如果很明顯的是舌頭音聲系（即其中大部分字都是舌頭音），那麼，這中間的雙唇塞音在上古很可能前面帶有t類詞頭。

一、tp→p

1. 勺（之若切）t/tɕ：杓（甫遙切）tp/p：豹（北教切）tp/p：釣（多嘯切）t/t

案此條可參考前節第25條。

2. 折（常列切）d′/ʐ：𥯤（方結切）tp/p

案聲符「折」字又音杜奚切（d′）。

二、tp′→p′

3. 朱（章俱切）t/tɕ：株（陟輸切）t/ȶ：銖（芳遇切）tp′/p′

4. 勺（之若切）t/tɕ：杓（撫招切）tp′/p′

案此條可參考第1條。

5. 折（常列切）d′/ʐ：𥯤（普蔑切）tp′/p′

案此條可參考第2條。

6. 豆（田候切）d′/d′：裋（芳否切）tp′/p′

7. 粤（普丁切）tp'/p'：聘（匹正切）p'/p'：騁（丑郢切）t'/t'

案從「粤」得聲的字有舌頭音，也有重唇音，則聲符應該兼有這兩種特性。

三、db'→b'

8. 勺（之若切）t/tɕ：汋（薄角切）db'/b'

案此條可參考第1條。

9. 灼（之若切）t/tɕ：翭（薄角切）db'/b'

10. 几（市朱切，鳥之短羽）d'/ʑ：鳧（防無切）db'/b'

11. 乇（陟格切）t/ȶ：宅（傍各切）db'/b'

12. 乏（房乏切）db'/b'：泛（孚梵切）b'/b'：鯥（徒盍切）d'/d'

案從「乏」得聲的字既有舌頭音，又有重唇音，則這個聲符當兼有此兩種性質。

形聲以外的例證，也列於下面作爲參考：

13. 《類篇》「丁」字株遇切（t-/tɕ-），又甫玉切（p-）

14. 《類篇》「杓」字卑遙切（p-），又多嘯切（t-）。可參考第1、4、8條。

15. 《說文》：「堢（t-），保（p-）也，高土也」朱氏《通訓定聲》「堢」注：「堢（t-），亦作堡（p-）」玄應《一切經音義》卷二十引《聲類》：「堡，高土也」。可知「堢、堡」爲同源詞。《呂氏春秋·疑似篇》：「周人爲高葆禱於王道」，「葆禱」即「堡壽」，今又轉爲「碉堡」。這個疊韵詞很可能和上古的複聲母有關。

16. 《說文》：「匋（d'-），包（p-）省聲，史篇讀與缶（p）同」。

17. 《史記·天官書》索隱：「杓，匹遙切」（p'-），又「丁了切」（t-）。此字與「瓢」（b'-）疑係同源詞。

18. 《説文》：「惕（d'-），放（p-）也」（唐部）

19. 《説文》：「憆（d'-），放（p-）也」（唐部）

20. 《説文》：「訂（t-），平（b'-）議也」（青部）

21. 《説文》：「汀（t'-），平（b'-）也」（青部）

22. 《説文》：「推（t'-），排（b'-）也」（灰部）

23. 《説文》：「匋（d'-），讀若缶（p-）也」（蕭部）

24. 《説文》：「桑（t'-），讀若薄（b'-）也」（模部）

25. 《毛詩·何彼襛矣》：「平（b'-），正（t-）也」（青部）

26. 《毛詩·常棣》：「儐（p-），陳（d'-）也」（先部）

27. 《毛詩·彤弓》：「醻（d'），報（p-）也」（蕭部）

28. 《毛詩·節南山》：「成（d'-），平（b'-）也」（青部）

29. 《毛詩·小宛》：「負（b'-），持（d'-）也」（咍部）

30. 《説文》：「負，持也」此與上條同。

31. 《毛詩·江漢》：「旬（d-），徧（p-）也」（先部）

肆、舌尖塞音和鼻音相連的複聲母

這裏所論的鼻音有m、n、ŋ三類。

一、dm→m

1. 朝（陟遙切）t/ȶ：廟（眉召切）dm/m

2. 土（他魯切）t'/t：牡（莫厚切）dm/m

3. 爻（土骨切）t'/t'：沒（莫勃切）dm/m

4. 薑（丑牾切）t'/t'：邁（莫話切）dm/m

二、dn→n

5. 能（奴來切）dn/n：態（他代切）t'/t'：態（奴代切）n/n

案從「能」得聲的兩個字，有舌頭音，也有鼻音，則聲符當兼有此兩種性質。

本文依照高本漢和一般古音學家的看法，把t類和n諧聲的，擬爲複聲母，至於p和m、k和ŋ則可以相諧。這是因爲t和n的不同，在聽覺上比較明顯，本來舌尖就是個最靈活的發音器官，區別語音的作用最強。

高本漢把這類情況的t'擬作t'n（例如「態」字），本文則把n擬作tn（可寫作dn），較易於解釋n與所有舌頭音的諧聲現象。

「態」字《釋文》有t'、n兩讀（見後），也可能是上古複聲母分化的痕迹。

6. 甬（余隴切）r/∅：通（他紅切）t'/t'：桶（徒總切）d'/d'：酕（而隴切）dn/n

7. 厂（餘制切）r/∅：厄（五果切）d ŋ/ŋ：婋（奴果切）dn/n

8. 矢（式視切）sd/ɕ：疑（語其切）d ŋ/ŋ：膩（女利切）dn/n

案以上兩條都是ŋ和n的接觸，假定它們在上古有個共同的成分——d詞頭。因爲它們的原始聲符正是舌頭類。

9. 享（常倫切）d'/z：犉（如勻切）dn/n

10. 出（尺類切）t'/tɕ'：貀（女滑切）dn/n

11. 銍（人質切）dn/n ：遱（陟栗切）t/ţ

12. 受（殖西切）d'/z ：郖（耳由切）dn/n

13. 占（職廉切）t/tɕ ：黏（女廉切）dn/n

14. 参（章忍切）t/tɕ ：珍（乃珍切）dn/n ：趁（丑刃切）t'/ţ'（又尼展切）n/n

案「趁」字的兩讀也可能是dn複聲母分化而成。

15. 辰（植鄰切）d'/ʑ ：脤（而振切）dn/n

16. 覃（徒含切）d'/d' ：嘾（乃玷切）dn/n

17. 多（得何切）t/t ：眵（乃可切）dn/n

18. 得（多則切）t/t ：㝵（奴勒切）dn/n

19. 妥（他果切）t'/t' ：餒（奴罪切）dn/n

20. 內（奴對切）n/n ：芮（陟衛切）t/ţ（又而銳切）n/n

案後一字的兩讀，反映了上古的dn複聲母。同時，它既以「內」（n）爲聲符，又做了「鋭」（除芮切d'/d'）的聲符，更可證它原來兼有舌頭和鼻音的成分。

21. 展（知演切）t/t ：輾（女箭切）n/n（又知演切）t/ţ

案後一字無論從本身的兩讀看，或從它和聲符「展」的關係看，上古都應該是個dn。

22. 卓（竹角切）t/ţ ：淖（奴教切）dn/n ：掉（徒了切）d'/d'（又女角切）n/n

案「掉」字的兩讀應當是上古dn分化形成的。

23. 耴（陟葉切）t/ţ ：馹（尼輒切）dn/n

24. 丑（敕久切）t'/ţ' ：狃（女久切）dn/n

25. 兆（治小切）d/d' ：旐（奴皓切）dn/n

26. 図（女洽切）dn/n̠'堂：罬（女減切）n/n̠ ：虭（竹洽切）t/ȶ

27. 聶（尼輒切）dn/n̠ ：攝（奴協切）n/n̠ ：褶（陟葉切）t/ȶ

案以上兩條的聲符，從之得聲者既有舌頭音，又有鼻音。

28. 執（之入切）t/tɕ ：熱（奴協切）n/n̠（又之涉切）t/tɕ

案後一字的兩讀，正反映了古的 dn。

29. 若（而灼切）n/n̠ ：婼（汝移切）n/nʐ（又丑略切）t'/ȶ'

案後一字的兩讀，正反映了上古的 dn。

30. 暱(女力切) dn/n̠ ：暱（尼質切）n/n̠ ：慝（他德切）t'/t'

31. 冉（而琰切）dn/n̠ ：舑（他酣切）t'/t' ：枏（那含切）n/n̠

32. 耳（而止切）dn/n̠ ：餌（仍吏切）n/nʐ ：恥（敕里切）t'/ȶ'

33. 貳（而至切）dn/n̠ ：摭（直利切）d'/d' ：膩（女利切）n/n̠

34. 尼（女夷切）dn/n̠ ：昵（尼質切）n/n̠ ：柅（丑利切）t'/ȶ'

案以上五條的聲符，從之得聲者，有舌頭音，也有鼻音，所以聲符本身很可能兼有此兩種成分。

三、d ŋ → ŋ

35. 𢜒（徐醉切）d/z：頦（五怪切）dŋ/ŋ

36. 臣（植鄰切）d'/ʐ：臦（語巾切）dŋ/ŋ

37. 甚（常枕切）d'/ʐ：堪（五含切）dŋ/ŋ

38. 出（尺類切）t'/tɕ'：弗（魚乙切）dŋ/ŋ

39. 多（得何切）t/t：宜（魚羈切，多省聲）dŋ/ŋ

形聲字之外，還有以下資料表現了 t 和 n 的關係：

40. 《類篇》「𢓼」字吐內切（t'-），又諾盍切（n-）

41. 《類篇》「訥」字奴骨切（n-），又張骨切（t-）

42. 《類篇》「疼」字竹力切（t-），又而力切（n-）

43. 《類篇》「耴」字陟涉切（t-），又昵輒切（n-）

44. 《釋文·儀禮音義》「淖」字徒教反（d'-），又女孝反（n-）

45. 《釋文·莊子音義》「態」字奴載反（n-），又勒代反（t'-）

46. 《春秋·昭元年》左穀「齊國弱（n-）」，《公羊》作「國酌（t-）」

47. 《説文》：「綢（d'-），繆（m-）也」（蕭部）

48. 《説文》：「孟（m-），長（t-）也」（唐部）

49. 《説文》：「屯（d'-），難（n-）也」（寒部）

50. 《説文》：「訰（n-），頓（t-）也」（痕部）

51. 《説文》：「饢（n-），周人謂餉（sd-）曰饢」（唐部）

52. 《説文》：「挑（t'-），撓（n-）也」（豪部）

53. 《説文》：「痜（t'-），讀若枬（n-）」（覃部）

54. 《釋名》：「沐（m-），禿（t'-）也」（屋部）

55. 《釋名》：「難（n-），憚（d'-）也」（寒部）

56. 《毛詩·谷風》：「旨（t-），美（m-）也」（灰部）

57. 《毛詩·沔水》：「弭（m-），止（t-）也」（咍部）

58. 《毛詩·桑扈》：「那（n-），多（t-）也」（歌部）

伍、結　論

前面所列出的三大類舌尖塞音複聲母，共有221條例證。其

中，形聲字以外的例證比較不能確定，一定還有別的可能性在裏頭。在此，只是聊備參考而已。文中所擬訂的音值也只是一套假設，筆者的目標是希望在最合乎音理的情況下，去推測出一套古音複聲母系統，嘗試解釋各種難以解決的諧聲問題。由於筆者學力有限，疏漏之處一定不少，尚祇閱者先進不吝賜教，予以匡正。

上古音裏的心母字

壹、聲母多源的理論

自清代以來的學者，研究上古聲母較傾向於歸併中古的某幾個聲母，認爲是上古某一個聲母的分化。例如錢大昕的「古無輕脣音」、「古無舌上音」；夏燮的「照系三等字古讀舌頭音」、「照系二等字古歸齒頭音」；章太炎的「娘日歸泥」❶。於是上古的聲母這樣一歸併，就顯得很少了。黃侃的上古聲母系統只有十九個，和他的中古四十一紐，在數目上頗爲懸殊。

民國時代的學者，研究上古聲母又找出一對一的關係，即某一中古聲母上古讀作某。如曾運乾的「喻三古歸匣」、「喻四古歸定」；錢玄同的「邪紐古歸定」；周祖謨的「審紐古歸舌頭」、「禪母古音近定母」等❷。在擬訂音值時，這些條例成爲重要的憑據，於是視某母的上古來源爲某音，凡是中古此母的字，上古一律源自某音。

上面的兩種做法，都忽略了一點，就是語音的演化不止有分化，或一對一的演化，還有合併現象。用公式表示，有如下的情形：

1.分化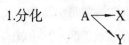

2.一對一的演化

A ——▶ X

3.合併　　　A ——▶ X

　　　　　　B ╱

通常，第一種方式比較容易被注意到，我們回顧古韻分部的歷程，也是第一種方式最先被運用。清儒江有誥曾批評鄭庠：

　　鄭氏庠作《古音辨》，始分六部，雖分部至少，而仍有出韻，蓋專就唐韻求其合，不能析唐韻求其分，宜無當也。❸

　　他所謂的「就唐韻求其合」就是指的第一種方式。把《廣韻》的幾個韻合併起來，認爲它們上古是一個來源。由上古的角度來看，就是韻部的分化。他所謂的「析唐韻求其分」就是指的第三種方式：合併現象。這是到顧炎武才開始被注意到的。顧氏在《音學五書》中分古韻爲十部，其中，支韻字拆開分別歸入第二部和第六部；麻韻字拆開分別歸入第三部和第六部；庚韻字拆開分別歸入第七部和第八部；尤韻字拆開分別歸入第二部和第五部❹。這樣的措施正是說明一個中古的「韻」，也可能有幾個不同的來源，換句話說，這個中古的「韻」是經過韻母的合併而形成的。

　　聲母的情況也應該是一樣的，上古的一個聲母有可能分化爲幾個不同的中古聲母，同樣也可能由幾個不同的上古聲母演變爲中古的同一個聲母。

　　我們還可以拿已知的聲母演化，來印證聲母多源的理論。由中古到國語的聲母演變規律，是比較容易掌握的，其中就有不少

合併現象，例如❺：

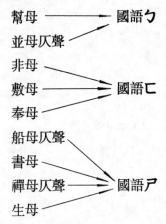

幫母 ────────→ 國語ㄅ
並母仄聲 ───╱

非母 ────────╲
敷母 ────────→ 國語ㄈ
奉母 ────────╱

船母仄聲 ──────╲
書母 ─────────╲
禪母仄聲 ──────→ 國語ㄕ
生母 ─────────╱

我們由此推想上古到中古的聲母變化，也必然會有很多類似的情形。這是我們擬訂上古音系應加考慮的。

貳、心母字諧聲的狀況

欲了解心母字在上古的情形，最能提供全面性資料的，就是形聲字了。我們可以由聲系中觀察心母字和哪些聲母的字諧聲，進而判斷這些心母字的上古音讀。

周法高先生曾依據高本漢《修訂漢文典》統計諧聲通轉的次數，其中心母字的接觸情形如下：❻

1. sj: k′   1
   sj: k   6
   sj: kj   1
   sj: xj   9
   sj: j（喻三）   2
   sj: j（影）   2
   sj: ng   1
   sj: ngj   6（以上諧牙喉音）

2. sj: tś   1
   s : tś   3
   s : tś   2
   s : ź   1
   sj: ś   13
   s : ś   3
   sj: dź   1（以上諧正齒音照系）

3. sj: ɸ（喻四）   9
   s : ɸ   7（以上諧喻四）

4. s : t̂   1
   sj: t̂′   2
   sj: d̂′   1
   s : d̂′   10
   s : t′   2
   sj: d′   5
   s : d   6（以上諧舌音端、知系字）

5. s : ńź   22
   s : ńź   1
   s : n   1
   s : n   6（以上諧泥娘日母）

6. s : lj   1
   s : l   1（以上皆來母）

7. sj: ts   2
   s : ts   14
   sj: ts′   4

s:	ts′	6
sj:	dz′	2
s:	dz′	2
sj:	s	17
s:	s	50
sj:	tsj	7
sj:	ts′j	10
sj:	dz′j	4
sj:	sj	51
sj:	z	11
sj:	tʂ	3
sj:	dẓ′	2
sj:	ʂ	25
s:	ts′j	1
s:	ts′j	5
s:	z	3
s:	tʂ′	5
s:	dẓ′	4
s:	ʂ	33（以上諧齒頭音、照系二等字）

此外，依「照系二等字古歸齒頭音」的古聲母條例，審母二等字（生母）上古也是s-，它在諧聲中的情形如下：

8.	ṣ:	ʂ	25（本母相諧）
9.	ṣ:	lj	5
	ṣ:	l	9（以上諧來母）
10.	ṣ:	ts	1
	ṣ:	ts′	6
	ṣ:	tsj	2
	ṣ:	ts′j	1
	ṣ:	dz′j	1
	ṣ:	tʂ	1
	ṣ:	tʂ′	1（以上諧齒頭音、照系二等字）

由上表分析，第7組、第8組、第10組都屬正常的諧聲。因爲和上古*s-接觸的都不外上古*ts-、*ts'-、*dz'、*s-的字。舌尖塞擦音和舌尖擦音相諧聲，是很自然的事。無論中古的字母、現代的注音符號，它們都被視爲同一類聲母，而排列在同一組中。其中有心母和邪母諧聲的14個例子（sj：z有11個，s：z有3個），應另作處理，因爲邪母的古讀有可能是個塞音*d-（＞z-）❼（參考下面的上古單聲母系統表）。

至於上表的第1組和牙喉音諧聲，第2組和照系三等字諧聲，第3組和喻四諧聲，第4組和舌尖塞音諧聲（第7組的邪母亦可歸入），第5組和*n-諧聲，第6組、第9組和*l-諧聲，這些心母字在上古可能都有不同的來源，有些可能源自幾種不同的複聲母。

正因爲心母字有如是多源的情況，過去研究古聲母條例的學者沒有提出「心母古歸某母」的結論，這並不表示心母字在上古就一定和中古一樣，只有一個*s-的念法。諧聲的統計顯示，上古有幾種帶*s-的複聲母，後來失落了*s-後頭的成分，於是到了中古就變成了單聲母s-。至於上古的心母字究竟有幾種不同的來源？其具體的音韻型式如何？我們必需進一步由個別聲系中去分析。

叁、聲系的分析

分析上古形聲字的聲系，並擬訂其音值，首先得有一套作爲基礎的上古單聲母體系。本文依據拙著《古漢語複聲母研究》中

的上古單聲母系統作爲推論的基礎。其體系如下❸：

p p′ b′ m m̥（曉母）

t t′ d′ d（邪） n（泥娘日）

（*t系＞端、知、照三系，*d′＞定澄船禪）

ts ts′ dz′ s（精、莊兩系）

l r（喻四）

k k′ g′ g（匣、喻三） ŋ x ʔ

下面就在這個基礎上，分析心母（含生母）和別的聲母在聲系裏的接觸現象。

一、心母和舌尖音的諧聲

1. 史（疎士切）srj/ʃj：吏（力置切）lj/lj：使（疎吏切）srj/ʃj

所擬的音，斜線前代表上古音，斜線後代表中古音，下同。各「等」的區別也以介音標示出來。

依照李方桂先生的研究，莊系字上古帶有r成分❾。由此，我們很容易解釋生母和來母的諧聲，因爲它們同具有舌尖流音的成分。下面幾條的情況類似。

2. 帥（所類切）srj/ʃj：䢦（力遂切）lj/lj

3. 婁（力朱切）lj/lj：數（所矩切）srj/ʃj

4. 綸（落官切）l/l ：䋜（所眷切）srj/ʃj

5. 林（力尋切）lj/lj：㴥（斯甚切）slj/sj，（又所禁切）srj/ʃj

6. 了（盧鳥切）li/li ：尥（先鳥切）sli/si

這條是心母和來母諧聲，顯然上古這個心母字帶有l成分。到中古才消失掉。

7. 麗（呂支切）lj/1j：纚（所宜切）srj/ʃj

8. 立（力入切）lj/1j：颯（蘇合切）sl/s

9. 龍（力鍾切）lj/1j：瀧（所江切）sr/ʃ

上面九條例子都是心母（中古生母）和來母字諧聲。其中，第5條的「罙」字，《廣韻》沁韻云：

　　《爾雅》曰：槮謂之涔。郭璞云：今之作罙者，聚積柴木於水中，魚得寒入其裏藏隱，因以簿圍捕取之。

照這樣解釋，「罙」似屬會意字，然沈兼士《廣韻聲系》認爲從「林」聲❿。也可能是形聲兼會意的字。跟它諧聲的「林」雖擬爲1/1，但也可能是sl-，因爲東漢劉熙的《釋名》有「林，森也」的音訓，「林」和「森」很可能是同源詞，那麼它們的原始聲母就應該是sl-了。

至於第3條的「數」字，在《毛詩·賓之初筵》有「屢，數也」的音訓，可以作爲「數」的聲母是sr-的旁證。

下面還有一些例子，是心母（生母）和舌尖塞音接觸的例子，這些，都源自上古的sr-。

10. 乽（都回切）t/t：帥（所類切）srj/ʃj

11. 黏（他念切）t'i/t'i（又舒瞻切）sdj/ɕj：糂（所咸切）sr/ʃ

「黏」字有審母（書母）一讀，周法高先生審母字上古擬爲st'，李方桂先生也擬爲st'❶。本文依拙著《古漢語複聲母研究》的系統擬爲sd❷。總之，它的第二成分是個舌尖塞音，這是毫無疑問的。那麼，「黏」字的透母一讀，也應當是sd-轉化而成的了。因此，這組聲系的兩個字之間，上古具有sd：sr的聲母關係。下面一組形聲字的情況相同。

12. 舂（書容切）sdj/ɕj：亄（色絳切）sr/ʃ

前面和來母諧聲的心母字擬爲 *sl/s，如果和 t、d 等舌尖塞音諧聲的心母字，則擬爲 *sr/s。這個 r 成分與 t、d 的發音是類似的。但這樣的擬訂是否和 *sr/ʃ（生母）相衝突呢？最可能的情況是：*sr/s 類的 -r- 成分消失的比較早，所以聲母沒有轉化爲 ʃ。其演化如下：

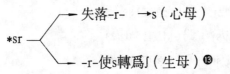

$$*sr \begin{cases} \longrightarrow 失落\text{-r-} \longrightarrow s（心母）\\ \\ \longrightarrow \text{-r-}使 s 轉爲 ʃ（生母）\text{⓭} \end{cases}$$

下面是 *sr（＞s）和舌尖塞音諧聲的例子：

13. 松（祥容切）dj/zj：崧（息弓切）srj/sj

14. 妥（他果切）tʹ/tʹ：綏（息遺切）srj/sj

15. 宎（徒感切）dʹ/dʹ：憛（蘇紺切）sr/s

16. 譶（徒合切）dʹ/dʹ：霅（蘇合切，《說文》：從雨，譶省聲）sr/s

17. 聑（陟葉切）tj/ťj：聶（蘇協切，《說文》：從耳，聑省聲）sri/si

18. 丑（敕久切）tʹj/ťj：羞（息流切）srj/sj

19. 俞（丑救切）tj/ťj（又羊朱切）rj/øj：緰（相俞切）srj/sj

20. 朮（直律切）dʹi/dʹj：誎（辛聿切）srj/sj

21. 左（則箇切）st/ts：隋（他果切）tʹ/tʹ：髄（息委切）srj/sj

這個聲系中，「左」字既和「隋」諧聲，可見「左」也當是個舌尖塞音，那麼，「髄」自然就是 sr/s 了。st/ts 的演化，包擬古曾在 1969 年發表〈藏語 sdud 與漢語「卒」字的關係以及 st 複聲母的擬訂〉一文，證明此項演化的可能性⓮。李方桂先生在 1976 年的〈幾個上古聲母問題〉一文中也有類似的擬訂⓯：

sth/tsh　催、邨、戚

sd/dz　　寂、溹、摧

22. 墮（徒果切）d′/d′：髓（息委切）srj/sj

《說文》：「髓，骨中脂也，從骨墮聲」段注：隸作「髓」。《釋名》：「髓，遺也」，其中的聲母關係（sr：r）也可以作爲旁證。

23. 習（似入切）dj/zj：霫（先立切）srj/sj

24. 司（息茲切）srj/sj：詞（似茲切）dj/zj

25. 屖（先稽切）sri/si：墀（杜奚切）d′i/d′i

26. 彡（息廉切）srj/sj：彤（丑林切）tj/t′j

27. 四（息利切）srj/sj：泗（丑飢切）t′j/t′j

28. 旬（詳遵切）dj/zj：荀（相倫切）srj/sj

29. 彗（徐醉切）dj/zj：繐（相銳切）srj/sj

30. 隹（職追切）tj/tɕj：雖（息遺切）srj/sj

31. 占（職廉切）tj/tɕj：枮（息廉切）srj/sj

32. 止（諸市切）tj/tɕj：杫（斯義切）srj/sj

33. 帚（之九切）tj/tɕj：埽（蘇老切）sr/s

34. 世（舒制切）sdj/ɕj：泄（私列切）srj/sj，（又餘制切）ri/∅j

35. 蕡（神夜切）d′j/dz′j，（又舒制切）sdj/ɕj：潰（私列切）srj/sj

36. 枼（與涉切）rj/∅j：屧（蘇協切）sri/si

37. 牒（徒協切）d′j/d′i：藻（蘇協切）sri/si

38. 叔（式竹切）sdj/ɕj：裻（先篤切）sr/s

39. 束（書玉切）sdj/ɕj：速（桑谷切）sr/s

40. 甚（常枕切）d′j/zj：椹（桑感切）sr/s

41. 臣（與之切）rj/∅j ：獄（息茲切）srj/sj

42. 匀（羊倫切）rj/∅j ：昀（詳遵切）di/zj，（又相倫切）srj/sj

43. 養（餘兩切）rj/∅j ：鰲（息兩切，乾魚腊也）srj/sj

44. 攸（以周切）rj/∅j ：脩（息流切）srj/sj

45. 垩（餘針切）rj/∅j ：綡（息林切）srj/sj

46. 台（土來切）t'/t' ：枲（胥里切）srj/sj

47. 怠（徒亥切）d'/d' ：葸（胥里切）srj/sj

48. 尹（余準切）rj/∅j ：笋（思尹切）srj/sj

49. 甬（余隴切）rj/∅j ：敵（先孔切）sr/s

50. 易（以豉切）rj/∅j ：賜（斯義切）srj/sj

51. 隶（羊至切）rj/∅j ：肆（息利切）srj/sj

《說文》：「肆，從長，隶聲」

52. 異（羊吏切）rj/∅j ：屓（胥里切）srj/sj

53. 延（以然切）rj/∅j ：埏（相然切）srj/sj

有幾個又音的資料，可以作爲上面擬音的旁證。例如《類篇》：「隋，思果切（*s-），又杜果切（*d'-）」，這兩讀可能由一個類似*sr～*sd的原始型式分化轉成。參考上面第22條。又《類篇》：「突，疏簪切（*s-），又夷針切（*r-）」此字《集韻》：「徒感切（*d'-），又所禁切（*s-）」由此看來，它也可能是上古*sr～*sd型式的分化，而形成兩個念法。此字意爲「深也，一曰竈突」（見《集韻》），《廣韻》寫作「突」（徒感切，竈突，深也）。和《廣韻》侵韻所今切的「突」（㝹）實爲同一字（「深」字即從之得聲）。可參考上面第15條。又《經典釋文》：「揲，時設反（*d'-），徐邈息列反（*s-）」、「渫，

息列反（*s-），徐邈食列反（*d′-）」，這樣的關係，可和上面
第34至37條互相參證。又《經典釋文》：「緆，悉歷反（*s-
），又羊豉反（*r-）」可參考上面第50條。《儀禮·聘禮》：「
秉有五籔」注：「古文籔（*s-）作逾（*r-）」可和上面第3條、
第19條相參證。

　　和舌尖塞音諧聲的心母字爲什麼上古不是st或st′、sd、sd′
呢？因爲和舌尖塞音諧聲的精系字我們必需擬爲st／精、st′／
清、sd′／從，而sd是審三的來源⓰。因此，剩下的可能型式只有
sr了。

二、心母和舌根音的諧聲

　　1.宣（須緣切）sgi/sj：暄（況袁切）xj/xj：垣（雨元切）gj/j

　　這裏的心母字是源自上古的*sg-。其中的g成分也可以是個
舌根濁擦音，二者之間不構成音位上的對立。在sg-聲母的演化
過程中，*g一定有過弱化的階段，也就是轉爲同部位的濁擦音，
然後才消失掉，變成中古的心母。由於印刷的不便，這個舌根濁
擦音本文一律不標寫，而用g來代替。「垣」字是喻母三等字，
與匣母字同源，上古是個塞音g，後來才弱化爲濁擦音。擦音化
的演變是漢語很普遍的一個音變模式。例如*d→z（邪母）、*p
、*p′、*b→f（非、敷、奉）都是循這條途徑演化的結果。

　　2.歲（相銳切）sgi/sj：劌（居衛切）kj/kj：譏（呼會切）x/x

　　3.員（王分切）gj/j：損（蘇本切）sg/s

　　藏語「損」字正是skum-pa。可作爲旁證⓱。

　　4.委（於爲切）ʔj/ʔj：矮（思累切）sgj/sj

5. 戶（侯古切）g/ɤ：所（疏舉切）sgrj/ʃj

6. 夏（胡駕切）g/ɤ：嗄（所嫁切）sgr/ʃ

7. 惠（胡桂切）g/ɤ：繐（相銳切）sgj/sj

8. 公（古紅切）k/k：鬆（私宗切）sg/s

9. 其（居之切）kj/kj：斯（息移切）sgj/sj

10. 圭（古攜切）ki/ki：眭（息爲切）sgj/sj

11. 今（居吟切）kj/kj：梣（所今切）sg/j

12. 契（苦計切）kʼi/kʼi：楔（先結切）sgi/si

13. 見（胡甸切）gi/ɤi：霓（蘇佃切）sgi/si

14. 夾（古洽切）kr/k：翜（色立切）sgi/ʃj

15. 臤（綺戟切）kʼr/kʼ：虤（山青切）sgr/ʃ

16. 及（其立切）gʼj/gʼj：靸（蘇合切）sg/s

17. 巂（戶圭切）gj/ɤj：鞙（山垂切）sgrj/ʃj

《禮記‧檀弓下》：「曹桓公卒于會」注：「曹伯盧諡宣（s-），言桓（g-），聲之誤也。」可與前面第一條相印證。這是假借異文的關係：宣sg-：桓g-。又《類篇》：「契，欺訖切（kʼ-），又私列切（s-）」兩讀可能由原型*sk-分化而成。可與前面第12條參證。又《集韻》：「圭，涓眭切（k-）」黃侃引《類篇》音「消眭切」⑱如果沒有誤字的話，「圭」的兩讀也反映了原始*sk-的念法。可與前面第10條參證。又《說文》：「頍（g-）讀若楔（s-）」也是「契」聲系中s-和舌根音的接觸。可與前面第12條參證。又《釋名》：「言（ŋ-），宣（s-）也」兩字的聲母關係應是*sŋ：*sg。可與前面第一條相參證。包擬古《釋名研究》認爲它們的聲母關係是*zŋ：*sŋ⑲。

　　另外有些例子，是心母字和曉母字諧聲，這是因爲上古心母的sg，其次一成分有些地方已弱化爲一濁擦音，因此和清擦音的曉母音近而相諧（發音部位皆舌根）。例如前面第 1、2 例中都夾有曉母字，其他如：

　　18. 屑（蘇骨切）sg/s：肸（許訖切）xj/xj

　　19. 血（呼決切）xi/xi：恤（辛聿切）sgi/sj

　　20. 羴（許閒切）xr/x：鮮（相然切）sgj/sj

　　這種 *sg ＞ sɣ 的演化，到了漢代更爲明顯。漢代的音訓及其他語料都可以普遍的看到 *sg（sɣ／中古心母）和 *x（曉母）的接觸，例如：

　　《説文》：「涣（x/x），散（sg/s）也」

　　《説文》：「泧（x/x），讀若椳（sg/s）」

　　《説文》：「奞（sg/s），讀若睢（x/x）」

　　《釋名》：「昏（x/x），損（sg/s）也」

　　《毛詩·采蘋》：「湘（sg/s），亨（x/x）也」

　　《毛詩·谷風》：「墍（x/x），息（sg/s）也」

　　《毛詩·訪落》：「涣（x/x），散（sg/s）也」

　　《禮記·月令》：「鮮羔開水」注：「鮮（sg/s）當爲獻（x/x）。」

　　《詩經·擊鼓》：「吁嗟洵兮」韓詩「洵」（sg/s）作「敻」（x/x）。」

　　以上的漢代語料都是心母和曉母的接觸，它們在當時的聲母都是舌根擦音，發音上非常接近。漢代心母和曉母的關係變得比諧聲時代更密切，表現了sg的第二成分弱化爲擦音的現象，到了

中古更進一步失落成單聲母s-了。

　　上古除了sg聲母外，還有相對的一個sx聲母，這個sx聲母到了中古變成曉母。我們如何區分聲系中sg和sx的界限呢？我們大致可以這麼看：

　　⑴曉母字如果和一個*ts、*s類聲系諧聲，其中又不夾雜其他舌根塞音，那麼，這個曉母字上古是*sx。例如：

　　　　此（ts'）：泚（ts'）訾（ts）疵（dz）柴（sx/x）

　　　　叟（s）：緧（ts'）溲（sx/x）

　　⑵如果聲系中除心母、曉母字外，還有k、g等舌根塞音，則這個心母上古是sg/s，曉母仍是x/x。例如前面第1至第17例，基本上都是舌根塞音的聲系。

三、心母和雙唇音的諧聲

　　1. 必（卑吉切）p/p：瑟（所櫛切）sb/s

　　這裏的心母字是由上古的sb複聲母演化而成，失落了濁音的第二成分b。這個b成分在失落以前，也可能有過弱化的階段，也就是雙唇濁擦音，這點和前面一節的sg聲母情況應該是相平行的。

　　2. 服（房六切）b'j/bj：椏（桑谷切）sb/s

　　3. 卞（皮變切）b'j/bj：竿（蘇貫切）sb/s

　　此外，有一條音訓的例證也顯示了心母和雙唇音的接觸。《說文》：「轉，車下索也」轉字蒲候切（*b'），索字所戟切（*sbr/ʃ）。兩字都是上古魚部。

　　這種sb聲母和前面的sd、sg類聲母構成一套對稱的系統。sb

的數量較少，是因爲唇音字本來就比*t類字（包括中古大部分舌音、齒音字）、*k類字（包括中古大部分牙音、喉音字）爲少。另外一方面，似乎在漢語中，唇音字都較早轉入他系中。例如鼻音韻尾中，-m首先轉入-n。高本漢、董同龢的上古陰聲韻尾中，*-b也最早消失。

四、心母和鼻音的諧聲

㈠ 心母和明母

1.昔（思積切）si/si：宓（莫狄切，《說文》：昔省聲）smi/mi

我們也可以考慮其聲母關係是sm/s：m/m。但是聲系中還夾雜著許多ts聲母類的字。我們假定s：sm，s：ts，比假定sm：m，sm：ts要來得合理：

昔s/s：宓sm/m：借ts/ts：措ts'/ts'：潟s/s

心母和鼻音諧聲的例子，我們都依此模式處理，擬爲：（ N 代表鼻音）

SN/N：S/S

下面將提到的「午」字（ŋ-），在同族語言裡反映了sŋ-的痕迹，可作爲SN＞N的旁證。

因此，我們暫作這樣的擬訂：

⑴凡是心母和鼻音諧聲的，那個鼻音上古爲*SN。

⑵凡是心母和非鼻音（參考前三節）諧聲的，則心母是源自*S+塞音（或流音）的複聲母。

2.尾（無匪切）smj/mj：犀（先稽切）si/si

3.亡（武方切）smj/mj：喪（蘇浪切）s/s

（二）　心母和泥母

　1. 襄（息良切）sj/sj：釀（女亮切）snj/nj：讓（人樣切）snj/nj/nʑj

　2. 犀（先稽切）si/si：㨷（諸皆切）snr/n

前面「犀」字諧明母，此處又諧泥母，可証心母是個單純的 *s，若擬爲 *sm，或 *sn，都不能照顧週全。只有可能和心母諧聲的明母和泥母分別是 *sm 和 *sn。這也是我們不採取 "*SN ＞ 心母" 的模式的理由之一。

　3. 戎（如融切）snj/nj/nʑj：毧（息弓切）sj/sj

　4. 需（相俞切）sj/sj：儒（人朱切）snj/nj/nʑj

　5. 肉（內骨切）sn/n：雋（息委切）sj/sj

（三）　心母和疑母

　1. 薛（私列切）sj/sj：孽（魚列切）sŋj/ŋj

　2. 吾（五乎切）sŋ/ŋ：罃（悉姐切）sj/sj

　3. 午（疑古切）sŋ/ŋ：卸（司夜切）sj/sj

「午」字李方桂、董同龢都曾舉出，在台語（Tai）中反映了 sŋ 的讀法[20]。

　4. 疋（五下切）sŋ/ŋ（又疏舉切）sr/ʃ：胥（相居切）sj/sj

「疋」字中古的 s，ŋ 兩讀正反映了上古 sŋ。

　5. 劫（魚祭切）sŋ/ŋj：鳌（私列切）sj/sj

　6. 羊（宜戟切）sŋ/ŋj：朔（所角切）sr/ʃ

肆、心母字的演化

從上面的討論來看，心母字的來源不會是單一的，而是多源

的，包括了：

 sr＞s（＞ʃ）   （和舌尖塞音、喻四諧聲的心母）

 sl＞s   （和來母諧聲的心母）

 sg＞s   （和舌根音諧聲的心母）

 sb＞s   （和雙唇塞音諧聲的心母）

 這四種帶s的複聲母，其第二成分都是濁音（非鼻音類），後來都趨向於失落。至於帶s的複聲母，其第二成分是鼻音的，則失落前一成分（SN＞N）。若第二成分是擦音，如SX，也是失落前一成分（SX＞X）。

伍、結　論

 聲母的演化往往有分化，也有合併。但是過去研究上古聲母的學者較注意前一種方式，不太注意後一種方式。本文嘗試由聲母多源的理論來檢視心母字的形成。由於篇幅的限制，我們只能以形聲字作爲研究依據，有必要時才偶而引用其他語料。由諧聲的統計上看，心母字接觸的範圍很廣、有和牙喉音諧聲的、有和正齒音照系諧聲的、有和喻四諧聲的、有和舌音端、知系諧聲的、有和泥娘日母諧聲的、有和來母諧聲的、也有和齒頭音、照系二等字諧聲的。這些現象說明了心母字的古讀不是單一的，它應該具有多種不同的形式。

 由聲系的個別分析，我們的結論是：心母在上古最少有sr、sl、sg、sb四種不同的複聲母型式。它們在演化上後來都失去了第二個濁音的成分，於是變成了中古的s-。

附　註

❶ 各項古聲母條例可參考林慶勳、竺家寧《古音學入門》第一九七至二一五頁。學生書局，民國七十九年。

❷ 各條例也可參考上書。

❸ 見清夏炘《詩古音二十二部表集說》第二頁，廣文書局，民國六十年。

❹ 顧炎武《音學五書》收入《音韻學叢書》四至九冊，廣文書局。

❺ 參考竺家寧《古音之旅》第一四〇頁，國文天地雜誌社，民國七十九年。

❻ 參考周法高〈論上古音和切韻音〉，收入《中國音韻學論文集》，香港中文大學出版，一九八四年。此項資料見《論文集》第二二四頁後附表。

❼ 錢玄同有〈古音無邪紐證〉一文，証明「邪紐古歸定」，後來戴君仁又有〈古音無邪紐補證〉支持這個論點。因此，我們的擬音是個和定母很近似的*d-。

❽ 見竺家寧《古漢語複聲母研究》第四〇四頁，文化大學中文研究所博士論文，民國七十年。

❾ 見李方桂〈上古音研究〉，清華學報新九卷一、二期。

❿ 見《廣韻聲系》第一〇四八頁，中華書局。

⓫ 見周法高《中國音韻學論文集》第一三〇至一三一頁。

⓬ 見竺家寧《古漢語複聲母研究》第五二一頁。

⓭ 關於心母和生母的擬音，周法高《論上古音和切韻音》也是擬爲sr。董同龢《上古音韻表稿》說明心母和生母的分化是二等變中古ʃ，一、三、四等變中古s。

⓮ 見包擬古〈藏語sdud與漢語「卒」字的關係以及st複聲母的擬訂〉一文，中央研究院歷史語言研究集刊三九本下冊，第三二七

至三四五頁，一九六九年。

⑮ 見李方桂〈幾個上古聲母問題〉，收入《總統蔣公逝世周年紀念論文集》，一九七六年。

⑯ 詳見竺家寧《古漢語複聲母研究》第五○七至五三三頁。

⑰ 見包擬古〈反映在漢語中的漢藏s-複聲母〉一文，中國語言學報一卷三期（JCL, Volume 13），一九七三。

⑱ 見《黃侃論學雜著》中〈說文聲母重音鈔〉一文，漢京文化公司，民國七三年。

⑲ 見竺家寧譯〈釋名複聲母研究〉第七九頁，中國學術年刊第三期，民國六八年。

⑳ 董同龢《上古音韻表稿》中提到：十二地支的「午」字，在台語方言裏，有的念 s，有的念 ŋ，也有的念saŋa的，正好跟《說文》卸s從午ŋ聲的說法相合。李方桂〈上古音研究〉中也提到：這個詞頭（*s-）有時候可以從台語的字看出來，如「午」字台語有讀作saŋa的，也有讀作sa的。

《說文》音訓所反映的帶l
複聲母

壹、音訓的定義和範圍

音訓是從先秦到漢代盛行的一種訓詁方法。黃季剛先生稱之爲「推因」，並釋之曰：「凡字不但求其義訓，且推其字義得聲之由來，謂之推因。」❶例如《說文》：「天，顚也。」段注云：「『元、始』可互言之，『天、顚』不可倒言之。」林景伊先生《訓詁學概要》❷更指出，音訓之字如爲名詞，則不能顚倒互訓。劉師培在〈小學發微補〉❸中說：「因天體在上，故呼之爲顚，後顚音轉爲天音，乃別造天字。」

齊佩瑢《訓詁學概論》稱音訓爲「求原」（推原求根）。並釋云：「即從聲音上推求語詞音義的來原而闡明其命名之所以然者。」❹又說：「音訓之法只是任取相同相近的一字之音，傅會說明一字之義，音同音近之字多矣，自然難免皮傅穿鑿的流弊。」❺

由以上學者的看法，可知音訓實際上是義訓的一種，只不過特別選用一個和被訓字有聲音關係的字來訓釋，以表現其得聲之由來而已。其中難免有一些附會穿鑿的地方，但是其中也有不少

資料提供我們今日探訪同源詞的線索。此外,不論其解釋是否穿鑿,音訓字之間的語音關係是必然存在的,因此,也提供了我們探訪當時語音實況的重要依據。

對於音訓的解釋,如朱宗萊《文字學形義篇》,容庚《文字學義篇》、高亨《文字形義學概論》、周法高先生《中國訓詁學發凡》等,都是持傳統的看法,認為凡義訓二字間具有讀音關係者,即為聲訓,換言之,聲訓不過義訓之一端❻。龍宇純先生在1971年發表〈論聲訓〉一文❼,對音訓的定義提出了一套較嚴格的新解釋。認為聲訓與義訓的區別在:

1. 二者在形式上有時相同,但自其問語辨之,則疆界脩整。義訓之問語為「某者何」,而聲訓為「何以謂之某」,或「某何以用某」。

2. 二者又可以「更代方式」辨之。如為義訓,丙義與乙義同,則謂之「甲,乙也」、「甲、丙也」皆可。如「元,初也」,「元,始也」。聲訓雖乙、丙義同,謂之「甲,乙也」或可,謂之「甲,丙也」則不可。如「日,實也」、「月,闕也」為音訓,充與實義同,闕與損義同,卻不能更代為「日,充也」、「月,損也」。

3. 音訓為推求語原,故能以同字為訓。義訓則否。

龍先生雖嚴格區分了音訓與義訓,但他也強調「義訓二字間非全不可有聲音關係」❽,例如「趨,走也」、「考,老也」、「改、革也」雖為義訓,其間仍有密切的聲音關聯,像「考、老」龍先生即認為由複聲母kl-變來。

本文標題所謂的音訓,乃就傳統觀點言之。若就龍先生之剖

析，其中有些例證應歸於義訓，但其聲音關聯是可以確定的，仍無礙於藉以探索當時之語音實況。不論音訓或義訓，只要具有音近的關係，都是古音研究的材料。

事實上，《說文》究竟有多少音訓，向來有廣義和狹義的看法，諸家見解很不一致。黃侃《文字聲韵訓詁筆記》認爲《說文》義訓只居十之一、二，而聲訓則居十之七、八。這是作了廣義的認定。本文認爲「音訓」的定義是訓詁學的問題，我們所認定的，只要有語音關係，不管叫它什麼，都是音韻學研究的材料。

貳、「雙聲疊韻」的理解

從東漢開始，佛教輸入，使學者對拼音的梵文有了認識，也吸收了印度的語音學，人們才有了分析漢字音的觀念，於是，六朝出現了「雙聲、疊韻」的名稱。例如劉勰《文心雕龍·聲律》：

　　雙聲隔字而每舛，疊韻雜句而必睽。

又《南史·謝莊傳》：

　　王玄謨問謝莊：何謂雙聲疊韻？答曰：玄護爲雙聲，磝碻爲疊韻。

由於這種字音分析的知識是新起的，所以一時之間，蔚爲風尚。當時的文士流行用「雙聲語」，例如梁元帝《金樓子·捷對篇》、後魏楊衒之《洛陽伽藍記》都有類似的記載。北周庾信還用匣母字（含喻三）寫了一首雙聲詩。至於疊韻字的辨析蒐羅，

自魏李登《聲類》、晉呂靜《韻集》之後，也隨著韻書的勃興，而成爲普遍的知識。

因此，我們可以說，有意識的分析字音，找出雙聲疊韻的字，是魏晉六朝開始的，在此之前的先秦兩漢，只有在文學作品裏無意識的用到雙聲疊韻，例如《詩經》的雙聲詞：

參差、蔽芾、黽勉、蟋蟀、悠遠、匍匐、威夷

疊韻詞如：

虺隤、漂搖、崔嵬、詭隨、泉源、綢繆、壽考

諸如此類的雙聲疊韻詞，都是在人們的語言習慣中不知不覺而自然產生的，不是人爲的去分析字音，然後有意造出這樣的詞彙，因爲在那個時代還不具備分析字音的知識。

羅列雙聲字，以表明語音系統，現存最早的資料應屬梁顧野王的原本《玉篇》，其中收有「切字要法」，列舉了二十八對雙聲字，表明二十八類聲母。至於《廣韻》卷末所附的「雙聲疊韻法」，可以說是這類知識集大成的作品了。這種客觀分析字音的結果，和文學作品裏主觀的韻律感覺所造成的雙聲疊韻現象，性質上是不同的。

漢代盛行音訓，這時雙聲疊韻的觀念還不曾發生，因此，音訓字與本字的語音關係是聽覺上的「音近」，而不是只管聲母不管韻母的雙聲，或只管韻母不管聲母的疊韻。聽覺上的「音近」必需聲母和韻母都相去不遠。只有雙聲，或只有疊韻的字聽起來未必相近。

我們曾作過這樣的實驗：針對不曾受過語音學訓練的高中學生，調查他們對於「音近」的感覺，要受測者只憑音感選出近似

的字。測試題如下：

你覺得哪些字的發音和「天」字很接近？

1.顛(50)　2.顯(2)　3.尖(1)　4.特(0)

5.添(50)　6.地(0)　7.湯(2)　8.電(42)

你覺得哪些字的發音和「地」字很接近

1.得(0)　2.但(0)　3.你(1)　4.祇(0)

5.帝(50)　6.替(49)　7.底(46)　8.天(0)

　　括號內的數字是選擇此字的人數，受測者共五十人。在「天」字條中，集中選擇了「顛、添、電」三字，因爲它們韻母相同，聲母同屬舌尖塞音，所以聽起來「音近」。「顯、尖」和「天」字爲疊韻，卻被排除了。「特、地、湯」和「天」字爲雙聲，也被大部分人排除了。

　　和「地」字音近的，大部分人選擇了「帝、替、底」，因爲它們和「地」字兼有聲、韻上的相似性。「得、但、天」與「地」爲雙聲，「你、祇」與「地」爲疊韻，卻被排除了。

　　這樣的調查統計，給了我們一個啓示：雙聲疊韻和音近是兩回事。魏晉以前基本上還不具備雙聲疊韻的觀念和知識，因此，我們今天從事漢代音訓資料的分析，也不宜拿後起的觀念來爲早先的語料進行分類❾。

　　清儒的語料詮釋，往往忽略這個歷史觀念，所有的語音關係都可歸之於雙聲、疊韻，這樣很可能把一些珍貴的古音痕迹給輕易的忽略掉了。因爲它可能原本是音近的，你卻只注意它的一半，稱之爲雙聲，或者疊韻。

叁、漢代複聲母的狀況

先秦古音中的複聲母，到了漢代是否仍然存在呢？如果還存在，其可能的數量和型式又是如何的呢？這個問題有兩篇重要的論文曾進行過探討，一是柯蔚南的《說文讀若研究》❿，一是包擬古的《釋名研究》⓫。這兩篇論文也正是了解到雙聲疊韻的侷限性，而沒有輕易把讀若和音訓納入雙聲或疊韻的框框裏，因而能夠找出複聲母痕迹的。

在柯氏的論文裏，認爲漢代還有帶s-與帶-l-（或-r-）兩類複聲母。其演化如下：

上古	東漢	魏晉	中古
*sb(ʔ) ⟶	sb ⟶	dz ⟶	dz
*sm ⟶	sm ⟶	s ⟶	s
*skj ⟶	skj ⟶	tś ⟶	tś
*skhj ⟶	skhj ⟶	tśh ⟶	tśh
*sgj ⟍	sgj ⟶	dź ⟶	ź～dź
*sgwj ⟋	sgj+w ⟶	z ⟶	z
*snj(ʔ) ⟶	shj ⟶	ś ⟶	ś
*st ⟍	st ⟶	s ⟶	s
*sk ⟋			

```
* sthj ──────→ sthj ──────→ ś ──────→ ś
* hrj(ʔ) ──────→ hrj ╱
* sn ──────→ sn ──────→ s ──────→ s
* hlj ──────→ thlj ──────→ thr ──────→ ṭh
* gl ╮
* gwl ├──────→ gl ──────→ l ──────→ l
* bl ╯
* dl(ʔ) ──────→ dl ╱
```

例如讀若的實例有：

煦	* hing	> xieng	聲	* skhjing	> śjäng
變	* siap	> siep	濕	* skhjep	> śjəp
豕	* skhjigx	> śjě	豨	* hjəd	> xjéi
頖	* skwjat	> t'śjwät	骨	* kwət	> kuət
臣	* sgjin	> źjěn	牽	* khin	> khien
屎	* gwragx	> ɣwa	陌	* mrak	> mɔk
書	* sthjag	> ś'jwo	箸	* trjagh	> ṭjwo
穓	* giam	> ɣiem	廉	* gljam	> ljäm
厴	* khriam	> khǎm	藍	* glam	> lâm
綰	* ʔwranx	> ʔwan	卵	* gwlanx	> luân

包擬古的論文認爲漢代普遍的還存在帶l的複聲母，這類他討論的最多。此外還有 SN→S，t'N→t' 兩型複聲母也能在《釋名》音訓中發現。

他舉出的實例有：

濫	glam	> lam	衙	* g'am	> ɣam

瓦	ŋwa	>ŋwa	裸	*glwar	>lua	
寡	kwɔ	>kwa	倮	*glwar	>lua	
劒	kljaw	>kjɛm	斂	*gliam	>ljɛm	
領	ljeŋ	>ljɛŋ	頸	*kljeŋ	>kjɛŋ	
尻	k'og	>k'au	膠	*gliog	>lieu	
俺	ʔjap	>ʔɐp	斂	*gljam	>ljɛm	
禮	liər	>liei	體	*t'liər	>t'iei	
丑	t'njog	>t'jəu	紐	*ɳjog	>ɳjəu	

　　上述二文的擬構體系是另外的問題，此地不作討論，這裡所強調的是他們立論的前提，都能擺脫雙聲疊韻的框框，同時，他們的結論也證實了漢代仍有複聲母。

肆、研究的幾個原則

　　本文所收入的《說文》音訓字共三十一條，都是來母字和其他聲母接觸的例子。其他聲母的字在音訓中彼此發生接觸的例子很多，由於篇幅的限制，將來再專文討論。帶l的複聲母是上古各類複聲母中最容易確定的一類。同時，在前述的漢代資料中也還保留著顯著的痕跡。所以我們選擇由這一類複聲母說起。

　　我們列入討論的例子只限於聲母上有對立的，例如k-：l-，事實上，音訓字和本字同聲母的例子，也可能在漢代仍然是複聲母，只不過從音訓表面上沒有直接呈現而已，不像k-：l-一類的例子直接反映出來。包擬古研究《釋名》音訓，就遇到許多例子上古音訓字和本字都是*gl-，而中古都是l-，這種情形在漢代也

可能是gl-，也可能是l-，包氏由漢代的整個系統看，認爲這個gl-還保存到漢代。例如：

栩	gljo	＞ljwo	旅	gljo	＞ljwo
樓	glu	＞ləu	婁	glu	＞ləu
路	glag	＞luo	露	glag	＞luo
練	glian	＞lien	爛	glan	＞lan

《説文》音訓中像這類的例子，我們都暫時保留，沒有提出來討論。

另外，我們所提出來的例子，音訓字和本字間的聲音關係也要求的比較嚴格些，在韻母方面，它們必需是同韻部的。如果韻部不同，聲母又有相異對立的情況，那麼這組字也有可能根本不是音訓，因爲《説文》的解釋不是非音訓不可。它不像《釋名》，編輯的目的就在蒐羅音訓資料。萬一把不是音訓的資料認作音訓，那麼這樣討論出來的複聲母，就必然有問題。例如《説文》：「濃，露多也」中的「濃」和「多」；「滿，盈溢也」中的「滿」和「盈」；「訛，燕代東齊謂信訛也」中的「訛」和「信」；以及「群，輩也」、「倫，輩也」《師大國研所集刊》第八期張建葆先生的〈説文聲訓考〉都視爲音訓，並歸入疊韻類。由於這些例子的音韻關係不夠密切，是否音訓仍有可疑，故依本文的原則皆不視作音訓處理。本文的例子中，偶有幾個韻部相異的例子，但都有音理可說，沒有理由不視之爲音訓。例如下文的第4、5例，和第27例、第28例。其他則音訓字和本字皆同韻部。

伍、來母字和唇音的接觸

在《說文》音訓裏，有許多例子是中古來母字和別的聲母字構成音訓的。對這類例子，我們不能輕易的把它們歸入「疊韻」，而不作進一步的思考與處理。我們認爲，這些例子的聲母發音，在《說文》時代應當是近似的，相互構成音訓的同組字，不僅是韻母類似而已。也就是說，先秦上古音裏的複聲母到了《說文》的時代仍有保存下來的。它們屬於一群帶l的複聲母。

下面就先討論l和唇音的聲母關係。

1. 了，尥（尦）也

「了」字見篠韻盧鳥切；「尦」字見肴韻薄交切，又力釣切，《說文》解釋其字義云：「行，脛相交也。」至於「了」字許慎認爲是「從子，無臂，象形」，段玉裁補充說：「象其足了戾之形。」所謂「了戾」，段氏解釋：「凡物二股或一股結糾紾縛不直伸者，曰了戾。」因此，腳糾結在一起，是「了」的本義，後來才借爲憭悟字。那麼，它和「脛相交」的「尦」應是同源詞了。它們上古都屬宵都韻，聲母原本應該都是PL-型複聲母。「尦」字兩個唸法（並母b'-和來母l-）正證明了這一點。東漢的許慎提出這對音訓時，它們的聲母關係應當是l-：b'l-。「了」字可能已經簡化爲單聲母了。

2. 瀾、潘也

　　《廣韻》無「灡」字,《集韻》見寒韻郎干切;「潘」見桓
韻普官切。《周禮‧稾人》注:「雖其潘灡戔餘不可褻。」把「
潘灡」用爲並列式合義複詞。依據《說文》,「潘」的意思
是:「淅米汁也」,《禮記‧內則》鄭注:「潘,米灡(灡爲大
波,段氏云此字古書常與灡字相借用)也。」由此看來,「潘、
灡」的音義都近似。(發音上,兩字都屬上古元部。)東漢的《
說文》既用爲音訓,可見它們的聲母在漢代也應相去不遠,可
能「潘」字仍唸作p′l-(>p′-)。至於「灡」字,其聲系中和「
柬」(k-)發生關係,它本身的字形構成又是個衍生階段很後的
字(柬→闌→蘭→灡),所以這個字形成時的聲母發音應當是個
單純的l-,而不是kl-。在漢代的語言中,它被借來表示聲音相近
的(l-與p′l-),作爲「淅米汁」講的一個詞彙。因此,兩字在語
言上可以互相作爲音訓。

3.　濫,氾也

　　「濫」字見闞韻盧瞰切,屬中古來母;「氾」字見梵韻孚梵
切,屬中古滂母。兩字上古都是「談部」韻。在《說文》中,這
兩個字互訓(氾,濫也)。

　　在漢代既用爲音訓,其發音必然近似,因此,聲母應是l-與
p′l-(>p′)的關係。「濫」的聲符是「監」(屬二等字,上古聲
母kr-),其諧聲關係是l-:kr-。「濫」可能只是個單純的聲母
l-。

　　「氾濫」也有合用,成爲同義複詞者。如《楚辭‧憂
苦》:「折銳摧矜凝氾濫兮」注:氾濫,猶沈浮也。《孟子‧滕

文公上》：「洪水橫流，氾濫於天下」《文選・長笛賦》：「氾
濫溥漠」注：「氾濫，任波搖蕩之皃。」

此外，「氾」的同源詞還有「汎、泛」等。

4.　例，比也

「例」字見祭韻力制切，屬中古來母；「比」字見旨韻卑履
切，屬中古幫母。

5.　仳，嶚裂也

「仳」字《廣韻》無，《集韻》見旨韻補履切，屬中古幫
母；「裂」見薛韻良辥切，屬中古來母。

上面二例的「比、仳」屬古音脂部，「例、裂」屬古音祭
部。前者的韻母爲-ed型，後者爲-at型。到了魏晉以後，「例」
的韻母變成-æi，「裂」變成-æt，主要元音升高，與脂韻字接
近，許慎的方言可能已經接近中古的情況，也就是：「例」-
æd：「比」-ed，「仳」-ed：「裂」-æt。

聲母方面，從「匕」聲的字都是唇音，沒有和l-接觸的旁
證，因此謹慎一點看，上古應當只是個單純的唇音聲母，而不會
是PL-型複聲母。從「列」聲的字有可能是PL-。《說文通訓定
聲》云：「列，分解也，從刀，𣲥聲，義與別略同。」又云：「
別，分解也，從咼從刀，會意，與列略同。」可見「列、別」是
同源詞，它們的原始聲母是PL-。《詩經・中谷有蓷》：「有女
仳離」的「仳離」連綿詞也可做爲旁證。到了東漢，仍然用從「
列」聲的字和唇音的「比、仳」構成音訓，可知東漢時代的「

例、裂」仍讀複聲母PL-。在系統上看，它們的實際音值是bl-（>l-）。

在意義上，「帴」是「殘帛裂」的意思，所以從巾。「幓裂」的「幓」正是「殘帛」的意思。

6. 隆，豐大也

「隆」字見東韻，力中切，來母；「豐」字見東韻，敷隆切，敷母。兩字都屬古韻冬部。

「隆」字從生，降聲，和舌根音接觸，因此沒有讀PL-複聲母的可能，這條音訓的聲母關係應該是l-：p'l-。

「豐」字之讀爲p'l-，也可見於連綿詞殘留的痕迹中。《淮南子》：「季春三月，豐隆乃出。」此「豐隆」爲雷師之名。又嵇康《琴賦》：「豐融披離」注：豐隆，盛貌。「融」上古爲r-（喻四）聲母字，與l-爲同類的流音，因此，「豐隆」有可能爲p'l-複聲母分化爲兩個音節而成之疊韻連綿詞。林語堂、杜其容都曾討論過連綿詞和複聲母的關係，這也是我們探討複聲母的一個重要線索⓬。

7. 𢍰，樊也

「𢍰」（同「攣」）字見仙韻呂員切，來母。字本從𠬞，《康熙字典》隸變作「𢍰」。「樊」字見元韻附袁切，並母。本也從𠬞，當與「攀」爲同源詞。以上三字皆屬古韻元部。

「𢍰」字的意義，《說文通訓定聲》釋爲「係也，連也，引也」。「樊」字即「攀」字，《說文通訓定聲》：「攀，引也。

從反𠬛，指事。或從手樊聲。」由此觀之，「𡘙、樊、攀」音義相通，皆爲同源詞，其原始聲符爲PL-型複聲母。東漢時代它們很可能仍保存這個唸法，因而構成音訓。從「䜌」聲的，還有個「變」（p-）字，可參考，也是p-、l-的接觸。

8. 犖，駁牛也

「犖」字見覺韻呂角切，來母；「駁」字見覺韻北角切，幫母。兩字皆古韻宵部入聲。

「犖」字從牛，勞省聲；「駁」，馬色不純也，從馬，爻聲。《通俗文》：「黃白雜謂之駁犖。」把「駁犖」當作複合詞用，反映了「雜色毛的牲畜」這個詞彙的原始音讀，很可能是複聲母PL-。《說文》的這組音訓，其聲母關係是bl-（＞l-）：pr-（＞p-）。

其中，「犖」專指雜色毛的牛（bl-），「駁」專指雜色毛的馬（pr-）。

9. 廄，廡也

「廄」字見姥韻郎古切，來母；「廡」字見麌韻文甫切，上古明母。兩字皆古韻魚部。

「廡」指「堂下周屋」，從广無聲。《說文通訓定聲》云：「謂屋于堂之四週者。」即屋簷下之走廊，是大廳外緣之小屋。另有含「小」意，從「無」聲之「膴」，《說文》釋云：「膴婁，微視也。」「膴婁」一詞和「廄，廡也」合起來看，很可能從「無」聲的這兩個字原本具有複聲母ml-。

　　再就「虜」字看，其原始聲符爲「虍」，同「虎」字，爲中古曉母字。由古聲母的研究了解有許多曉母字上古是個清化的m-❸，因此，「虍、虜、虜」的聲系中有可能含有ml-複聲母。

　　曉母的「虎」字，上古有讀清m-的可能，可由兩項記載得到一些線索：《淮南·天文》：「虎嘯而谷風至」高誘注：「虎，土物（m-）也。」《爾雅·釋獸》：「虎竊毛謂之虦貓（m-）。」（竊，淺也。）❹

　　又《漢書·鼂錯傳》：「爲中周虎落」注：「虎落者，以竹篾相連遮落之也。」鄭氏曰：「虎落者，外番也。若今時竹虎也。」補注：「六韜軍用篇：山林野居，結虎落柴」「其護城笓籬亦謂之虎落」先謙曰：「於內城小城之中間以虎落周繞之，故曰中周虎落也。」由這些說明可知「虎落」和「廡、虜」的意義相似，都指圍繞周圍的小型建築設施。同時也暗示了這個詞彙原始聲母爲ml-的可能性。

陸、來母字和舌尖音的接觸

10. 勔，推也

　　「勔」字見灰韻魯回切，又盧對切，來母；「推」字見脂韻尺佳切，穿母，上古音t′-；又湯回切，透母。兩字都屬古韻微部。

　　「勔」字又作「擂」。「推」，排也。

　　「推」字有可能是t′l-複聲母，因爲從「隹」得聲的字，基

本上是t-類聲母，其中有「蜼」（同雅字），力軌切，來母。《說文》：「蜼，獸如母猴，仰鼻長尾。」此外，《釋名》：「錐，利也。」也顯示了「隹」聲符的字有帶l的可能。

11. 婪，貪也

「婪」字見覃韻盧含切，來母；「貪」字見覃韻他含切，透母。兩字都屬古韻侵部。

《說文》：「貪，欲物也，從貝今聲。」《說文》另有一個「惏」字：「河內之北，謂貪曰惏。」音盧含切。段注云：「惏」與女部「婪」音義同。

從「林」得聲的字除了來母外，還有一個「郴」，丑林切，徹母，上古音t'-。而「婪」又和t'-聲母的「貪」構成音訓，很可能這個從林聲的「婪、惏」是dl-複聲母（＞l-）。

「貪」字從「今」k-聲，說明他在造字時代和舌根音有某種牽連，可是到了《說文》時代，「貪」應該只是個單純的t'-聲母字。

12. 嬌，婪也

「嬌」字見覃韻倉含切，清母；其音訓字是dl-複聲母的「婪」（見上條）。《廣韻》引《玉篇》：「婪，嬌也。」兩字可展轉構成音訓，可知它們的發音必十分接近，除了韻母的類似外，聲母的關係應是st'-（＞ts'-）：dl-（＞l-）。前者是經由音素轉移（易位）而變成清母的，此項變化之見於上古音，已有包擬古專文討論過，此不贅述❺。

13. 詻，離別也

「詻」字見支韻直離切，澄母，上古音d'-，又紙韻尺氏切，穿母，上古音t'-。「離」字見支韻呂支切，來母。兩字都屬上古歌部。

「離」字從隹離聲，「离」字《廣韻》丑知切（t'-），又呂支切（1-)，從「离」聲的字還有「摛、螭」，丑知切徹母，上古為t'-聲母。由此觀之，「離」字古讀也可能是帶有舌頭音的成分：dl->l-。由此來看「詻」t'-、「離」dl-的關係，在語音上也比較容易解釋。

14. 理，治玉也

15. 吏，治人者也

「理」字見止韻良士切，來母；「治」字見之韻直之切，澄母，上古音d'-；「吏」字見志韻力置切，來母。

「理」、「治」、「吏」三字都屬古韻之部。

這三個字中，「理」在語料裏的接觸情形看，應該是個單純的l-聲母；「吏」有「史、使」的關係，原來應屬sl-聲母；至於「治」字，照李方桂先生的意見，澄母字上古是drj-（李氏d擬為不送氣），則上面的音訓可以解釋為由於流音成分的相似，其聲母情況如下：

理l-：治d'r-

吏sl-：治d'r-

依拙著《古漢語複聲母研究》的系統，吏sl-應變為s-，但吏

和史是同源詞，上古都是sl-，後來分化爲s-（史），l-（吏）。

16. 勦，勞也

「勦」字見肴韻組交切，崇母，上古音dz'-，又子小切，精母，音ts-；「勞」字見豪韻魯刀切，來母。兩字都屬上古宵部。

「勦」字從力，巢聲。古書中多用爲動詞「勞困」的意思，如《左傳·昭公元年》：「安用速成其以勦民也」，《東京賦》：「今公子苟好勦民以媮樂」。「勞」字從力熒省，會意，也有認爲是從縈省、從熒省的。

「勦」的聲符「巢」據《經典釋文》有「呂交反」、「仕交反」二讀（見《尚書音義》，前者爲徐邈音），而黃季剛先生所列舉的《類篇》反切中，也有「力交」、「莊交」二切。此外，從「巢」聲的字還有「操」落蕭切。由這些資料看來「勦」上古唸dz'l-聲母的可能性是很大的，這樣，「勦」dz'l-：「勞」l-的音訓就很合理了。「勦」字也可能是dz'r-，因爲屬二等韻的緣故。第二個音素r和l是同性質的流音。

17. 勴，助也

「勴」字見御韻良倨切，來母。《說文》：「從力非，慮聲」也可寫作「勵」，從力慮聲。《爾雅·釋詁》：「助，勴也」注：「謂贊勉。」

「助」字見御韻床據切，崇母，上古音dz'-。依李方桂先生的擬音，莊系字上古都帶r介音，因此，「助」字是dz'rj-。則此組音訓的聲母關聯是都有個相似的流音成分。

18. 絡，絮也

「絡」字見鐸韻盧各切，來母；「絮」字見御韻息據切，心母，又抽據切，徹母，又尼恕切，娘母。

「絡」字上古爲魚部入聲，「絮」爲魚部字。

「絡」的聲系中主要爲來母字與 k- 類字，「絡」到了《說文》裏應該是個單聲母的 l-，而不會是 kl-。

「絮」字《說文》：「敝綿也，從系如聲」《說文通訓定聲》：「好者爲綿，惡者爲絮。」上古聲母應該是 sn-，中古衍爲心母和娘母兩個讀法，至於徹母（tʼ-）一讀，可能是 sn- 轉化爲塞音而成的異讀。則《說文》中「絡」與「絮」的音訓關係是 l-：sn-，聲母都是舌尖部位的濁音。l、n 原本也是性質近的輔音。

19. 㑞，老也

「㑞」（同叟字）字見厚韻蘇后切，心母；「老」字見皓韻盧皓切，來母。兩字同屬古韻幽部。

「㑞」字從又灾，爲會意字，然其意段玉裁、朱駿聲都不能確切分析。《方言》：「俊（同宵），長老也。東齊魯衛之間凡尊老謂之俊」。

《說文》以「老、考」互訓，二者在聲母上應有 l-：kʼl- 的關係。則此處的音訓應是「㑞」sl-：「老」l- 的關係。

柒、來母字和舌根音的接觸

20. 阮，閬也

「阮」字見宕韻苦浪切，又口庚切，溪母；「閬」字見宕韻
來宕切，來母。兩字都屬古韻陽部。

「阮」字從阜亢聲，從阜者，高也。《羽獵賦》：「跐彎
阮」注：大阜也。「閬」字，門高也，從門良聲。

從「亢」聲的字都是單純的舌根聲母，沒有和來母接觸的迹
象；從「良」聲的字也沒有和舌根音接觸的例子。因此，這組音
訓的聲母關係沒有旁證，較不易決定。暫依高本漢帶l複聲母擬
音三式中的B式，把來母的"閬"擬為gl-（＞l-）。

21. 倞，彊也

「倞」字見漾韻力讓切，來母，義為「遠也」（見《集
韻》）；又映韻渠敬切，群母。

「彊」字見陽韻巨良切，群母。又作「強」。

兩字都屬古韻陽部。

從「京」得聲的字大致分為兩類，一讀來母，如「諒、涼」
等，一讀舌根塞音，如「景、黥」等。再由「倞」字的兩讀l-與
g′-觀之，「倞」本讀複聲母gl-是很明顯的。因此，《說文》才
以g′-聲母字為其音訓字。

22. 閑，闌也

「閑」字見山韻戶間切，匣母；「闌」字見寒韻落干切，來母。兩字都屬古韻元部。

「閑」字爲二等韻，帶r介音，其上古聲母爲gr-（＞g-＞ɣ-），「闌」從「柬」k-聲，上古音gl-（＞l-）。所以，《說文》這兩個音訓字的聲母關係是gr-：gl-。

23. 恔，憭也

「恔」字見篠韻古了切，見母；「憭」字見蕭韻落蕭切，來母。兩字都屬宵部。

《說文》：「憭，慧也」段注引《方言》郭注：「慧、憭皆意精明。」段注又云：「按《廣韻》曰：了者慧也，蓋今字假了爲憭。」

段注又於「恔」字下云：「按《方言》：恔，快也。《孟子》：於人心獨無恔乎？趙注：恔，快也。快即憭義之引伸，凡明憭者，心快於心也。」

由此觀之，「恔」、「憭」應該是同源詞，其原始聲母應是KL-型複聲母。在許慎時代可能還是複聲母kl-（＞k-）和gl-（＞l-）。

其同源詞還有「皎、皦、佼、僚、嫽」等字。其義如下：

《說文》：「皎，月之白也。」《詩經》：「月出皎兮」《廣雅·釋器》：「皎，白也。」《詩經·小雅白駒》：「皎皎白駒」《釋文》：「皎皎，潔白也。」《穆天子傳·五》：「有皎者駱」注：「皎，白貌。」

《說文》：「皦，玉石之白也。」《詩經·王風大車》：「有如皦日」傳：皦，白也。《釋文》：「皦本作皎。」

《詩經·陳風月出》：「佼人僚兮」朱注：佼人，美人也。《釋文》：「佼本作姣。」《衛風·碩人》箋：「長麗佼好。」《旬子·成相》：「君子由之佼以好」注：佼亦好也。

《說文》：「姣，好也。」

「皎白」、「姣好」都由「明僚」一義展轉引伸而出，其韻部皆爲宵部，聲母皆爲KL-型。《詩經》的「佼人僚兮」的「佼、僚」不但有疊韻之美，且聲母也有kl-、gl-的和諧美，整句聽來便鏗鏘有致。

24. 老，考也

「老」字見皓韻盧皓切，來母；「考」字見皓韻苦浩切，溪母。兩字皆屬古韻幽部。

這對聲訓已在前面第19組中論及，其聲母關係漢代當爲老l-，考k'l-。此條龍宇純先生歸之於有聲音關係的義訓，並云：「考、老不同之聲母，疑由複聲母kl演變而來。」❶

楊福綿先生認爲「壽、叟、考、老、朽」爲同源詞，其PST擬音爲*(s-)grok，古藏文爲*-khlogs，Lepcha爲grok ❶。其中的gr-、khl-正好反映了「考、老」的聲母關係。

25. 牿，牛馬牢也

「牿」字見沃韻古沃切，見母；「牢」字見豪韻魯刀切，來母。「牢」屬幽部，「牿」屬幽部入聲。

「牢」，《說文》：「閑也，養牛馬圈也」，與「牿」字音近義通，當屬同源詞，其原始聲母爲KL-型。漢代可能仍保留此複聲母之讀法。

26. 虜，獲也

「虜」字見姥韻郎古切，來母；「獲」字見麥韻胡麥切，匣母，上古音爲g-。「虜」字屬古韻魚部，「獲」字屬古韻魚部入聲。

《說文》：「獲，獵所獲也」段注：引申爲凡得之稱。前面第9條考察「虜」字上古有可能是ml-聲母，到了漢代，可能已讀爲l-母，因而和gr-（二等字）的「獲」字構成音訓。聲母都帶有舌尖流音。

27. 履，足所依也

「履」字見旨韻力几切，來母；「依」字見微韻於希切，影母。「履」字屬脂部，「依」字屬微部，二部發音相近。

「履」字從尸，服履者也，從彳夊（段注：皆行也），從舟，象履形。依許愼，「履」字屬會意。段注云：「古曰屨，今曰履。」而《說文》：「屨，履也。」其下段注又云：「今時所謂履者，自漢以前皆名屨。……履本訓踐，後以爲屨名，古今語異耳。」「履」字從履省，婁聲。因此「屨」的聲母上古應是kl-（＞k-）。「履」字在音訓裏又和牙喉音（影母的「依」）接觸，很有可能是gl-（＞l-）。而「屨、履」又有意義上，字形上的關聯，有可能原本是同源詞，唯一不能解決的，是韻母不近

似（履第四部，履第十五部），這一點有待進一步的研究。

28.　旂，旗有众鈴以令众也

「旂」見微韻渠希切，群母；「鈴、令」見青韻郎丁切，來母。「旂」屬上古文部，「鈴、令」屬上古耕部。

「旂」字從斤聲，上古是收-n的陽聲字，中古失落韻尾成爲陰聲字。它和「鈴、令」的古音關係是gˊljən：lieŋ，韻母稍有差距，很可能許愼把「旂」字唸成「旌」（ts-）的韻母（耕部-jeŋ），因而和「鈴、令」的韻母相同。

29.　莪，蘿也

30.　蘿，莪也

31.　蛾，羅也

「莪、蛾」都是歌韻五何切，疑母；「蘿、羅」都是歌韻魯何切，來母。它們全是上古歌部字。

段注：「螘一名蛾，……蛾是正字，蟻是或體。……《爾雅》螘字本或作蛾。」可知「蛾、蟻、螘」本爲一字。

「莪、蛾」上古可能是ŋl-（＞ŋ-）聲母，和「蘿、羅」l-相近。ŋl-型聲母在上古普遍存在，例如形聲字「魚ŋ-：魯l-」，樂有五教切ŋ-，盧各切l-兩讀，《說文》「頼l-讀若嚻ŋ-」等，都反映了ŋl-的存在。

捌、結　論

　　總結上面三十一條例證，可知漢代仍存在的帶l複聲母包括：

（ pl-)	p′l-	b′l-	bl-	ml-
（ tl-)	t′l-	（ d′l-)	dl-	
（ tsl-)	（ ts′l-)	dz′l-	（ dzl-)	sl-
kl-	k′l-	g′l-	gl-	ŋl-

　　其中的l，也可以有相對的r存在，通常r成分出現在二等字，知系字和莊系字中。

　　這個系統有些是類推而得，如唇音中前面的例子不曾討論到pl-，但在語言系統裏，既有p′l-、b′l-，bl-，就不可能沒有pl-。唇音的五個聲母，我們可以用大寫的 PL-、ML-包括之。舌尖音中，也沒有列出tl-、d′l-、tsl-、ts′l-、dzl-的具體例證，各母也由類推而得。舌根音中，五種聲母都在例證中出現。這些，我們可以用大寫的TL-、TSL-、SL-、KL-、ŋL-包括之。

　　因此，我們假定《說文》音訓中所反映的帶l(r)複聲母有PL-、ML-、TL-、TSL-、SL-、KL-、ŋL-七種類型。

　　傳統上把上古來母擬爲l，喻四擬爲r，近年有幾位西方學者依據漢藏對應的資料，主張擬音互換，來母是r（＞l），喻四是l（＞φ）。這種情況可能是在比較早的階段，也許是漢藏母語中的現象，漢代的來母也許已經是個邊音l了。較謹愼一點看，我們暫不決定漢代的複聲母中具體的流音型式，上面的大寫（例如

PL）只代表了一個「類型」，本文企圖說明的，是這樣一個「類型」的存在。

　　本文所舉的例子中，有些是同源詞，其原始音讀如何，因非本文討論的重點，所以也只用大寫字母標示其類型（如「舉、駁」PL-）。其具體的音值，也許可以參考同族語言中詞頭、詞根的結構，把它擬成「舉rak ʷ，駁p-rak ʷ」，其他的同源詞也可以作這樣的處理：

列rjat　　　　　　別p-rjat

豐ph-rjuŋ　　　　隆rjuŋ

孿rjuan　　　　　樊b-rjuan

誃d-rjar　　　　　離rjar

理吏rjəg　　　　　治drjəg

勒dz-rag ʷ　　　　勞rag ʷ

倞rjaŋ　　　　　　彊g-rjaŋ

閑g-ran　　　　　闌ran

阮kh-raŋ　　　　　閬raŋ

　　這些字的原始音讀都帶有詞頭，到了漢代，詞頭的功能往往喪失了，演變成爲複聲母的型式。

附　註

❶　見《制言》第七期。

❷　見其書第66頁。

❸　見其論文第23頁。

❹ 見齊氏書第116頁。

❺ 見第132頁。

❻ 見龍宇純先生〈論聲訓〉一文第86頁引用。

❼ 該文發表於《清華學報》新九卷1、2期，1971。

❽ 見〈論聲訓〉第91頁。

❾ 東漢的反切應代表了語音分析能力的進展，但當時能使用反切的，也只限於少數學者，如服虔、應劭、馬融等人。許慎並無跡象可以證明他已有雙聲疊韻的觀念。魏孫炎造反切之說，也證明漢代反切並不普遍。

❿ W. S. Coblin "The Initials of Xu Shen's Language as Reflected in the Shuowen Duruo Glosses" JCL, vol. 6, 1978.

⓫ N. C. Bodman "A Linguistic Study of the Shih Ming"，哈佛大學出版，1954年。其中複聲母部分由竺家寧譯爲中文，發表於《中國學術年刊》第三期，1979年。

⓬ 見林語堂〈古有複輔音說〉，收入其《語言學論叢》，文星書店。杜其容〈部分疊韻連綿詞的形成與帶l-複聲母之關係〉，《聯合書院學報》第七期，1970年。

⓭ 見董同龢《上古音韻表稿》12～13頁，中研院史語所刊甲種之廿一，1967年。

⓮ 「虎」和「土」都是魚部字，「物」是微部入聲（ *-ət ）；「貓」是宵部字（王力擬爲-au）。

⓯ N. C. Bodman "Tibetan SDUD, the Character 卒, and the *ST-Hypothesis" BIHP 39,1969.

⓰ 見龍宇純先生〈論聲訓〉第91頁，《清華學報》新九卷一、二合期，1971年。

⓱ 見楊福綿先生"Proto-Chinese * S-KL- and TB Equivalents"，第十屆漢藏語言學會議論文，1977年。

《經典釋文》與複聲母

壹、釋文在音韻學上的價值

《經典釋文》三十卷，唐陸德明撰。陸本名元朗，歷仕陳、隋兩朝。唐高祖稱帝，陸被徵爲「秦王府文學館學士」，貞觀初，拜國子博士。其生平見新舊唐書「儒學傳」。

據陸氏自序，此書乃「癸卯之歲，承乏上庠」時所撰，亦即陳後主至德元年（西元五八三年）成書。陸卒後，唐太宗見此書，頗爲欣賞，賜其家束帛二百段。可見其書在唐初即已流行。

古代由於交通不發達，語言阻隔，故方音之紛歧遠甚今日。古代學者讀經書中文字，讀音的變化遂多，陸氏廣爲蒐羅經典不同之說法及音讀，而編成《經典釋文》。目的在考證字音、辨釋字義。所收經典包含：周易、古文尚書、毛詩、三禮、春秋三傳、孝經、論語、老子、莊子、爾雅共十四部書。

陸氏所收的各種異讀，包含了漢魏六朝二百三十多家的音切，有用直音者，也有用反切者。他不僅爲經文標音，也爲注文標音。一個字有好多個唸法時，他的原則是把最常用、最普遍的一個讀法標之於首。自宋監本刻經書，就把《經典釋文》的文字，分別附在各經典之末，後來又散附在諸經的注疏之中，現通行的十三經注疏，注文後的圓圈下面所附的音義，就是陸氏的經

典釋文。這批豐富的注音資料，對唐以前的古音研究，提供了莫大的助益。

例如「淖」字，《廣韵》只有「奴教切」、「如昭切」兩讀，《經典釋文》收了五個反切：

1.　莊子音義：郭象昌略反、字林丈卓反、又徒學反。
2.　儀禮音義：陸德明女孝反、劉昌宗徒教反。

又如「辨」字，《廣韵》「薄莧切」，又「步免切」。《釋文》也收了五個注音：

1.　周易音義：徐邈音辨。鄭玄符勉反、王肅否勉反。
2.　周禮音義：陸德明又平勉反、徐邈劉昌宗方免反。

由此可見《釋文》一書的價值了。尤其像前一例的情況，五個異讀中竟然包含了穿三、澄紐、定紐、娘紐幾種不同的聲母。何以當時有這麼多的聲母唸法呢？它在歷史上是如何形成的呢？這不是個有趣且引人深思的問題嗎？

貳、各種異讀形成的原因

杜其容在〈毛詩釋文異乎常讀之音切研究〉一文中，提出造成異讀的原因有下列幾點：

1.　爲叶韵改讀。例如邶風燕燕：「遠送于南」《釋文》曰：沈云：協句，宜乃林反。
2.　因假借改讀。例如周南葛覃：「施于中谷」施字《釋文》曰：毛以豉反，移也。爲「貤」之借字。
3.　從異文改讀。例如邶風燕燕：「以勗寡人」勗字《釋

文》曰：徐又況目反。乃據三家詩勘或作畜注音。

4. 《釋文》有誤。例如大雅生民：「以迄于今」迄字《釋文》曰：許乙反。注疏本《釋文》乙作乞，《釋文》其他地方「迄」字也注爲「許乞反」。

5. 中古早期喻匣關係密切。例如周南關雎：「參差荇菜」荇字《釋文》引沈音有並反。

6. 中古早期從母與邪母關係密切。例如召南行露：「何以速我訟」訟字釋文曰：才容反。

7. 中古唇音字可開可合。

8. 早期反切有時以上字定被切字之開合。

上述的原因中，只有第一和第四點是和古音無關的，其他都可做爲我們探討古音的材料。除此之外，還有一點是杜氏所未論及的。那就是我們可以從一字異讀中去探尋上古複聲母的來源。也可以說，造成這些異音的原因之一是上古複聲母簡化成單聲母，而在不同的人們口中保留了原有的不同成分。比如說上古有個k1複聲母，到了中古複聲母轉化成單聲母，有的地方保留k的唸法，有的地方保留1的唸法，於是同一個字就有了k和1兩種異音。我們可以倒過來，根據結果去追溯原因，從異音現象去擬構其原始型式。

當然，擬構複聲母是個十分複雜的問題，不能單靠《經典釋文》的異音就能獲致結論的，必需有形聲系統做爲主架構，加上聲訓、讀若、假借、異文、《廣韵》又音、古籍音注、古今方言、聯綿詞、同源詞、漢藏語言等材料的支持，還要有大量相平行的例證，所擬出的複聲母必顧及語言的系統性，合於音理，能

說明它的演化，諸多條件的配合，才能得出一套比較接近事實的複聲母擬音。

《經典釋文》的異音只是我們了解複聲母實況的證據之一。也唯有從這個角度去看《經典釋文》的異音，才能把某些「怪異得離譜」的唸法找到合理的解釋。

叁、帶舌尖邊音或閃音的複聲母

1. 璆字毛詩音義：「沈旋音與彪反，又舉彪反」這兩個音的聲母一個是r（李方桂擬音），一個是k，那麼上古可能是kr，在形聲系統中「翏」系字也反映了這種情況。

2. 位字周易音義：「鄭玄音涖（力至切）」而《廣韵》位字于愧切。聲母一個是l，一個是g（李方桂擬音），則上古是gl。

3. 鬲字孟子音義：「丁公著音隔（古核切），又音歷（郎擊切）」聲母一唸k，一唸l，則上古是kl。

4. 卷字儀禮音義：「劉昌宗居晚反，陸德明力轉反。」聲母一唸k，一唸l，則上古是kl。

5. 龐字毛詩音義：「陸德明鹿同反，徐邈扶公反」聲母一唸l，一唸b′，則上古是b′l。龐字從龍聲，也反映了這個複聲母。

6. 巢字尚書音義：「徐邈呂交反，陸德明仕交反」聲母一唸l，一唸dz，則上古是dzl。

肆、帶舌尖清擦音的複聲母

1. 駬字毛詩音義：「沈旋許營反，陸德明息營反」聲母一唸x，一唸s，則上古是sx。

2. 爠字周禮音義：「李軌羊肖反，陸德明所教反」聲母一唸r，一唸s，則上古是sr。

3. 肆字周禮音義：「陸德明以志反，沈旋音四（息利反）」聲母一唸r，一唸s，則上古是sr。

4. 揲字周禮音義：「徐邈息列反」而《廣韵》此字「與涉切」。聲母一唸s，一唸r，則上古是sr。

5. 緆字儀禮音義：「陸德明悉歷反，又羊豉反」聲母一唸s，一唸r，則上古是sr。

6. 蚣字毛詩音義：「陸德明粟容反」《廣韵》此字「職容切」。聲母一唸s，一唸t（李方桂擬音），則上古是st。

7. 渫字周易音義：「陸德明息列反，徐邈食列反」聲母一唸s，一唸d'，則上古是sd'。

8. 審母三等字在上古和舌頭音的關係密切，李方桂認為在上古是個複聲母sth，《經典釋文》也反映了這種狀況。例如荼字周禮音義：「李軌音舒（傷魚切），又音徒（同都切）」蛻字莊子音義：「陸德明始劣反，又吐臥反」說字孟子音義：「陸德明音稅（舒芮切）」周易音義：「陸音吐活反」適字孟子音義：「陸丁亦反」《廣韵》「始隻切」。

伍、帶舌尖塞音的複聲母

1. 墮字毛詩音義:「陸許規反,又待果反」聲母一唸 x,一唸 d′,則上古當係一舌尖塞音加 x 的複聲母。

2. 喙字周易音義:「陸況廢反,徐邈丁邁反」此條情況同上。

3. 畜字周易音義:「王肅許六反,陸敕六反」此亦一字兼有舌尖塞音和曉母兩讀。

4. 淖字儀禮音義:「劉昌宗徒教反,陸女孝反」聲母一唸 d′,一唸 n,則上古當係一舌尖塞音加 n 的複聲母。

5. 態字莊子音義:「李軌奴載反,陸敕代反」聲母一唸 n,一唸 t′,則上古亦舌尖塞音加 n 的複聲母。態字從 "能" 得聲亦反映此種現象。

陸、帶喉塞音或舌根塞音的複聲母

1. 貉字孟子音義:「陸音鶴(下各切)」《廣韻》莫白切。前者唸 g(李方桂擬音),後者唸 m,則上古尚係一舌根塞音加 m 的複聲母。

2. 校字儀禮音義:「陸丁孝反,一音苦交反」聲母一唸 t,一唸 k′,發音部位相去絕遠,其來源當係一舌根塞音加舌尖塞音(或舌尖塞音加舌根塞音)的複聲母。

3. 傀字周禮音義:「字林公回反,李軌一音杜回反」。聲

母有舌根塞音和舌尖塞音的異讀，情況同上。

4. 趙字毛詩音義：「沈旋起了反，陸徒了反」聲母的兩讀
情況同前。

5. 緪字周禮音義：「陸姑杏反，又音餅（必郢切）」聲母
一爲k，一爲p，則其來源或係kp複聲母的遺留。

6. 塹字儀禮音義：「劉昌宗薄歷反，陸古狄反」聲母一爲
脣音，一爲舌根塞音，情況同前。

柒、結　論

以上所假定的上古複聲母只是個近似值，像帶舌尖邊音或閃
音的複聲母，雖然標寫上有 kr、gl、kl的不同，實際上，複聲母
的首一成分也有可能是任何一個舌根塞音，第二成分可以是任何
一個流音（邊音或閃音）。sr、sd型也可作如是觀，首一成分是
舌尖清擦音，次一成分是舌尖塞音（d或t）或閃音。因爲單憑《
經典釋文》的資料只能提供我們一個輪廓，細部的擬訂還需參酌
其他資料。

所論的四大類複聲母中，第一、二類，也就是帶l和帶s的複
聲母學術界討論的較多，大致可以確定。後兩類，也就是帶舌尖
塞音和帶喉塞音的複聲母，周法高在〈論上古音和切韵音〉一文
中稍微提及（見其論文三五九頁）。筆者曾撰〈上古漢語帶喉塞
音的複聲母〉和〈上古漢語帶舌尖塞音的複聲母〉作深入討論。
假定上古有個舌尖塞音和喉塞音（或舌根塞音）的詞頭。詞頭的
文法功能消失後，成爲複聲母的首一成分。

　　後兩類複聲母如果構成的兩個音素都是塞音，則其先後次序較難決定（像kt或tk），必需從整個系統上設想。事實上，複聲母的型式至今仍在探索階段，綜觀上古音的研究，在古韻部方面，由顧炎武到江有誥，一百多年的努力，才大致分清楚；在古聲紐方面，由錢大昕到黃季剛、董同龢，也經歷了一百多年的努力；複聲母方面，由林語堂、高本漢開始奠基，至今還不過半個世紀，其中，經歷了懷疑和論辯的階段，這十多年來終於邁入確立和系統擬訂的時代。比起古韻聲紐的研究過程，複聲母還只走了一半而已，離最後的結論，仍有一段漫長的路途，正等待著古音學者的耕耘與開拓。

評劉又辛「複輔音說質疑」
兼論嚴學宭的複聲母系統

壹、前　言

古漢語具有複輔音聲母（簡稱複聲母）大約在一百年前英國漢學家艾約瑟（Joseph Edkins）就已經提及❶，高本漢做了進一步的擬訂，國內學者首先致力於研究的有林語堂、陳獨秀。民國初年，因爲複聲母學說在學術上仍屬一個新的課題，所以也有相反的意見，例如文字學家唐蘭寫了一篇「論古無複輔音」。到了陸志韋、董同龢以後，複聲母學說已大致爲學術界所接受。探討的重點逐漸由「有沒有」轉到了「是怎樣」，也就是系統化的音值擬訂。例如李方桂、張琨、周法高、楊福綿、以及丁邦新先生、陳伯元先生都曾提出精闢的分析。

貳、劉文的幾個問題

劉又辛先生在民國73年發表「古漢語複輔音說質疑」，這是唐蘭以後唯一懷疑複聲母說而形諸文字的，下面就針對他的觀點討論。

第一，劉氏忽略了複聲母存在的時代。他說：

甲、各klak，絡lak

乙、各kak，絡klak

丙、各klak，絡klak

高氏提出的三種可能，如果用中古音的反切和今音加以檢

驗，則乙、丙說就不能成立。因爲絡字的中古音和今音都

是來母字，沒有見母的又讀，更沒有klak的讀法。

他引用了高本漢對見母、來母相諧的三種解釋，但劉氏似乎

誤引了丙條的絡klak，高氏的本文是絡glak。在相同條件下，語

音不分化，這是擬音的基本原則，k-既由kl-變來，l-就應當由

gl-變來。

劉氏認爲複聲母應當可以在反切和今音中檢驗，如果解釋

作「在反切和今音中留下的痕迹中檢驗」還可以，如果認爲反切

和今音中還能有複聲母可供檢驗的話，就是忽略了複聲母的時

代（由劉氏「更沒有klak的讀法」一語看，似指後者）。複聲母

絕不會保留到漢代以後❷，而反切是六朝才盛行起來的，我們不

能說中古音和今音「更沒有klak的讀法」，所以上古也沒有klak

的讀法。語言會變，我們研究古語不宜以今律古，或以今非古，

認爲後世所無的，古代也必然沒有。

第二，劉氏忽略了近半世紀的研究成果。劉氏的文章雖發表

於兩年多以前，而據以立論的卻是高本漢1940年的Grammata

Serica，和林語堂1933年的論文。因此他說高氏的pl-、bI-聲母

只是「猜」出來的，又說林氏所舉的十七條例證「卻還不能當做

古有複輔音的證據」。假若我們能把高氏、林氏以後中外學者有

關複聲母的論文略爲過目，應可發現無論是漢語史料上，或同族語的比較上，已獲得了相當豐碩的證據。就拿pl-、bl-來説，就不見得靠「猜」出來的，它反映在下列語料中：

1.爾雅：不律謂之筆。 2.膚落胡切：膚3.樂：欒北角切4.繠落官切：變5.回力穉切：稟6.彔盧谷切：剝北角切7.侖：鑰府文切8.翏：僇四交切9.品：臨10.風：嵐11.甫：牖與久切br->r->∅-12.龍：龐13.《説文》：隆，豐大也。 14.《説文》：虴p-，燦裂l-也。 15.《説文》：例，比也。16.《説文》：觷，駁p-牛角也。17.《説文》：濫，氾也。18.《説文》：瀾l-，潘p'-也。19.《釋名》：哺，露也。20.《詩·小旻》毛傳：馮，陵也。

第三，劉氏對於音變問題處理上過於簡單，他引證了很多資料，推測「角」字上古讀來母，到了隋唐時期才漸讀爲見母。那麼，l-是如何變k-的呢？它們的發音方法、部位都迥然有別，這點劉氏沒有交代。古音的擬測恐怕不能任意的説甲變乙，乙變甲，音變也許該有個原則，我們總得把音變的道理説出來，才能那樣擬訂。如果以複聲母來解釋「角」字的變化：kl->k-，就能照顧到音變規律，因爲濁音要比清音容易消失，流音要比塞音容易消失，而複輔音又容易失落其音素而轉爲單輔音。

第四，劉氏以爲複聲母和方言有直接的關係。他説：

> 從近幾十年來構擬上古音的全面情況來看，凡是比較經得
> 起考驗的假説（其中包括上古音的聲母、韻母、聲調各個方面）大都
> 在方言中找得出古音演變的線索和例證。因此可以設想，
> 如果上古音果然有複輔音聲母存在，那麼在漢語方言中不
> 可能消失得這樣乾淨。但事實上，現代漢語方言裏，我們

還沒有發現過上面這一類的複輔音。

現存的漢語方言,從古漢語分支出來的時代不可能早到複聲母存在的時代。研究上古音的途徑很多,方言中沒有保留的成分,我們並非不能從別的材料去探尋。方言中沒有複聲母也不能藉以推斷上古必無複聲母❸。

第五,劉氏把複聲母和詞彙的變化混爲一談。他舉出「痀僂」一詞,義爲駝背,古籍中或寫做「傴僂」、「曲僂」,按照複輔音說,可以認爲這是上古kl-殘留的痕迹。但《廣韻》虞韻「瘻」下云:「瘻痀,曲瘠」,顯係「痀僂」一詞之變。今北方方言管駝背叫「羅鍋」或「羅鍋腰」,也應是「瘻痀」一詞之變。因此劉氏認爲前者既是kl-的殘留,後者就應該是lk-了,但是kl->lk-的音變規律是沒有的。

劉氏所引的例證實際上是詞變而非音變,這是連綿詞常有的一種變化。如揚雄《方言》卷九:「車枸簍,秦晉之間自關而西謂之枸簍,南楚之外謂之篷,或謂之隆屈。」枸簍變作隆屈,是詞彙變化的結果。《漢書·司馬相如傳》:「珉玉旁唐」「案衍壇曼」,《文選·洞簫賦》:「彌望儻莽」,這裏的「旁唐」、「壇曼」、「儻莽」也是一詞之變,都是廣大的樣子。通常在語音、語詞、語法中,詞彙是最活潑、最具變化性的成分。周法高「聯綿字通說」(中國語文論叢,正中書局,59年)中曾論及聯綿詞顛倒相轉的變化方式,像「衣裳」和「裳衣」(詩東方未明)、「豈樂」和「樂豈」(詩魚藻),他引王筠的話說:「同義之字尚可倒置,況連綿字義寄於聲,本無順逆乎?」又引郝懿行證俗文卷六:「落拓,亦即拓落」又引荀子議兵的「

隴種」和「東籠」（楊注：蓋皆摧敗披靡之貌）乃同一聯綿詞之
顚倒。孫德宣「聯綿字淺說」（輔仁學誌11卷一、二合期，31
年）也提到「麗靡」亦作「靡麗」，意義相同。在方言中詞彙的
顚倒十分普遍，如閩南語的「人客」、「慣習」、「風颱」、「
鬧熱」都正好和國語上下字互易。很顯然的，我們不能拿這種現
象來擬訂上古的複聲母。

　　第六，劉氏以爲複聲母的擬訂是把相諧聲的不同聲母任意組
合而成的。例如：「膠k-：謬m-：寥l-」、「龍l-：襲k-：龐b-
：寵tʻ-：瀧s-」的聲系，劉氏說：

　　　　這一類諧聲聲符有一大批，如果按照複輔說的原則辦理，
　　　　就得把這些聲母擬爲kml-、kbsl-之類的複音群。但是這
　　　　樣一來，不是脫離漢語的實際情況更遠了嗎？

　　複聲母的擬訂如果只是這樣堆砌符號的話，那麼語音學就無
所用了。我們擬訂複聲母的型式，至少應該考慮到下面的幾點：

　　1.所擬的複聲母是如何演變成中古那個單聲母的？音變往往
都有一定的規律，我們必需在音理上能加解釋，如果無法解釋，
我們就不能那樣擬訂。

　　2.語音的結構方式也有其規律性，什麼音能和什麼音相結
合，什麼音通常不和什麼音結合？不同輔音結合位置的先後如
何？在這個語言裏允許多少個輔音相結合？

　　3.所擬的複聲母之間應有其系統性，例如有kl-，應該考慮是
否有pl-、tl-❹的可能，有sm-，卻沒有其他以s-開頭的複聲母，
這也是不太可能的事。

　　我們可以舉幾個李方桂的擬音看看：「許x-：午ŋ-」李氏並

沒有把它堆砌爲xŋ-，而是擬爲清化的ŋ-（＞x-）；「埋m-：里l-」不擬爲ml-，而擬爲mr-（＞m-）；「樞tɕ-：區k'-」不是ktɕ-，而是sk'-（＞ts'-）。可見複聲母的擬訂並非劉氏所想像的那麼單純。

　　除了以上六點之外，劉氏另外提出了一個新說，來代替複聲母說。他認爲古漢語中的聯綿詞除了重言、雙聲、疊韻之外，還有一類可稱爲「調聲詞」，如「窟窿」、「麒麟」、「蝌斗」、「蘿蔔」等，這類詞的兩個音節聲紐並不相同，但兩個聲紐的發音是協調的。所謂上古複輔音字，其實應是「調聲詞」，它是從重言詞演化而成的。例如「孔」字，上古可能讀作「孔孔」（劉注：現四川方言仍有此詞），後來演化成「孔龍」，再變爲「窟窿」。「團」的早期詞型可能是「團團」，後演化而爲「團欒」，再變爲「突欒」。

　　劉氏的構想很有創意，不過「孔孔」、「團團」這樣的詞型並不能在古籍中找到佐證，使劉氏的推測無法獲得有力的支持。況且，所謂重言詞變爲調聲詞的規則又是如何呢？是「k'-—k'-」＞「k'-—l-」，「t'-—t'-」＞「t'-—l-」的話，「蝌斗」、「蘿蔔」第二字並非來母，是否不合規則呢？「麒麟」是否原稱「麒麒」，「蝌斗」本名「蝌蝌」呢？至於怎樣才算是聲紐「協調」呢？劉氏也沒有交代，像「螻蛄」、「扶搖」、「珊瑚」算不算協調呢？如果這些問題不能解決，「調聲詞說」用來取代複聲母說恐怕是很困難的。

　　劉氏以「果」字本讀「果果」，後演化爲「果蠃」，成爲「

調聲兼疊韻」的複音詞。但他認爲書寫時可能只寫一個「果」
字，這個「果」字就兼表兩者，一是kua，一是lua。又說「鑒、
檻」的聲母爲k-，「藍、覽、籃」的聲母爲l-，那麼「監」原來
即具有k-、l-兩音。劉氏因爲諧聲中有「果：祼」「監：藍」的
現象，又有意避開複聲母，就只好說「果」、「監」原本就有k-
、l-兩音。如果進一步問：「果」、「監」何以有 k-、l-兩音？
恐怕仍免不了要回到複聲母上來。

叁、嚴學宭的複聲母系統

民國七十年，嚴氏在第十四屆國際漢藏語言學會議提出「原
始漢語複聲母類型的痕迹」一文，對古漢語的複聲母作了全面性
的構擬。材料方面以《說文》諧聲爲主，並比較了漢藏語言中複
聲母的類型和結構規律，例如嚴氏提到的同族語包括羌語、普美
語、嘉戎語、景頗語、彝語、安多藏語、康地藏語等，得知藏緬
語系各語言的聲母都經歷了一個由複輔音向單輔音簡化的進程。
其他親屬語言，像泰語、壯語、黎語、水語、毛難語、苗語、瑤
語也或多或少的保留了複聲母。

嚴氏所擬的複聲母多達兩百多種，比較瑣碎，有許多事實上
是可以合併或刪除的。下面把他的系統分類整理，每類訂上標
題，逐一討論。

一、帶p-的複聲母

　　這一類包括兩個基本型式：pt-和pk-。

屬於pt-型的有1.pt-（亳：毛；豹：勺；匕：旨）2.pt′-（粵_{普丁切}：聘_{匹正切}）3.pd-（必：戈）4.pd′-（粵：搏）5.bt′-（乏：砭）6.bd-（乏：屐）7.pts-（八_{分勿切15部}：尖_{子結切15部}）8.pts′-（市_{分勿切}：迹_{北末切}）9.bts-（彭：乡_{所銜切}）。

嚴氏的系統有兩點值得商榷的，第一，他沒有說明演變的關係，例如pt-是中古t-的來源呢？還是p-的來源？如果pt-可以變成中古的p-，也可以變t-，那就違背了擬音的原則。第二，他忽略了同部位音可以諧聲的可能，而使得擬音過於複雜。像舌尖塞音和雙唇塞音諧聲的，我們不妨考慮在上古時代那個舌尖塞音前頭帶有p-成分，也就是 pt-、pt′-、pd-、pd′-（濁d前的p也可以因同化作用而念成b，這個開頭的p或b在音位上沒有區別），它們可以和幫、滂、並母字諧聲。嚴氏把pt′-和bts′-對立，pd-和bd-對立是多餘的，而且清濁不同的兩個塞音組成複聲母也不很妥當❺，這樣的情況應可省略為pt′-和pd-兩音就可以了。

第2條的「粵：聘」中古音都是p′-，第8條的「市：迹」都是p-，嚴氏擬為pt′-和pts′-不知何所據。第7到第9條是雙唇塞音加舌尖塞擦音的複聲母，其中「乡」是所銜切，古音第七部，如果「彭」字從「乡」聲不誤的話，恐怕擬作sb->s-要比bts-合適。

屬於pk-型的有1.pk-（駁：交；丙：更）2.pk′-（妃：己）3.bk-（圮_{毁也，符鄙切}：己）4.bk′-（穀_{步角切}：殼）5.pg′-（由：弔）。

第1到第第4條如果合併為pk-（>k-）、pk′-（>k′-）兩音，它們可以和幫、滂、並母字諧聲，這樣，系統就簡明多了。

二、帶t-的複聲母

1.tts-（珍：参之忍初；顛：眞；氏：紙）2.tts′-（屯：邨）3.tdz-（戴：弋）4.dts-（酉：酒；亦：迹）5.dts′-（允：夋）6.ddz-（允：吮徂克切；猶：酉）。

嚴氏的這一類擬訂最有問題，他的本意是舌尖塞音和舌尖塞擦音不能諧聲，所以上古必是舌尖塞音加舌尖塞擦音的複聲母。姑且不論這樣的複聲母結構是否可能，就是他所引的例證也往往不是舌尖塞擦音的字。例如第1條來看，它們的上古音讀應當是：

珍（陟鄰切）t->t̂-：参（之忍切）t->ts′-

顛：眞（廣韻誤作側鄰切，切三、全王作職鄰切）t->tŝ-

氏（章移切，又精、是二音，其中「精」一讀和「紙」字無關）t->ts′-或d′->z′-：紙（諸氏切）t->ts′-

這裏並無舌尖塞擦音的字，顯然tts-的擬訂沒有根據。至於舌頭音和齒頭音諧聲的，有些古音學家認爲是st-（＞ts-）：t-的諧聲關係，這個看法要比嚴氏的擬訂合理。

三、帶k-的複聲母

這一類包括kt-和kts-兩個基本類型。

屬於kt-型的有1.kt-（歸：自；咸胡監切又古斬切：箴職深切又口減切）2.kt′（皋：本；今：貪；企：止；區：樞）3.kd-（冀：異；姜：羊；均：勻；雞：奚胡雞切橘：喬；羔：窯；貴：隤；庚：唐；谷：浴）4.kd′-（羌：羊；愆：衍；豂：奚；監：鹽；頃：穎）5.gd-（抒神與切又徐呂切：予）。

　　案嚴氏既有帶t-的複聲母，這裏的很多例子也可以考慮是否可以納入t-類，例如：

　　歸tk->k-：自（都回切）t->t-

　　匀d-（或r-）>∅-：均tk->k-

　　羊d-（或r-）>∅-：姜tk->k-

　　異d-（或r-）>∅-：冀tk->k-

　　谷tk->k-：浴d-（或r-）>∅-

　　這樣既能解釋諧聲，又能使系統更爲簡化。不過，要做tk-（>k-）：t（>t）的假定，還是kt-（>t-）：k-（>k-）的假定，最好能由從某得聲的整個聲系來觀察，同時還要有諧聲以外的旁證。

　　「奚」和「雞、谿」諧聲是很自然的，它們都是牙喉音，嚴氏擬爲kd-和kd'-不知何所據。又「抒：予」二字原本都是舌尖音，似乎也無必要擬爲複輔音。

　　屬於kts-型的有1.kts-（耕：井子郢切）2.kts'-（劍：僉；告：造）3.kdz-（今：岑）4.gts'-（及：扱）5.gdz-（洎：自）。

　　開頭的k-、g-其實可以併爲一個音位，那麼第2條的kts'-和第4條的gts'-就無需分別了，可以都擬爲kts'-（>ts'-），它可以和見、溪、群母字諧聲。此外，gts'-和kdz-的對立，在音理上也是不很妥當的。

四、帶鼻音的複聲母

　　這是把m-、n-、ŋ-置於其他輔音之前所構成的複聲母。嚴氏共擬訂了三十種這樣的複聲母。

以 m-開頭的有 1.mp-（宆：賓）2.mp'-（脈：辰）3.mb-（每：繁）4.mt-（廟：朝）5. mt'-（牡：士）6.md-（鷟又讀余六切，廣韻武悲、之六二切）7.mn-（弭：耳）8.mts-（甹：葬）9.mk-（貉：各）10.mk'-（微：豈）11.mg-（文：虔）。

以 ŋ-開頭的有 1.ŋp-（尼：匕）2.ŋp',-（晏：品）3.ŋm-（闇：門）4.ŋt-（宜：多）5. ŋt'-（午：杵）6.ŋd-（牙：邪）7. ŋn-（堯：撓）8.ŋts'-（酸：驗）9.ŋdz-（臬：自）10.ŋk-（岸：干）11. ŋk'-（螳：豈）12.ŋg-（鄆：董）。

以 n-開頭的有 1.nt-（聶：懾）2.nd-（乃：孕說文從乃聲）3.nt'-（能：態）4.nts'-（人：千；二：次）5.nk-（念：今）6.ng-（難：堇）7.np-（任：憑）。

其中的 mp-、ŋk-、nt-三大類型，嚴氏是基於鼻音不跟同部位塞音和塞擦音互諧而構擬的，如果我們從寬來看，同部位的聲母可以諧聲（因爲上古必然有較紛雜的方言變異存在）❻，那麼這裏的三十類複聲母就可以減爲二十類。

至於 mn-、ŋm-、ŋn-是鼻音加鼻音的複聲母，上古是否可能有這樣特別的複聲母是值得考慮的❼，我們不妨從寬處理，認爲同是鼻音的字，在上古也偶而可以諧聲，那麼這三類複聲母也可以取消。

「尼」字《廣韻》女夷切，並非疑母，嚴氏以之歸 ŋp-恐有問題。

五、帶 x-的複聲母

分爲 x-、ɣ-兩套（舌根清擦音和濁擦音），嚴氏認爲按音位

歸納法，可合併爲一套。

以x-開頭的有1.xp-（夐：分）2.xp'-（覅：粵）3.xm-（誨：每；黑：默；忽：勿）3.xt-（豨虛豈切：腊丑飢切）4.xt'-（喉：豕）5.xd-（隸：隸）6.xn-（漢：嘆人善呼旦二反）7.xts-（凶：燮）8.xts'-（險：僉）9.xdz-（詗荒内切：自）10.xk-（軒：干；蒿：高；欣：斤；揮：軍）11.xk'-（灰：恢）12.xg-（烘：共）13.xŋ-（羲：義；許：午）。

以ɣ-開頭的有1.ɣp-（爻：駁）2.ɣb-（爲：皮）3.ɣm-（薨：曹）4.ɣt-（合：答；戶：妒）5.ɣt'-（號：饕）6.ɣd-（炎：談）7.ɣn-（漢：難）8.ɣk-（后：垢）9.ɣk'-（何：可）10.ɣg-（曷：竭）11.ɣŋ-（完：元）。

在這個系統裏，凡是x-（或ɣ-）加舌根音的複聲母事實上並沒有擬訂的必要，因爲舌根擦音和舌根塞音的發音部位相同，它們在上古應當有互諧的可能。這樣的話就可以減省了其中的八個複聲母。

此外，x-、ɣ-的分配也應該重新調整，因爲在語音結構上，用x和濁輔音結合，用ɣ-和清輔音結合，都顯得很不自然。像xd-和ɣt-的對立就相當奇怪。既然嚴氏同意x-和ɣ-可視爲一個音位，那麼在標寫上把x-放在清音前，把ɣ放在濁音前，或許更合理一些。我們不妨改擬爲：自ɣdz->dz-：詗x->x-；合ɣ->ɣ-：答xt->t-。x-和ɣ-諧聲原本是很自然的事。

又「豨希」和「腊」（丑飢切）的關係是x-：xt'-（>t'-＞t̂'-），嚴氏誤爲xt-。ɣn-下的「漢」字實屬曉母，嚴氏誤爲匣母。

如果我們依照某些古音學家的看法，把匣母字的上古來源訂

爲塞音g-的話，那麼，嚴氏所謂的ɣ-類複聲母全部可以和他所擬的第六組（帶ʔ-的複聲母）合併，同樣擬爲帶喉塞音的複聲母，例如合g->ɣ-：ʔt->t-，因爲g和ʔ-是可以相諧聲的。這樣的話，只剩下了少數幾個x-開頭的例子（x-加舌根音組成的複聲母也可取消），那麼，所謂帶x-複聲母的證據就顯得薄弱了。所以，上古音系中是否有x-類複聲母存在，還需要斟酌。況且剩下的幾個例子有些還可以做其他的解釋，像「誨：每」一般古音學者多採用了清化m-的擬音來說明。如果說，我們不反對ʔ-、k-、x-可以互諧的話❽，剩下的少數和舌尖音、雙唇音諧聲的例子，我們可以視爲上古x-：ʔt-（>t-）：ʔp-（>p-）的諧聲。例如希x-：絺（丑飢切）ʔt'-。

六、帶ʔ-的複聲母

1.ʔm-（顗：昆）2.ʔt-（約：勺）3.ʔt'-（扻：於）4.ʔd-（益：謚神至切）5.ʔn-（委：餧）6.ʔts-（乙：扎）7.ʔs（噦：歲）8.ʔk-（哇：圭）9.ʔk'-（毆：區）10.ʔg-（猷：咎）11.ʔŋ-（雅：牙）。

音節開頭的ʔ-，存在語言中是個十分普遍的現象，跟漢語同族的壯侗語系也有不少詞彙具有帶ʔ-的複聲母。因此，上古音裏，影母字和非牙喉音諧聲的，很可能正反映了這種複聲母。甚至有許多非牙喉音的字和牙喉音諧聲的，那個非牙喉音的字在上古也是個帶ʔ的複聲母，也就是ʔp-、ʔt-之類的音和ʔ-、k-、g-之類的音諧聲。我們不必像嚴氏的辦法，只把ʔ-類複聲母限定在一批和影母諧聲的字上，使得音系太瑣碎，且忽略了同類聲母相諧聲的可能性。

牙喉音之間互相諧聲既然是很正常的，那麼上面第8條到11條的複聲母都應該刪除。

七、帶s-的複聲母

細分爲s-、z-兩類，嚴氏認爲可以合併爲一個s-。又說這裏的z-是從上古d＋j演化來的。

以s-開頭的有1.sp-（奭：皕）2.sb-（少：丿房密切）3.sm-（喪：亡）4.st-（帥：自）5.st'-（羞：丑）6.sd-（肖：趙）7.sn-（恕：如）8.sts'-（西：遷）9.sk-（楔：契）10.sk'-（聲：愨）11.sg-（趿：及）12.sŋ-（燒：堯）13.sx-（恤：血）14.sɤ-（所：戶）。

以z-開頭的有1.zb-（几朱市切：巟房無切）2.zt-（壽殖酉切：禱；都皓切；純常倫切切：屯；禪：單）3.zt'-（社常者切：土）4.zd-（祥邪紐：羊，誦邪紐：甬，尚時亮切：堂，寺邪紐：特）5.zn-（潯而蜀切：辱）6.zk-（公：頌邪紐）7.zk'-（甚常枕切：堪）8.zg-（氏：疧渠支切）9.zŋ-（衺邪紐：牙）10.zx-（尚時亮切：向曉紐）11.zɤ-（拾是執切：合）。

帶s-的複聲母近年來學者討論得很多，是比較能夠確定的一種複聲母型式。梅祖麟在75年12月發表〈上古漢語s-前綴的構詞功用〉一文（中央研究院第二屆國際漢學會議），把s-詞頭的語法功能作了說明，這比班尼迪的「漢藏語概要」（Sino-Tibetan: A Conspectus, 1972）中對s-複聲母的擬訂要進了一步，班氏曾懷疑這個s-詞頭原本具有文法功能，但是他無法具體的描述出具有怎樣的功能。在梅氏的研究中，發現漢語的s-和藏文的s-有相同

的構詞作用，包含了：

1.使動化作用──順d->dź-：馴sd->z-；隉g->j-：損sk->s-。

2.名謂化作用──帚t->tś-：掃st->s-；爪tsr->tʂ-：搔s-ts->s-。

3.方向化作用──二n->ńź-：次sn->tsh-；亡m->m-：喪sm->s-。

嚴氏的系統中sts'-一類恐怕是沒有必要的，因爲齒頭音的字互相諧聲（ts-：dz-：s-）是很正常的，無需擬訂爲複聲母。

嚴氏擬訂的z-類複聲母，包含了邪、禪母字和別的聲母相諧的情況。我們先看看邪母上古的唸法，錢玄同、戴君仁都以之歸定母，嚴氏自己也認爲上古是d-，那麼，「祥：羊」、「誦：甬」、「寺：特」就不該是zd-了，這些字實在是因爲同屬舌尖塞音（「羊、甬」董同龢上古擬音爲d-，李方桂爲r-）而互諧的，原本都是單聲母。「公：頌」、「袞：牙」也應當擬作「公dk->k」、「牙dŋ->ŋ-」似較合理，因爲嚴氏既以z爲上古d變出，又把上古邪母的複輔音定爲zk-、zŋ-，本身便產生了矛盾。

至於禪母的古讀李方桂、陳伯元先生定爲d-，那麼，「壽：禱」、「純：屯」、「禪：單」、「社：土」、「尚：堂」都是舌尖塞音互諧的例子，沒有必要定爲複聲母，如此則z-類的第2、3、4條擬音都可以取消。z-類的第1、7、8、10、11各條也應當改爲「梟tb'->b'-」、「堪tk'->k'-」、「疧tg'->g'-」、「向tx->x-」、「合tɣ->ɣ-」，嚴氏把禪母字的古讀看作z-似乎不很妥當。第5條的「渜、辱」兩字皆屬日母，嚴氏定爲

zn-，不知所據如何。

八、帶-l-的複聲母

細分爲三類：

唇音加l的複聲母有1.pl-（筆：聿〔讀律〕）2.pl'-（品：臨）3.bl-（扶：輦）4.ml-（卯：聊）。

舌尖音加l的有1.tl-（楡：侖）2.tl'-（體：豐）3.dl-（童：龍）4.nl-（尼：秜）5.tsl-（子：李）6.ts'l-（僉：廠）7.sl-（史：吏）。

牙喉音加l的有1.kl-（各：洛）2.k'l（泣：立）3.gl-（襲：龍）4.ŋl-（樂：礫）5.xl-（孝：老）6.l-（劦：荔）7.ʔl-（彎：孌）。

這種帶舌尖邊音的複聲母，在各種語料中所遺留的痕迹最爲豐富，所以，在各類型複聲母中，是最早被提出來研究的。經過了半世紀以上的反覆討論（從林語堂民國十二、三年間的〈古有複輔音說〉到丁邦新先生1978年的〈論上古音中帶l的複聲母〉），大致上在基礎架構方面已經有了共同的認識，也普遍的能爲古音學者所接受。

嚴氏的這組擬音大致上符合一般學者的看法，唯一遺憾的是他沒有把演變的情形表示出來，因而顯得有些不夠嚴密。比如像tsl-型的複聲母，我們得清楚的交代它是精母的來源，還是來母的來源。我們不妨定出這樣一個規律：tsl＞ts-，dzl->l-。

前者如僉ts'l＞ts'-：霰tsl->ts-：臉l->l-。

後者如子ts->ts-：李dzl->l-。

這樣的規律清楚的顯示濁輔音有易於消失的特性。

楊福綿在 1985 年發表 "Initial Consonant Clusters KL- in Modern Chinese Dialect and Proto-Chinese"，相當有系統的從文字上、方言上、同族語上列出了大批證據，來考訂kl-複聲母，例如「空、孔、窾、窖、寵……」等字在方言中往往以複詞「窟窿」（北平 khu-luŋ、西安 khu-luoŋ、吳語 khuəʔ-loŋ）「坷垃」（山東 khə-laŋ）的型式出現，而在同族的武鳴語中唸作〔kloŋ〕，古緬語唸作〔khroŋ〕。所列的例證都很具參考價值。

九、三合複聲母

嚴氏共擬訂了六十四個這種由三個輔音結合而成的聲母。不過，在方法上不夠細密，結論就顯得有些繁雜而無法構成體系。因爲，他幾乎是把一個聲系中包含幾類聲母，就把這幾類聲母拼合起來，成爲這一個聲系的複聲母。例如pkt-（匕：旨：稽）竟以三個塞音相連。pgt-（匕：旨：耆）以一個濁塞音夾在兩個清塞音之間，xmŋ-（文：虜：獻）以雙唇音夾在兩個舌根音之間，xnk-（堇巨斤切：鸇那干切：鸇呼旰切）以舌尖音夾在兩個舌根音之間，ʔxk'-（乙虎何切：可：阿）以擦音夾在兩個塞音之間，像這樣的複輔音結構似乎和同化作用的語音規律相抵觸。至於mŋk'-（嶽無非切：豈微省声：瞪五來切）的複合鼻音加塞音的結構，xdts-（陸許規切：陸徒果切：鬐直追切）的擦——塞——塞擦的結構都太過特殊，在實際語言裏缺乏佐證。

筆者以爲三合複輔音在一般語言中的數量有相當的局限性，例如英語的三合複聲母一定是s＋p、t、k＋l、r的結構。古藏語

雖有豐富的複聲母，其三合複輔音也不是任何輔音的結合，所以，我們對於上古漢語的三合複聲母擬訂應當格外謹慎。

十、四合複聲母

嚴氏又擬訂了一些四合複聲母，例如：

ɣkdl-（夆：降：降力中切：降徒冬切）

xknd-（矞，休必切、允律切、女律切、古穴切四讀）

xsnt'-（綏，呼悉切、思累切、儒佳切、土火切四讀）

xsdl-（羨，虛延切、似面切、延知切、龍眷切四讀）

這樣的擬訂是否合乎實際語言，恐怕更有商榷餘地。像頭一例，我們可以看作是 kl-：l-：dl-的諧聲關係，要比機械式的把它們的聲母堆砌起來更合情理。其他三例運用了又讀的材料，其中有些是韻母迥然不同的，那是根本不同來源的異讀，如果用「無聲字多音」來解釋，或許更合適些，不宜一味的歸之於複聲母。

肆、結　論

從劉氏和嚴氏的這兩篇論文，可以看出大陸學者近年來在複聲母研究這個學術領域上的發展水平，比起海外和臺灣在這方面的研究進展，似乎稍有不及，這也許由於長期的文革動亂阻礙了學術的發展。但是能提出問題鑽研切磋，這也是學術上可喜的現象。劉氏的質疑所引用的例證和觀念是林語堂時代的，近半世紀以來的複聲母論文都被忽略了，因此很難針對問題本身做更深入

的探討。嚴氏能夠爲複聲母系統作全盤的擬訂，而不僅僅是探討局部的現象，這在觀念上是進步的，尤其他能夠運用許多同族語言來作說明，避免了主觀的臆測，也是相當可取的科學態度。雖然在擬音上難免還有一些可斟酌之處，這點，嚴氏自己也提到：

> 這裏所擺出的古複聲母體系只是基本間架，有許多設想還
> 要更多的資料去證實，個別的擬測也可能是主觀唯心的，
> 這一切我只是作爲問題提出，視爲結論還有待漢藏語系比
> 較研究的成果。

嚴氏在說明複聲母性質時，有一項頗具啟發性的看法，他說：

> 一般認爲漢語是單音節制，缺乏外部形態詞頭、詞尾和內
> 部屈折的變化。可是我們認爲古漢語有豐富的複聲母，其
> 前綴輔音往往是構詞構形的重要手段，它就是構詞構形的
> 語音形式，可以説它是詞頭（ prefix ）。

他舉出上古s-詞頭的例子：

襄sn->s-：攘禳n->n-

喪sm->s-：亡m->m-

修st->s-：條d->d-

錫st->s-：易d->j-

聖st'->s'-：聽t'->t'-

嚴氏認爲其中的s-詞頭有著標誌語法意義或詞彙意義的作用，像「襄：攘」的s-詞頭有意動、使動之別。把複聲母用詞頭現象來說明，正是近年古音學的一個趨向，嚴氏在這個途徑上確有不少貢獻。

　　近二十年來大陸以外的學者所發表的複聲母論文很多，嚴氏自己說他在寫這篇論文時（1981年）才「近讀」了李方桂先生1968年的「上古音研究」，如果他能夠借鑒於更多的近著，或許他的系統能夠獲得更完密的結論吧！

附　　註

❶　艾氏著有 "The State of the Chinese Language at the Time of Invention of Writing" London, 1874. "Recent Research Upon the Ancient Chinese Sounds" 1897.

❷　承丁師邦新提示，W. S. Coblin的「說文讀若聲母考」發現在東漢時代仍有部份複聲母留存著。

❸　承丁師邦新提示，梅祖麟和羅杰瑞有「試論幾個閩北方言中的來母s-聲字」一文，討論建陽、建甌、邵武、永安等地方言，把l-讀成s-，這是上古複聲母的遺跡。

❹　承李壬癸先生提示，有些語言有kl-，pl-但缺少tl-。

❺　承孫天心先生提示，藏語有sl-和zl-的對立，卻沒有bk-和pk-或pg-的對立，也就是沒有「塞音加塞音」的清濁對比。

❻　當然也有可能古人諧聲的條件很嚴格，m-絕不和p-諧聲，非得擬爲複聲母不可，這是見仁見智的問題。

❼　承孫天心先生提示，藏語有m-和其他鼻音的複聲母，例如mn-、mŋ-、mń-。

❽　喉塞音、舌根塞音、舌根擦音互諧，看來似乎太寬，但若考慮到相諧聲的字如果韵母相同、聲調相同，那麼，聲母只相近而不必完全相同，應該可能的。

蒲立本複聲母學說評述

壹、前　言

　　早在十九世紀末就有學者發現秦漢以前的中國古音具有複聲母❶，近年來更由漢藏語言（Sino-Tibetan Languages）的比較中獲得進一步的證明❷。在這方面提出論著的學者很多，較具代表性的例如：林語堂❸、陳獨秀❹、陸志韋❺、董同龢❻、杜其容❼、周法高❽、梅祖麟❾、許世瑛❿、李方桂⓫、陳新雄⓬、丁邦新⓭、楊福綿⓮等人，筆者也曾於漢城發表「帶喉塞音的複聲母」一文⓯。國外學者參與討論的也不少⓰，本文謹就美國漢學大師蒲立本（E. G. Pulleyblank）有關複聲母的一些觀點作一評述，藉以了解歐美漢學界對中國古音研究的態度和趨向。

　　所謂複聲母，是說字音開頭的部位由一個以上的輔音構成，例如上古音「孔」讀〔klung〕，「風」讀〔blam〕（據林語堂擬音）。這種現象在今天的中國語裏已經不存在了。原有的複聲母魏晉以後就完全轉化成了單聲母。但是我們還能從形聲系統以及其他語音史料中考證出來⓱。

　　蒲立本的複聲母學說主要見於他1962年在Asia Major所發表的「上古漢語的聲母系統」一文⓲。他在前言中首先指明，欲了解古籍中的文法問題，先要對其聲韻狀況有所了解，聲韻問題又

需要先有精確的擬音，才能進一步利用同族語言從事比較研究。因此，蒲氏重新檢討了高本漢的擬音，並運用許多漢藏語料來印證漢語本身的語史資料。在這篇論文中，蒲氏把做爲上古音研究之基的切韻音系做了一番詳細的交代[19]，然後依發音部位（由後至前）分別討論上古聲母。其中的單聲母部分，非本文範圍，故以下僅就其複聲母學說加以討論。

貳、關於「午」的聲系

在"The velar nasals ŋ, ŋh"一節裏，蒲氏提到S. Yakhotov的古音擬構中有個詞頭s-：sŋ-→h-，sm-→h-。他認爲sŋ-一音可以由台語[20]的借字「午」獲得證實。不過，台語的開頭一個成分是發濁音zŋ-。蒲氏不認爲上古漢語具有z-聲母，所以在「午：許」這樣的聲系裏，他擬作「午sŋ-→中古疑母」，「許sŋh-→中古曉母」。

關於「午：許」諧聲的問題，高本漢在Grammata Serica第143頁60a條，董同龢在《上古音韵表稿》第155、157頁魚部開口中都認爲上古和中古一樣，是疑母和曉母的關係。但是，舌根擦音與鼻音諧聲並非正常現象，僅部位相同，不足以說明其諧聲關係。李方桂在台語中發現「午」字有些地方唸s-，有的唸ŋ-，這和漢字中「卸s-」從「午ŋ-」聲的現象相平行。如此看來,蒲立本的擬訂就很有參考價值了。sŋ-失去首一成分變爲疑母，sŋh-失落頭兩個輔音而成曉母。

叁、二等韻的介音

　　蒲氏在"Retroflexion and loss of medial -l-"一節裏，探討了 S. Yakhontov 在1960年提出的理論：二等韻在上古具有-l-介音。蒲氏完全贊成這個見解，他更舉出了四點來支持這個理論：

　　(a)二等韵很少有來母字，說文中只有「冷、擧、醶」三個字。

　　(b)二等韵的其他聲母字，在聲系中常和來母字接觸。

　　(c)中古捲舌字常屬二等，而絕不出現於一等中。高本漢把某些s- ㉑的來源擬爲sl-（如「史：吏」之類）。蒲氏更進一步把這種帶l的性質擴及所有捲舌字，例如「勞l-：嘮ṭ-」、「撩l-，ṭ-」、「駗l-：珍ṭ-」等。他認爲這些捲舌字都從上古tl-演變而成。

　　(d)從漢語和藏緬語的比較，也可以找到二等字和-r-或-l-相對應的例子。例如「八（p-）」藏語brgyad、「百（p-）」藏語brgya、「馬（m-）」緬語mraŋ、「甲（k-）」藏語kʹrab、「江（k-）」台語khlong。

　　由以上四點看來，二等字在上古都是帶l的複聲母了。然而，如果我們把這個問題重新再做一番檢討，恐怕蒲氏的看法還有商榷的餘地。丁邦新先生曾舉出十多個一等字和來母諧聲的㉒，非要擬成帶-l-的複聲母不可，那麼-l-就不可能是二等字的介音了。李方桂先生把二等字的介音擬爲-r-，它一方面使前面的舌尖聲母捲舌化，一方面使元音發生央化作用。李先生的這項假

定也能解釋二等韵何以缺乏來母，因爲l與r相連，在發音上是很不自然的❷。

　　蒲氏(b)項所說的，二等韵常在聲系中和來母字諧聲，如果用李先生的看法，一樣可以解釋。因爲二等韵的r介音和l發音近似，都是流音，不一定非把二等韵擬成-l-不可。至於蒲氏(d)項的資料，那些漢藏語相對應的例子大都是帶r的，因此，我們認爲上古二等字假定具有r介音似更爲合理。

肆、代 值 音

　　蒲氏的擬音用了兩個希臘字母delta（或theta）❷爲代值，它們本身並沒有確定的音值。關於它們的性質，蒲氏沒有具體的說明，只零零碎碎的提到幾點，我們把它歸納如下：

　　(a)它很近似l ❷。

　　(b)聲系中凡是和y-聲母諧聲的舌根音，本來是個帶delta的複聲母❷。

　　(c)非齶化的舌根音，例如〔gye〕，後面接的是y介音，那麼上古也是帶delta的複聲母❷。

　　(d)theta 是個清音，和濁的delta相對。中古變成透母、審母❷。

　　(e)delta和藏緬語的l相當，theta和藏語lh-相當❷。

　　(f)delta 常和舌根音結合爲複聲母，後世在k、kh的後頭失落。而g則在delta的前面弱化爲喉音，然後消失，剩下的delta到中古也都轉成了d或y ❸。

　　(g)delta除了可以出現在舌根音之後，還可以前接n、s、舌尖塞音、唇音，配合成複聲母❸。

　　綜合蒲氏以上的這些文句，我們還是很難想像這個代值音的確切性質。所謂古音，是過去曾經使用過的一種語言上的發音。因此，古音的擬訂似乎應該找出一個比較符合實際語言的音值來，然後用國際音標把它標示出來。若使用代值，古音狀況仍然不明，那麼，它的價值就有待斟酌了。

伍、帶l的複聲母

　　蒲氏書中有三節論及帶l的複聲母：

　　(a)Clusters with l

　　(b)The Time of the Simplification of l Clusters

　　(c)l as a Derivational Infix

　　其中，最有意義的，是他注意到l複聲母消失的時代。他發現一直到漢代還有不少資料顯示這類複聲母的存在。例如史記、漢書都把吉爾吉斯（Kirghiz）譯爲「隔昆」、「堅昆」，漢代唸作〔klek-kun〕。這樣才能把中間的流音表現出來。佛經譯文中的「劫」（kiap），原文是kalpa，因此「劫」字在漢代或許是讀成〔klap〕❸。

　　漢代的複聲母還有唇音加l的型式，例如佛經譯音「梵」（biəm）原文是Brahm，「邲祁（音那）」（pin-na）原文是purna。「梵」和「邲」都有個相對應的流音，那麼它們本身也一定帶個流音，在漢代唸成pl-的型式。

　　另外也有舌頭音加l的複聲母，不過例子較少。「因坻」相當於Indra，則「坻」是dl-。

　　蒲氏的看法，我們可以用包擬古（N. C. Bodman）的學說來相印證，他們都認爲漢代還存有一些複聲母。包氏有《釋名研究》一書❸，曾舉出這樣的複聲母：

　　　律bl-：累l- ❸

　　　禮l-：體t'l- ❸

　　　勒l-：絡gl- ❸

　　另外柯蔚南（W. S. Coblin）也認爲漢代仍保有複聲母，他在「說文讀若聲母研究」一文❸中有這樣的例子。

　　　槏g-：廉gl-

　　　螞bl-：賴l-

　　　誃dr-：離l-

　　對於上古音複聲母中出現最多的-l-成分，蒲氏視之爲詞嵌（infix），它可以把不及物動詞轉爲及物，或把及物動詞轉爲致使動詞（causative），例如：

　　　至〔上古tits〕：致〔上古tlits〕

　　　性〔上古sieŋ〕：生〔上古sleŋ〕

　　　圈〔上古kiwan〕：卷〔上古kwlan〕❸

　　以上的這些看法，個人認爲蒲氏利用譯音的比較來探求古音，的確是一條值得嘗試的途徑，只可惜他使用的例證不夠多，還缺乏說服力。至於詞嵌的文法功能，只依憑少數幾個例證，也還達不到成立的條件。不過，他的研究對後繼者的深入探討仍不失其啓發性。

陸、帶S-的複聲母

邪母和喻四諧聲的，蒲氏認爲源自s-加delta的複聲母，至中古時代，洪音變成喻四，細音變成邪母。例如：

象〔中古ziaŋ〕：像〔中古daŋ〕❸

它們在上古都是〔s＋delta〕的型式。

至於s加圓唇喉音（labiolaryngals）的複聲母，蒲氏擬了一個shw->ziw-（邪母）。例如：「穗：惠」、「旬：昀」、「彗：慧」、「還：睘」，前者都是邪母，後者都是匣母（蒲氏擬爲濁h），因此這些邪母在上古應該也是個喉音shw-。

另外一類是s加舌尖音（dentals）的複聲母。蒲氏認爲在諧聲中，s和n的接觸尤多於s和ŋ，所以上古應該有sn-（>zn>n）聲母存在。此外也有st（>ts）、sd（>dz）型聲母。例如「捷陀訶盡（ts-）」相當於Gandhahastin，正是以漢語的ts-和梵文的-st-對譯。

st->ts-的假定，可以用來解釋舌尖塞擦音和舌尖塞音的接觸。例如「七：叱」、「崔：佳」、「全：輇」、「才：戴」、「酋：酉」，這些形聲字和聲符的關係，前者中古音ts-（或dz-），後者上古音t-（或d-），則前者的上古音當是st-（>ts-）、sd-（>dz-），才能和t-、d-諧聲。

除掉那個〔s＋delta〕，其他幾類複聲母已被不少學者接受。例如包擬古1969年發表的「藏語sdud與漢語卒字的關係以及st聲母的擬訂」❹，他舉出了很多漢語ts-聲母和藏語聲母st-相

對應的例子：

接ts-：藏語sd-

戚ts'-：藏語sd-

叢dz'-：藏語sd-

濟ts-：藏語st-

侵ts'-：藏語st-

從dz'-：藏語st-

包氏於1973年又發表了「反映在漢語中的漢藏s-複聲母」[41]一文,提出了更多的 s-型複聲母。1971年李方桂的「上古音研究」一文,也論述了s-型複聲母。他認爲審母三等字在上古有許多是sth-,心母有許多是st-,此外還有一大堆sk-、sg-型複聲母。張琨在1976年有「Chinese S-Nasal Initials」[42]一文,提出sm-複聲母（如「喪、晦、茫、昏……」等字）、sŋ-複聲母（如「滸、貨……等字）、sn-複聲母（如攝、燒、迄……」等字）。

像這類s-型複聲母的討論,蒲氏算是最早的了。將來我們還可以用同族語言作進一步的證明[43]。

柒、結　論

如果把蒲氏的學說作一番歸納整理,我們可以把他的複聲母系統分爲三類：

a. 在-l-前面加上任何輔音。

b. 在delta前面加上舌根音、舌尖鼻音、脣音。

c. 至於s-，出現於所有聲母之前。

我們再把這些複聲母的演化，按蒲氏的學說歸納爲下列幾條：

1. 複聲母中的-l-成分後世完全失落了。例如：

tl, thl, dl→知、徹、澄

stl, sthl, sdl→莊、初、床

nl, nhl→娘、徹

tsl, tshl, dzl→莊、初、床

sl→疏

fl→徹、曉

2. delta前接k、kh，變成中古見、溪兩個字。

delta前接g，變成中古喻母（在後元音前）和匣母（在前元音前）。

delta前接n，在長元音前變喻母，在短元音前變泥母。

delta前接sb，變爲中古清母、從母。

delta前接m，變爲中古禪母。

delta前接v，變爲中古喻母。

delta前接f，變爲中古心母。

3. s-後接舌尖塞音，變成精、清、從。（此即音素轉移作用metathesis）

s-後接n，變成中古泥母。

s-後接nh，變成中古心母。

s-後接delta，變中古喻母。

s-後接mh，變中古心母、疏母。

　　s-後接h，變中古疏母。

　　s-後接hw，變中古曉母（短元音前）、心母（長元音前）。

　　s-後接其他喉音，s-成分消失。

　　蒲氏的這篇論文雖已發表多年，但國內學者不易見到。在複聲母研究的過程裏，又是一篇很重要的著作，他不只在研究方法上能提出許多啟示，對複聲母存在的型式也做了廣泛的探索。所以本文除了介紹他的學說外，也夾雜了一點個人的淺見，以及其他學者的印證。蒲氏論文中，唯一美中不足的，是他沒有把諧聲的例證明確的列舉出來，也沒有把他的複聲母系統做一個全盤的描述，這方面，在本文中已做了一些彌補。然而，以一位外國學者，能對中國古音撰寫出長達兩百多頁的論文，其所耗之心血與功力，已經是很難得了。

附　註

❶ 英國漢學家艾約瑟（Joseph Edkins）首倡漢語上古有複聲母之說，著有 "The State of the Chinese Language at the Time of Invention of Writing" Transac. 2d Congr. Or., London, 1874. "Recent Researches upon the Ancient Chinese Sounds" CR22 (1897).

❷ 漢藏語包含漢語、藏緬語（Tibeto-Burman）、台語（Tai）、苗瑤語、Karen語等。從事漢藏語比較工作最著的有P. K. Benedict 的《Sino-Tibetan : A Conspectus》一書（1972 Cambridge）。

❸ 林氏有〈古有複輔音說〉一文，見民國二十二年上海開明書店出

版之《語言學論叢》。

❹ 陳氏於民國二十六年撰〈中國古代語音有複聲母說〉，見東方雜誌第三十四卷第二十、二十一號。

❺ 陸氏於民國二十九年撰〈說文廣韵中間聲類通轉的大勢〉，見燕京學報第二十八期。

❻ 董氏《上古音韵表稿》，民國三十三年史語所單刊甲種之二十一。

❼ 杜氏有〈部分疊韻連綿詞的形成與帶l複聲母之關係〉一文，見香港聯合書院學報第七期，1970年。

❽ 周氏〈論上古音和切韻音〉，香港中文大學中國文化研究所學報第三卷二期，1970年9月。

❾ 梅氏〈試論幾個閩北方言中的來母s-聲字〉，清華學報新九卷一、二期，民國六十年。

❿ 許氏〈詩集傳叶韵之聲母有與廣韻相異者考〉，見《許世瑛先生論文集》第一冊，民國六十三年。

⓫ 李氏〈上古音研究〉，民國六十年清華學報新九卷一、二期；〈幾個上古聲母問題〉，民國六十五年總統蔣公逝世周年紀念論文集。

⓬ 陳氏〈酈道元水經注裏所見的語言現象〉，見中國學術年刊第二期，民國六十七年。

⓭ 丁氏〈論上古音中帶l的複聲母〉，見屈萬里先生七秩榮慶論文集，民國六十七年，聯經出版。

⓮ 楊氏〈古漢語的s-詞頭與sk、skl複聲母〉Part I, paper for US Japan Seminar, Tokyo, 1976. Part II, paper, 9th ICSTLL, Copenhagen, 1976.

⓯ 見檀國大學論文集，1983年7月。

⓰ 歐美學者提出複聲母學說，如高本漢（B. Karlgren）、薛斯勒（A. Schuessler）、班尼迪（P. K. Benedict）、包擬古（N. C.

Bodman）、富勵士（R. A. D. Forrest）、柯蔚南（W. S. Coblin）。

⑰ 考訂複聲母的其他資料還有聲訓、《經典釋文》之異讀，《廣韻》又音、《說文》讀若與重文、古籍中的音注、古今的方言、先秦兩漢的通假、異文、疊韵聯綿詞、同源詞、漢藏語言的對應等。

⑱ The Consonantal System of Old Chinese, by E. G. Pulleyblank.

⑲ 見其書65頁至85頁。

⑳ Tai Languages 包含暹羅語（Siamese）、緬甸的撣語（Shan）、老撾語（Laotian）、阿薩姆的Ahom語、北越的白傣、黑傣、紅傣、雲南的擺夷、廣西的壯族、貴族的布依、狪族（Dioi）等。說台語的總人口據1964年的估計爲三千萬人（見大英百科全書）。台語的研究有李方桂的Consonant Clusters in Tai (1954)、Some Dental Clusters in Tai (1973)、Sino-Tai (1976)、A Hand book of Comparative Tai (1977)。

㉑ 即疏母。見Grammata Serica, 1940。

㉒ 見〈論上古音中帶l的複聲母〉609、610頁。

㉓ 見同上注，610頁。

㉔ 蒲氏原文用希臘字母標寫，本文爲避免印刷和校對的麻煩，均改用該希臘字母的發音代替。

㉕ 見蒲氏書103頁。

㉖ 見蒲氏書105頁。

㉗ 見蒲氏書107頁。

㉘ 見蒲氏書161頁。

㉙ 同上注。

㉚ 見蒲氏書118頁。

㉛ 見蒲氏書119頁。

㉜ 見蒲氏書123頁。

㉝ "A Lınguistic Study of the Shih Ming"爲包氏1950年耶魯大學之博士論文，1954年又經修訂，由哈佛大學出版。

㉞ 見包氏書第830例。

㉟ 見包氏書第903例。

㊱ 見包氏書第245例。

㊲ The Initials of Xu Shen's Language As Reflected in the Shuowen Duruo Glosses, Journal of Chinese Linguistics Vol. 6, 1978.

㊳ 見蒲氏書126頁。

㊴ 見蒲氏書130頁。按「愓」字《唐韵》徒朗切，《集韵》待朗切，爲定母。或作「愓、婸、易」，蒲氏誤以爲喻四。

㊵ "Tibetan SDUD 'Folds of A Garment', The Character卒, and the *ST Hypothesis "見史語所集刊三十九本下冊，慶祝李方桂先生六五歲論文集，327頁至345頁。

㊶ "Some Chinese Reflexes of Sino-Tibetan S-Clusters" Journal of Chinese Linguistics, Vol. 1, No. 3.

㊷ 見史語所集刊四十七本四分。

㊸ 目前從事此項研究的有楊福綿"Proto-Chinese * S-KL- and Tibeto-Burman Equivalents"1977，第十屆漢藏語言學會議論文。

白保羅複聲母學說評述

白保羅（Paul K. Benedict）的著作當中，最受矚目的，就是
1972年的《漢藏語概要》（Sino-Tibetan : A Conspectus），此書
出版的兩三年間，各國漢學家都紛紛提出了評論的專文，展開熱
烈的討論，成為中國聲韻學上的盛事。例如：

Bodman, 1975. Review of Sino-Tibetan : A Conspectus,
Linguistics : An International Review, 149, 89-97.

Chang, K. 1973. Review of Sino-Tibetan : A Conspectus, JAS
32, 335-37.

Coblin 1972-73. Review of Sino-Tibetan : A Conspectus,
Monumenta Serica 30,635-42.

Denwood, P. 1974. Review of Sino-Tibetan : A Conspectus,
JOS, 261-62.

Egerod, 1973, Reivew of Sino-Tibetan : A Conspectus, JCL
1,498-505.

Haudricourt, 1973. Review of Sino-Tibetan : A Conspectus,
BSLP 68, fasc. 2, 494-95.

Leman, F. K. 1975. Review of Sino-Tibetan: A Conspectus,
Lang. 51: 215-19.

Matisoff, 1975. Benedict's Sino-Tibetan : A Rejection of

Miller's Conspectus Inspection, Ling. of the Tibeto-Burman Area, Vol.2, No.1,155-72.

Miller, R. 1974. Sino-Tibetan : Inspection of a Conspectus, JAOS 94, 195-209.

Sedlacek, 1974. Review of Sino-Tibetan : A Conspectus, ZDMG 124, 205-6.

Sprigg, W. K. 1973. Review Article of Sino-Tibetan : A Conspectus, Asia Major 19, Part 1, 100-6.

由這個名單可以發現，世界各國的漢學家幾乎都參與了討論。國內只有周法高在《香港中文大學中國文化研究所學報》五卷一期發表〈上古漢語和漢藏語〉一文，介紹白氏的這部著作。

《漢藏語概要》中，討論漢語的佔了四十多頁，其中有不少新材料、新見解值得學術界注意的。漢語部分又分爲十個項目：

1.通論與歷史

2.構詞學（詞頭、詞尾、交替現象）

3.稱代詞

4.數字

5.音韻

6.輔音

7.複輔音

8.元音與複元音

9.聲調

10.摘要

這裏僅就「詞頭」與「複聲母」兩項討論。所謂「詞頭」，

是指具有文法功能的一個開頭音素。最早研究漢語詞頭的，是法
國漢學家馬伯樂，他在1930年寫了一篇"Préfixes et dérivation en
chinois archaique"，提出「詞頭＋聲母」的結構，如「命」字古
音m-long，m-正是個詞頭。

　　白保羅認爲上古漢語的複聲母，有些實際上屬於詞頭。他提
出直接證據和間接證據來支持其說。像古漢藏語推擬出的「
九」，念作*d-kəw，「肝」念作*b-ka-n，「子」念作*b-tsa，
以及「陸」*b-liok（和「睦」mliok，有諧聲關係），「血」字
藏緬語念*s-hywəy（漢字「血」x-，「洫、恤、卹」siw-）都是
間接的證據。凡是加上星號的音值都是推論而得的。至於白氏所
謂的直接證據，是古代漢語的借字（loans from Chinese），特別
是數目詞。這點，白氏沒有進一步說明。白氏又舉出一些形聲字
所反映的詞頭痕跡，例如：

邇 ńiǎr　：璽 snjǎr

忸 njǎk　：羞 snjog（藏緬語念*s-rak）

墨 mək　：黑 xmək（緬語念man～hman）

　　但是，漢語的這些個s-、x-卻很難找出它特定的文法功能。
既不能說出它的文法功能，我們是否還能歸之於詞頭，這是應該
斟酌的。

　　白氏的研究，最有價值的，是爲古漢語詞彙找出對應的同族
語言例證，例如：

立 gljəp　藏緬語念*g-ryap

蝨 ṣiɛt　藏緬語念*s-rik

生 sĕng　藏緬語念*s-riŋ～*s-raŋ

　　白氏認爲「蝨、生」二字漢語的s-成分是同族母語中詞頭的殘留。其中「蝨」在漢語裏是收-t的字，而白氏所列的對應詞卻是收-k的，這樣的關係恐怕太牽強了一些。此外，又如：

　　藍　glăm　泰國話、寮國話都念*graam

　　宿　*srĭok　藏緬語念*s-ryak

　　至於「悶」mwən「昏」xmwən，他認爲是同源詞，由漢藏母語的*s-mun變來；「鴈」ŋan由s-ŋan變來（「鴈」從「厂」（呼旱切）xân ＜ xŋân 聲，泰語念*haan ＜ *hŋaan，前面可加上個表示動物的詞頭s-）。也就是白氏認爲有s-m ＞ xm-，s-ŋ ＞ xŋ-的演化。

　　除了s-、g-詞頭外，還有b-（如「百」字）、d-（如「首」字）等詞頭，但白氏沒有進一步說明。

　　白氏又發現上古的*r-有「音素易位」（metathesized form）的情形，如「命」*mlĭəŋ字，由*mliŋ ＜ *mriŋ變來，而藏緬語卻念作*r-miŋ（白氏以「命、名、令」爲同源詞）。

　　除了詞頭的討論外，白氏另有專章討論複聲母。他把介音w、y也視作聲母的一部分，例如「狐」gwo（藏緬語*gwa）、「魚」ŋio（藏緬語*ŋya），「傑」g'iat（藏語gyad）等。然而，在漢語分析的習慣上，介音通常是置於韻母中的，這一類我們不把它看作是複聲母，故這裏放開不談。我們看看白氏觀念中帶l的複聲母是個怎樣的情形。這是古音學者探討得最多的一類複聲母。

　　出現得最普遍的，是塞音、鼻音、前摩擦音（sibilant）＋l的型式。此外，白氏也指出了sn-、sn-、xm-甚至tn-、sŋ-存在

的可能性。例如：

1. 膠glịog：膠klịog：璆g'lịog：瘳t'lịog：繆mlịog

2. 僉ts'ịam：檢klịog：儉g'lịam：險xlịam：驗ŋlịam：斂glịam

3. 鸞blwan：變plian：蠻mlwan：孿slwan

4. 史slịəg：吏lịəg

5. 埶snịad：勢sịad

6. 如nịo：恕snịo：絮snịo

7. 賴lat：獺t'lat

8. 豊lịər：體t'lịər

9. 墨mək：黑xmək

這是漢字本身的證據，同族語言的證據如：

10. 涼glịang：藏緬語念*graŋ

11. 鴿glâk：藏語glag

12. 泣klịəp：藏緬語*krap

從這些例證的擬音可知，帶l的複聲母高本漢曾訂出三種可能的型式，而白氏較傾向於第三式，這和董同龢、周法高之傾向於第一式不同。白氏說：「我們可以留意清聲母後頭的l總是趨於消失，和在l前頭失去濁聲母成分（除了鼻音）形成對比。這項作爲高本漢擬音基礎的概括原則，可以用『藍』glâm＞lâm這個例子來支持，也可以從『涼、鴿、泣』（見上）等字和藏緬語的對應上獲得支持。」

高本漢擬構 1 類複聲母的三式假定是：

(1)　各klâk：洛lâk

(2)　各kâk：洛glâk

(3) 各klak：洛glak

白保羅在1976年又發表了〈漢藏語新探〉（Sino-Tibetan：Another Look, Journal of the American Oriental Society 96.2），更廣泛的探究了複聲母問題。他在這篇論文裏仍舊堅持把「詞頭」和「複聲母」加以區分。並提出了許多s-詞頭（和複聲母）的例子：

1. S-＋鼻音的型式

白氏擬訂了三條演化公式：(1)*sm＞x(i)m/x(i)w；(2)*sŋ＞xŋ/x；(3)*sn＞xn/t′

況*s-maŋ＞xi̯〔m〕waŋ＞xi̯waŋ

鴈*sŋ-＞xŋ-/x-（此條當爲「厂」字，非「五晏切」之「鴈」，白氏誤）

恥*(s-)na＞xniəg/ti（「恥」白氏認爲「耳」ńiəg聲係依據《說文》：從心耳聲）

另外，還有一種型式，例如：

自*s-na＞dzi

情*s-niŋ＞dźi̯ěŋ（古藏文念snyiŋ）

因此，白氏「s-＋鼻」的型式共有四種：sm、sn、sn、sŋ，各分爲複聲母和詞頭兩種狀況，其演化方式不同，如下表

	m	n	ń	ŋ
*S複聲母	x(i)m／x(i)w	ts／ts xn／t′	xń／t′	xŋ／x
*S詞頭	[s-]m／m smi̯w／si̯w	[s-]n／n sni̯／si̯ dz′／dz′	[s-]ń／ń sńi／śi̯	s-ŋ／s sŋi̯／śi̯ [s-]ŋ／ŋ

2. S-＋塞音的型式

　　白氏有關此類的研究，分爲三部分：(1)s＋舌尖塞音，(2)s＋雙唇塞音，(3)s＋舌根塞音。

其中，第(1)部分的演化公式是：

*st　*sd＞ts

*sth＞ts′

*s-t　　*s-d＞dz′

這些變化大部分在上古以前就完成了。在諧聲時代由於音韻的變遷，又有一批新的st、s-t形成。它在合口字之前產生一些特殊的演化，例如：

　　隋　有三讀：t′wâ/t′uâ～stwia/swie～st′wia/xywie（古藏緬語念*s-tw[â]）

　　喙　有二讀：t′iwad/t′śiwäi～st iwad/xiwai

　　水　s[t′]iwər/swi（古藏緬語念* twəy）

　　坐　*s-dwâ＞dz′ wâ/dz′ uâ（古藏語念sdod-pa）

第(2)部分的例子有：（即sp型）

　　畁　*(s-)bəy＞[sb]i̯əd/pji（古藏語念sbyin-pa）

　　蝠　*(s-)bak＞[sb]i̯uk/piuk

　　父　*(s-)p(w)a＞[s-p]i̯wo/b′i̯u

　　婆　*(s-)pwâ＞[s-p]wâ/b′uâ

　　火　*(s-)pwâr＞xwâr/xuâ

　　詞頭s-白氏認爲至少有兩種作用：(A)爲動物性詞頭，(B)爲親屬性詞頭。

第(3)部分的例子有（即sk型）：

區　*s-kəw＞k'i̯u/k'i̯u～s-ku/ʔəu

嫗　s-ki̯u/ʔi̯u

這裏，白氏又舉出s-詞頭的兩項功能：(A)致使性，(B)身體性。例如「軀」是身體，「嫗」是「温暖身體」（母親懷抱幼兒）。

鷹　*s-kiŋ＞[s-k]i̯əŋ/ʔi̯əŋ（古藏文念skyin-ser）

鴛　*s-ky[w]ar＞[s-k]i̯wân/ʔiwan（古藏文念skyar-po）

螺　*s-ken＞[s-k]ian/ʔien（古藏念文念skyin-gor）

上面的例子，凡是帶*號的，是漢藏母語的念法，斜桿左邊是上古音，右邊是中古音。

白氏花了不少工夫探討s-型複聲母（詞頭），這是繼l型複聲母的研究之後，一個最受注意的課題。白氏擬音的依據主要是得自同族語言的比較，特別是藏語和藏緬語。漢語本身的證據只限於形聲字，其他如假借、異文、聲訓、讀若完全沒有用到，這是很可惜的，古漢語的某一種音讀，必定或多或少的會在古籍語料中留下一些痕跡，如果能充分加以運用，可使所擬的音獲得充分的旁證。

關於帶l複聲母的問題，kl-型是最早被注意的一類，研究的人最多，證據最充足，成果也最好，所以這裏就省略不談了。我們看看白氏提到的另外幾型複聲母：

1. 唇音＋L型（即pl-型）

　　聿sbl̥wət/i̯uĕt：律bli̯wət/li̯uĕt：筆pli̯ət/pi̯ĕt：龍bli̯uŋ/li̯uŋ：龐b'luŋ/b'ɔŋ：寵sp'li̯uŋ/t'i̯woŋ

　　此處「龍」的擬音bl並不適當，bl-固然容易解釋「龐」字所

以得聲之故，但「寵」字sp′l->t′-的演化就不很自然了。何況還有「童」（龍從童省聲）、「瀧」（所江切）、「龏」（居用功、於角切）的語音關係無法交代。因此，「龍」字原本應只是單聲母l-，它和b′l-（龐）、d′l-（童）、sl-（瀧）、kl-（龏）諸聲母相諧聲。它們的韻相同，聲母又同有l成分，故發音接近。

2. sl-型

　　白氏發現上古的音韻結構上，s-經常出現在l的前面。這個s-也有詞頭和複聲母之別，其演化如下：

詞　　頭	*s-l, *s-r > *[s-]l
複 聲 母	*sl > si̯　*sr > xi̯

　　兩　[s-]li̯aŋ/li̯aŋ（古藏語念sraŋ）

　　卵　[s-]lwân/lwân（古藏語念sro-ma）

　　鹵　[s-]lo/luo

　　銛　s[l]i̯am/si̯äm：舌*(s-)[l]iam/d′iem（又讀[sg′y]i̯at/dz′i̯ät，古藏緬語*(s-)lyam）

　　申　*(s-)riŋ > s[ly]i̯ěn/śi̯ěn

3. xl-型

　　xl-通常演變爲中古的透母字：

　　鐵　*[xl]iet/t′iet

　　體　xliər/t′iei：豊　[s-]/liər/liei

　　离　xlia/t′ie

這一類白氏的證據似乎並不充分，用xl-來說明這些字，不

如擬爲t′l-更適當些，演化上也比較好解釋。白氏同時還提到了「身」（帶有表示「身體」的詞尾-n）和「體字」可能的同源關係；以及「离」（山神）和「神」字的可能同源關係。若就語音看，似乎相去太遠。

4. ʔl-型

白氏認爲還有一些透母字是由「喉塞音」的聲母型式演化成的。例如:

輊　[ʔl]iěd/t′i

蛭　*[ʔly]iet/tsiet

挃　[ʔl]iět/t′iet

這一類擬音，白氏沒有列出漢語本身或同族語言的證據。

5. 其他帶喉塞音的複聲母

堯　ʔgiog/ŋieu同源詞有「喬」（皆「高」義g′iog/g′iäu）

踺　ʔdi̯an/ni̯än同源詞有「跈」（銑韻乃殄切，蹈也;「踺」字或係白氏誤寫，當作「碾」或「輾」，線韻女箭切ʔdian/ni̯än）

難　ʔtân/nân：儺ʔtâr/nâ

密　pi̯ět/mi̯ět

從這些例子可知白氏ʔ-類複聲母的演化規則是:凡ʔ＋塞音的，中古都變成爲鼻音:ʔg＞ŋ、ʔd＞ń、ʔt＞n、ʔp＞.ʔm。

又ʔsôg/tsâu　（同源詞爲「搔」sôg/sâu）

這裏ʔs-＞ts-的演化，藏文有類似的例子:*ʔś＞tš′（變爲塞擦音）。「札」字的情形相同:*[ʔsk]ât/tsât，也由ʔs-轉成了塞擦音。

此外，喉塞音也可以出現在鼻音之前。例如：

鴉　ʔŋɔ/ʔa：牙　ŋɔ/ŋa

撫　ʔmi̯wo/pʼi̯wo：無　mi̯wo/mi̯u

因爲塞音和鼻音不諧聲，因此白氏假定上古這些字都帶有鼻音成分。

6. 三合複聲母

上古還有ccc-的聲母型式，例如：

數　s-gli̯ug/ṣi̯u

虎　s-[kʼl]o/xuo（這是個高綿語借字，khla～kla加上動物性詞頭s-）

率　s-[g]li̯wət/ṣi̯uet（古藏文念sgrod-pa）

史　s-[g]li̯əg/ṣi（古藏文念sgrig-pa）

索　s-[gl]âk/sâk（古藏文念sgrog-pa）

這些都是s-詞頭出現在gl-或kʼl-之前的結構，其演化規則是：

s-kʼl＞x-（曉母）

s-gl＞ṣ（審二）

另外有一種ʔkl-型的三合複聲母：

樂　[ʔk]lôk/ŋɔk

玉　[ʔgl]i̯uk/ŋi̯wok

鸑　[ʔgl]âk/ŋâk（古藏語爲glag）

這一型的演化規則是：

ʔkl-（或ʔgl-）＞ŋ-（疑母）

白保羅的複聲母系統，除了s-、-l-、ʔ-幾大類外，還有m-、

b-詞頭的存在。例如：

稑　m-kli̯ôk/mi̯uk

繆　m-kli̯og/mi̯eu

胅　m-kwəg/muai

袂　m-ki̯wad/miwai（袂字有m-、k-兩讀）

法　*b-ki̯wap：去k'i̯ab/k'i̯wo

其演化規則是：

m-k＞m-（明母）

b-k＞p-（幫母）

　　白保羅在1981又發表了一篇討論s-詞頭的論文"TB/Karen Cluster Vs. Prefix *s"（第十四屆國際漢藏語言學會議論文），在這篇論文裏特別強調了s複聲母和s-詞頭的區別，並廣泛的引證了多種漢藏語言的例子來說明，包括了：WT, Hayu, Chepang, Tamang group, kiranti, Miri, Nungish, Jinghpaw, Chang-Tangsa, Bodo-Garo, Mikir, Kuki-Naga, Burmese-Lolo, Karen，總共達十四種語言，的確做到了旁徵博引。他所討論的整個S-系統是這樣的：

漢藏母語	原始漢語	上古音／中古音
*s-k-	*s-k-	s-k/ʔ-
*sk-	*sk-	sk/t-
*s-kn-	*s-k'-	s-k'/x-
*skn-	*sk'-	sk'/t'-
*s-g-	*s-g-	s-g/s-
*sg-	*sg-	sg/i̯-

*sgh-	*sg'-	sg'/d'-
*s-n-	*s-n-	s-n/n-
*sn-	*xn-	xn/t'
	*sni̯-	sni̯/si̯-
*s-l-	*s-l-	s-l/d'-
		s-li̯/i̯-
*sl-	*xl-	xl/t'
	*sli̯-	sli̯/si̯-
*a-sn-	*ʔsn-	ts'/ts'-
*a-s -	*ʔs-	ʔs/ts'-
*a-sl-	*ʔsl-	t/t-
	*ʔsli̯-	ti̯/ti̯-

實際上，這裏只包括了sk-、sn-、sl-三種類型，其他如st-、sp-、sm-、sn-都沒有提到。此外，喉塞音詞頭白氏認爲來自漢藏母語的元音性詞頭a-。

白保羅在1987年完成《上古漢語的聲母》（Archaic Chinese Initials），全文共四十七頁，這是白氏研究中國音韻學最新，而且有代表性的重要著作，其著重點還是在複聲母問題上。

白氏認爲研究上古聲母最有力的兩個憑據，一是諧聲資料，二是同族語言。在這篇論文裏，他運用這類憑據深入的探討了*s-型複聲母和帶喉塞音的複聲母。其他如-l-類、b-類、m-類只附帶的重申他過去的看法和例證。

白氏強調喉塞音詞頭的來源是經過這樣的過程：*a->ʔa->ʔ-。他把研究所得歸納如下表：

漢藏母語	上古音	中古音
*ʔa-g-	ʔg-→[ŋg-]	→ŋ-
*ʔa-j-	ʔd̂→[n̂d̂-]	→ń-
*ʔa-d-	ʔd-→[nd]	→n-
*ʔa-b-	ʔb-→[m-]	→m-
*ʔa-s-	ʔs-	→tsʹ-

　　具體的例子如「跈」ʔdian/n̯ian，「研」ʔgian/ŋien，「參」ʔsəm/tsʹâm等。

　　作「黑白雜色」解（見《集韻》）的「龍」字，白氏也擬爲帶喉塞音的ʔbluŋ/moŋ（莫江切）。與「鱗蟲之長」的「龍」bliuŋ/liuŋ（力鐘切）不同。

　　*s-型方面，重點放在SK-類（s-＋舌根音）的討論上，意見和他早先所提出的沒有兩樣，只不過在演化表中，多列了福州、建陽、古閩語的念法。古閩語（P-Min）資料的運用，是他這篇文章的特色之一。 sk-類的例子如「莶」sgʹəm/dʹâm、「天」skʹien/tʹien、「祆」s-kʹien/xien等。

　　*sk-類之外，其他帶*s-的，例如：「寵」spʹliuŋ/tʹiwo、「攣」s-blwan/swan、「蠅」sblieŋ/iəŋ（古藏語sbran）等，都是*sp-型。在他的系統裡，還有st-、sN-（s-＋鼻音）、sl-等類型。其演化規律如下：（sn-、sl-已見前，故從略）

原始漢語	上古音	中古音
*st(h)-	st(ʹ)	/ts(ʹ)
*s-t(h)-	[s-]t(ʹ)	/t(ʹ)
*sdh-	sdʹ	/dzʹ

*sd-	sdi̯	i̯
*s-d-	s-di̯	/si
*s-n̄-	[s-]n̄i̯	/ni
*sn̄-	sni̯	/s̄i̯
	xn̄i̯	/ts'i̯
*s-m-	[s-]m	/m
*sm-	xm(i̯)	/x(i̯)
	(smi̯	/si̯)
*s-ŋ-	[s-]ŋ	/ŋ
*sŋ-	sŋ	/n
	(xŋ	/x)

例字如「目」[s-]mi̯ŏk/mi̯uk、「年」[s-]nien/nien、「鬚」sni̯u/si̯u、「叔」s-di̯ŏk/si̯uk、「戚」st'i̯ŏk/ts'iek、「倪」s-ŋieg/ŋiei、「兒」sŋi̯ĕg/ɦie、「楪」s-li̯əd/d'iei、「葉」s-li̯ap/i̯äp等。

至於三合複聲母，不外scc-，ʔcc-兩型。前者如上面提到的「寵」、「攣」、「蠅」等字；後者如「黽」ʔbləŋ/mεŋ、「札」ʔskat/tsat、「愕」ʔglâk/ŋâk等字。

總結白保羅的複聲母學說，我們有幾點看法：第一，他探討了 -l-、s-、ʔ-、m-各型複聲母，卻忽略了*t-詞頭的可能性，這個*t-（或*d-）詞頭在藏緬語中是相當普遍的，例如「六」*d-ruk、「九」*d-kuw、「熊」*d-wam、「虎」*d-key、「鹿」*d-yuk、「蟹」*d-kay、卡倫語（Karen）「狗」*t-wiy等。事實上，漢語中很多非t類聲母的字，往往和t類字諧聲，例如：「台：哈」、「多：黟（於脂切）」、「它：鉈（去靴切）」、「

自（都回切）：歸」等，既然在諧聲上和同族語言上都有 *t-的痕跡，我們就不能闕而不論。

第二，白氏的證據很明顯的偏重於同族語言的對應上，漢語本身的例證用得很少，這是有待強化的。

第三，詞頭s-和複聲母s在實際發音上如何區別，這是應該作明確交代的，否則便流於書寫上形式的區別而已。

第四，例字的標示，有時直接書漢字，有時用高本漢的《修訂漢文典》（GSR）編號，有時用他自己的《漢藏語概要》（STC）編號，有時又用他〈漢藏語新探〉（STAL）的編號，使得讀者手頭必需備有這些資料，否則文句就很難順利的讀下去。

上古音的研究，起步最早的是古韻分部，其次是聲母條例和聲調分合，最遲的複聲母，這四個領域構成了今日的一個完整的古音學的基礎。而白保羅是在這個新的領域裏最具貢獻的西方學者之一，他對漢語音韻鍥而不舍的研究態度，以及現代語言學觀念的充分運用，都是值得我們重視與效法的。事實上，複聲母的研究要有更好的發展，除了能有效掌握文字和典籍中的語料外，語音學和同族語言的知識是不可或缺的利器，就後者而言，白保羅有關複聲母的幾篇論文的確給了我們不少寶貴的啟示。

大陸地區複聲母研究評述

壹、前　言

　　上古音複聲母是中國語言學研究的一個重要課題，這個領域的研究必需具備兩個條件：現代語音學的知識，和語言比較的資料。前者使我們了解複聲母的本質，輔音的構成規律，音變的詮釋等；後者使我們了解人類現有語言的輔音群實況，漢藏語族中的複聲母分配，同族語言的對應同源詞，正因為這樣的條件限制，儘管清代的語文學如何發達，清代語文學者的人才輩出，清代兩百年間也只能在古韻分部，古聲母條例幾個上古音領域中作出貢獻，至於複聲母的研究一直要到近幾十年才能蓬勃的發展起來。特別是近二十年，無論在大陸，在台灣，或在海外漢學界，都呈現了一股積極的研究熱潮，三方面的研究各有成果，也各有特色。本文即就大陸地區1949年以後的研究狀況作一討論。藉以作為海峽兩岸學術發展狀況的比較與參考。以便將來在交流中能知己知彼，截長補短，對中國語言學的研究作出更大的貢獻。

貳、大陸地區早期的研究情形

　　下面我們分兩個部分討論大陸近四十年來的複聲母研究：

1949年以後的五〇年代，六〇年代，七〇年代稱爲「早期的研究」，這時的研究風氣還不普遍，作品較少。八〇年代以後，稱爲「近年的研究」，論文數量大大地增加，對問題的切入也更廣泛深刻，獲得了很好的成果。

1949年，唐蘭撰成《中國文字學》一書，首先對複聲母的存在提出質疑。他在「文字的發生」一章裏說：在現代中國方言裏沒有複輔音的痕跡，在切韻系統的反切上字裏，也看不出複輔音的現象。如果拿台語來比較，只有兩三個零碎的材料。唐氏批評了林語堂，高本漢，董同龢的觀點，而用「聲母的轉讀」，「文字的異讀」，「輔音比較容易流動」等說法代替複聲母理論❶。其實，唐氏的看法承襲了1937年他自己的一篇論文：〈論古無複輔音〉❷，這種疑惑在複聲母理論初提出的階段，是很自然的。後來，經過了反覆的論辯，唐氏的疑惑早已不再是問題了。❸

1950年羅常培《語言與文化》一書中，論述了「風」字四川俫俫語〔brum〕，「嵐」從風聲，認爲是由複補音pl-變來的。他又討論了「孔」kl-，「兼」kl-，「變」pl-等字在泰語中都是複聲母，與漢語內部的證據是相吻合的❹。羅氏在〈研究國內少數民族與語文的迫切需要〉❺一文中也強調了他的複聲母觀點。後來又在《普通語音學綱要》❻一書中專列一節「複輔音」，把他的看法系統化，理論化。

1961年王立達〈太原方言詞彙的幾個特點和若干虛詞的用法〉❼利用山西太原方言中的反語駢詞11條，稱作「嵌l的詞」，開闢了現代方言詞彙探索複聲母的新途徑。

1962年嚴學宭〈上古漢語聲母結構體系初探〉❽取材諧聲

字，聯綿詞，一字異讀，方言，讀若，古文字，通假，聲訓等語料，並以同族語言相佐證，擬構了上古複聲母系統。

此外，對複聲母持反對意見的有徐德庵1960年的〈論漢語古有複補音說的片面性〉❾，屬於方言派的複聲母研究的趙秉璇1979年〈晉中話「嵌l詞」彙釋〉❿。專論帶l複聲母的，有1979年王健庵〈來紐源於重言說〉⓫。

叁、大陸地區近年的研究情形

八〇年代以後，複聲母的研究有了空前的發展，十二年來的論文篇數遠超過上一個階段（約三十年）的總和。

其中較重要的有：

1980年應琳〈風曰孛纜考〉⓬，1981年尚玉河〈風曰孛纜和上古漢語複輔音聲母的存在〉⓭，1984年金永哲〈關於風曰孛纜和複輔音〉⓮是一連串相關問題的討論、「風曰孛纜」是宋代孫穆所著《雞林類事》中的一個詞條。該書共收錄了近360條漢語和朝鮮語兩相對照的單詞，詞組和句子。這條告訴我們，「風」，在十二世紀朝鮮語中念作「孛纜」（pallam）。應琳認爲維吾爾語中有boran（暴風），蒙古語中有〔pɔrɔːn〕（雨），伊朗語中有barān（雨），英語中有從突厥語中借入的buran（風暴），於是「孛纜」應來自阿爾泰語。尚玉河指出《爾雅・釋天》中稱「暴風從上而下」爲「焚輪」，《楚辭・遠遊》中稱「風師」爲「飛廉」，主張「孛纜」來自漢語。他認爲中朝兩民族自古以來就接觸廣泛，甚至比「箕子東來」更早。「孛纜」實來

自漢語上古音的借詞。上古「風」的聲母原是pl-，至今l成分還保存在「嵐」字中。而上述維吾爾、伊朗語的念法，與朝鮮語一樣，都借自上古漢語。

1983年邢公畹〈原始漢台語複輔音聲母的演替系列〉爲漢語和台語的複聲母同源詞擬定了兩條演化型式。

1.兩種語言平行發展：（F＝聲母輔音，Y＝韻母）

(1)*F1 F2 Y ＞F1 Y ＋F2 Y

(2)*F1 F2 Y ＞F1 Y （或F2 Y）

2.兩種語言各取一聲母：

　　*F1 F2 Y ＞台語F1 Y （或F2 Y）

　　　　　　漢語F2 Y （或F1 Y）

例如現代泰語ma-lɛ:ng是「昆蟲」的共名，原始台語是*ml-或mr-。現代泰語分解爲兩個音節。這個mlɛ:ng在漢語中的同源詞有：

螟蛉*mling ＞ming - ling

虻 *mrang ＞mang

又如漢語「風」字：

*pləm ＞*pjəm ＞pjung ＞fəng

1984年周祖謨〈漢代竹書和帛書中的通假字與古音的考訂〉❺，對山東臨沂銀雀山漢墓出土的竹書和長沙馬土堆漢墓出土的帛書中的七種材料，進行整理，考訂了幾種複聲母：pl, ml, tl, sl, sn, kl, xm 等。此外還有sd-（＞z-），sg-（＞喻母）。

1984年喻世長〈用諧聲關係擬測上古聲母系統〉❻主要依據形聲字的諧聲關係，認爲上古複聲母可以有三種寫法：（F1 F2

表複聲母，F(1)表和F1相同成相近的音，F(2)表和F2相同或相近的音）

1. F1 F2 ＞F(1)　　F1 F2 ＞F(2)

2. F1 F2 ＞F(1)　　F(2)　＞F(2)

3. F(1)　＞F(1)　　F1 F2 ＞F(2)

喻氏採用了第二種寫法訂出下列複聲母：（所注聲紐：由複聲母變來的F(1)不加括號，由單輔音變來的F(2)外加括號。）

xm 曉（明）　　　mp 明（幫）　　pl　幫（來）

ml 明（來）　　　st 心（端）　　　stj 審（端）

sd′心（定）　　　sd′j 審（定）　　sgj 心（群）

sn 心（泥）　　　sl　心（來）　　　zt 邪（端）

zd′邪（定）　　　nl 泥（端）　　　tl　端（來）

sk 心（見）　　　s′心（影）　　　sg′心（匣）

sng 心（疑）　　　zk 邪（見）　　　zd′邪（喻）

zg′邪（匣）　　　xng 曉（疑）　　　nd′泥（喻）

ngk 疑（見）　　　d′l 喻（來）　　　xl 曉（來）

ngl 疑（來）

這個系統在音理上有幾個問題：1.凡兩個聲母有諧聲的，就把它們加起來變成複聲母，只是拼湊遊戲，不算複聲母研究。2.像zk, zg′型式的對立不可能發生，它們的清濁必然因同化作用而一致。zt, zd′亦然。3.心母和端、透、定諧聲，都可擬作一個st，不需分擬爲st, sd′。邪母和見、溪、群、匣諧聲，也都可以擬作一個zg，不需分擬爲zk, zg′。

1984鄧方貴，盤承乾〈從瑤語論證上古漢語複輔音問題〉❶

據廣西全州瑤語的複聲母pl, phl, bl 和kl, khl, gl，用來跟漢語比較。

1984李格非〈釋芳，棘〉[18]考證「芳，棘」同音，這是見母和來母的交替，上古是複聲母kl–。

1985嚴學宭，尉遲治平〈說有無〉[19]認爲同源詞的聲母雖彼此不同，但呈有系統的互相對應，這是語根複聲母分化的結果。作者認爲古漢語中，「有、無」在語義上是相通的。「有」字產生了「助、友、大、覆」等語義，而從無、勿、微、不、弗、非得聲的字，也多具「助、友、大、覆」諸義。它們的語根是*mpgjəg，演成mjəg即是「無」，演成pjəg即是「不」，演成了ɣwjəg即是「有」。

1986楊劍橋〈論端知照三系聲母的上古來源〉[20]主張上古喻四爲l，來母爲r；端系字有一部分來自上古kl, kʹl, gl；知系除來自tr, tʹr, dr 外，也有來自klr, kʹlr, glr 的；知系三等來自trj, tʹrj, drj；照系三等來自klj, kʹlj, glj。至於和唇音接觸的，端系是pl, pʹl, bl；知系是plr, pʹlr, blr；照三是plj, pʹlj, blj。和照三諧聲的精系是skl＞精系，sklr＞莊系。照三系與鼻音諧聲的，原始漢語具有鼻音前綴mkl, nkl, ngkl。這樣的系統最大的問題是兩個流音lr 的結合型式較缺乏佐證。

1986劉寶俊〈秦漢帛書音系概述〉[21]以長沙馬王堆帛書爲主要研究材料，對其中的通假異文進行細緻的考察。並規定了嚴格的語音條件；凡通假字必須聲母和韻母俱相同或相近。共整理出1300多對通假，作爲分析音類的依據。劉氏共構擬了19種複聲母：

ml thl kl khl gl gwl

sl sn st sth sk skw sng

xm xng

nth ngk　　ngkh ngg

作者認爲，帛書音系的複聲母的較爲複雜。可分爲四個類型：(1)與l構成的複聲母，尤其是舌根音加邊音最常見。(2)以s-爲前綴的複聲母，其中s-加舌尖塞音較常見，s-加舌根音只有少數例證，s-加唇音的未見。(3)x與鼻音構成的複聲母。其中xm-最多，xng-較少，x加其他成分的未見。(4)鼻冠塞音聲母。這是鼻音和同部位的塞音諧聲的例子。在帛書材料中，舌尖鼻冠塞音較明顯，舌根鼻冠塞音不常見，雙唇鼻冠塞音則未見。作者認爲帛書音系的複聲母正處於一個逐漸消亡的過程中。到上古後期——東漢末年已基本消失。

1986嚴學宭，尉遲治平〈漢語「鼻──塞」複輔音聲母的模式及其流變〉認爲在古漢語文獻中，可以發現鼻輔音聲母與同部位的塞音聲母常發生關係，作者從形聲字，經籍異文，漢儒讀若，古注直音，廣韻又音，古聯綿詞，古文字各方面加以證明、又利用了幾種域外對音的資料：慧琳《一切經音義》常用明、泥、疑母字對譯梵文的濁塞音b, d, g；唐長慶二年（822年）漢藏對譯的〈唐番會盟碑〉；漢藏對音〈千字文〉和《大乘中宗見解》；藏文譯音《阿彌陀經》、《金剛經》；藏譯漢音《般若波羅蜜心經》（以上至〈千字文〉皆爲敦煌石室所出之寫本，代表唐代西北方音）；唐長安三年（703年）四大譯師之一的義淨從梵文譯成《金光明最勝王經》，781－859年間藏人管法成又轉

譯成藏文，這是梵、漢、藏的譯音資料。這些域外對音都顯示漢
語鼻音應該是和同部位的濁塞音組成複聲母。此外，作者又用日
語的吳音和漢音作爲旁證。再用現代漢語方言求證。例如山西文
水，興縣，忻縣，太谷等地，明、泥、疑三紐分別讀作mb-, nd-,
ngg-。又閩南方言中，明，泥，疑在口元音前分別讀濁塞音 b,
l(d), g；在鼻化元音或純鼻音韻母前則分別讀鼻音m, n, ng。又湖
南瓦鄉話也有疑紐讀濁塞音的例。至於鼻——塞音複聲母的分
化，作者認爲首先經過N–D即鼻音和塞音自由變讀階段，然後逐
漸凝固下來，形成各地方音的紛歧讀法。

1986董爲光〈漢語異聲聯綿詞初探〉㉒研究聲母不同的聯綿
詞，由結構特徵，語源聯繫，同族語言作比較研究，認爲異聲聯
綿詞是複聲母的繼承和發展。

1986趙秉璇〈太原方言裏的複輔音遺跡〉㉓搜集太原方言
裏「嵌l詞」近百條。其中同單音詞相對應,形成「反語駢詞」的
有五十多條。晉語中有極豐富的「嵌l詞」，它只在口語中使
用，用文字記載下來的不多。有些和全州瑤語的複聲母對應。
如「角」太原爲「圪勞——角」，瑤語爲〔kl〕。有些太原只
有「嵌l詞」，無對應的單詞，未形成「反語駢詞」，如「路」太
原爲「圪兒」，瑤語爲〔kla〕。這是古代漢語複聲母的遺跡，其
演變如下：

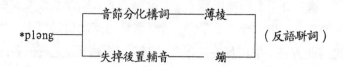

趙氏由現代晉方言考察古漢語複聲母，是複聲母研究的一條新途徑，事實上，這項研究工作早在1979年趙氏的〈晉中話嵌l詞彙釋〉❷即已開其端，此後，同系列的論文又有以下六篇：1986年的《髑髏——「頭」新證》❷討論「頭」在晉中一帶普遍叫做「得老」，「得老——道」構成反語駢詞。首與道古音相近，《說文》段注：「道，首亦聲」，「得老」的本字即是「髑髏」，由dl-複聲母演化而來，其演變情形況如下：

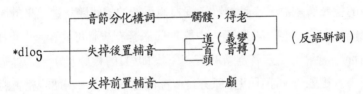

趙氏在第二十屆國際漢藏語言學會議中又提出〈漢語、瑤語複輔音同源例証〉❷討論晉語的反語駢詞和廣西瑤語複聲母詞的對應，二地相去數千里，這種有規律的對應，絕不是偶然的巧合，是語言發生學上的關係，說明漢語和瑤語的複聲母是同源的。例如太原「窟窿——孔」一詞，瑤語音〔khlung〕（空心），反映了「孔」字上古的複聲母kl-，趙氏在1990年美國阿林頓的第23屆國際漢藏語言學會議又提出〈從鼠的異名看上古漢語複輔音聲母的存在〉，認爲山西方言裡的「鼠」有四種名稱：孤兒、耗子、圪拉、老鼠，都是從「鼯」演變來的。《說文》：鼯，鼠出胡地。韻書有「曷各切」，「歷各切」二讀。說明上古念 *glak。後來轉爲「孤」（失落l），「耗」（失落l，g再變爲濁擦音，再變爲x），「老」（由glak變成），「圪拉」（glak音節分化而成）各詞。在中國音韻學研究會第六屆學術研討

會中，趙氏又提出〈晉中話反語駢詞集釋〉（1990年北京）。集釋晉中方言裡的反語駢詞75條。此文雖未與複聲母的研究相結合，其中資料卻可作為複聲母研究之用。趙氏另外在第22屆國際漢藏語言學會議又發表〈林語堂古有複輔音說俗語今證〉❷，林語堂於1924年發表〈古有複輔音說〉，列出俗語證據17條，大部分出自洪邁《容齋三筆》。趙氏以晉語相印證。分為kl, pl, tl三類舉例證明。認為晉語中的嵌勒詞源於上古複聲母，是方言裡的雙聲聯綿詞，不是由單音詞根據反語的規律隨意造出來的。趙氏1991年又提出〈陳獨秀中國古代語音有複聲母說今證〉❷分兩部分討論：(1)塞音邊音複聲母（案即帶l的複聲母）。(2)鼻冠濁塞音複聲母。趙氏以太原方言，瑤語標敏方言，苗語規槽方言的同源對應比較加以證明。而今山西方言中確實存在有鼻冠濁塞複聲母，處於逐漸消失狀態。如「母」〔mbu〕，「努」〔ndou〕（文水方言）；孝義方言「木」〔mb-〕，「納」〔nd-〕，「愛」〔ngg-〕等。

　　1987年潘悟云〈漢藏語歷史比較中的幾個聲母問題〉❷認為包擬古提出的 cr-, cl- 和c-r-, c-l-（c為k, p）複聲母，是一個具有重大意義的設想。不過，潘氏否定了dr-和d-r-的存在。他強調cl-，c-l-的擬定，不僅大大開拓了歷史比較的視野，而且對確定語言親屬關係也十分的重要。他認為上古音構擬有三個主要依據：(1)形聲字、《詩經》韻腳、漢以前的注音。(2)親屬語比較、外語譯音。(3)同源詞的比較。其中又以第一種材料為主，內部構擬是出發點，外部材料只能作旁證。我們不能把上古音都擬作跟七世紀藏語一樣的形式，例如龔煌城（1978）❸把「睹」的上古

音擬作tag就有問題，因爲這個擬音跟以「者」爲聲符的其他字的語音材料發生衝突。潘氏的上古聲母構擬是這樣的：

k-l- ＞端	kh-l- ＞透	g-l- ＞定
k-lj- ＞章	kh-lj ＞昌	g-lj ＞禪
p-l- ＞端	ph-l- ＞透	b-l- ＞定
p-lj- ＞章	ph-lj ＞昌	b-lj ＞禪
skl- ＞精	skhl- ＞清	sgl- ＞從
sk-l- ＞心	skh-l- ＞心	sg-l- ＞邪
skr- ＞莊	skhr- ＞初	sgr- ＞崇
sk-r- ＞生	skh-r- ＞生	sg-r- ＞俟
spl- ＞精	sphl- ＞清	sbl- ＞從
sp-l- ＞心	sph-l- ＞心	sb-l- ＞邪
spr- ＞莊	sphr- ＞初	sbr- ＞崇
sp-r- ＞生	sph-r- ＞生	sb-r- ＞俟

這樣的系統可以用來解決上古舌尖音和舌根音，雙唇音的接觸，但是在音變上較不好解釋，同時skl-和sk-l-兩型複聲母的對立，恐怕也只是型式，寫法上的區別而已。潘悟云1990年又發表〈中古漢語擦音的上古由來〉❸，採用浦立本，薛斯勒，包擬古等西方學者的看法，認爲上古音來母爲r，喻母爲l。接著提出兩種類型複聲母，即前重型：gr＞g（匣），凡二等的皆此類，kl＞見，khl＞溪，gl＞群，pl＞幫，phl＞滂，bl＞並亦此類。後重型：g-r-＞r（來），此類本文改寫作grr-，又如kll＞端，khll＞透，gll＞定，pll＞端，phll＞透，bll＞定。這是端系字和見，幫系諧聲的情況。如「唐：庚」，「答：合」，「隤：貴」等。

音變方面，潘氏說：「從音理上講，流音受前接塞音影響而塞化，是完全可能的」，「在整個漢藏語系中，流音塞化是一個很常見的音變」，而「有些台語的t是由pr塞化而來的」。潘氏又主張心母的來源有sl-, skll-, spll-, skhll-, sphll-，這和他1987的看法相同。邪母的來源有sgll-, sbll-, sdll-，這比1987年多了個sdll-的來源。書母的來源有hlj-, slj-, skllj-, spllj-, skhllj-, sphllj-。禪母（文中稱爲船母）的來源有sgllj-, sbllj-。山母的來源有skrr-, skhrr-, sprr-, sphrr-。曉母的來源有：

sl, skll, spll, sphll, ＞h（1, 4等，重紐四等）

sr, skrr, sprr, sphrr, ＞h（2等，重紐三等）

潘氏所擬的，是一套龐大的帶s-複聲母，我們可以把它們歸結爲一個基本型：SKL-（K代表塞音，L代表流音）。但是其中sdl-卻是一個孤單的聲母，不像spl-, skl-構成一套整齊的系統，這和語言的音系對稱性稍有不合。然而，所擬的系統的確能解釋許多漢語語料上的現象。潘氏於1991年又提出〈上古漢語使動詞的屈折型式〉[32]，討論了上古漢語幾種表示使動意義的語音手段：(1)濁聲母表自動，清聲母表使動；(2)加後綴S表使動；(3)加前綴S表使動。我們看其中第三種。如「失」sljit爲使動詞，「王失馬」，「馬」爲受事；又讀爲喻四（或寫作佚，逸lit）出現於施事之後，像「書佚」即是。這種對詞頭功能進行探索的工作，是古漢語研究的新趨向，對確定中國語言的性質有正面的作用。

1987年竺遠毅〈古漢語輔音聲母ml-考〉[33]，主要在提出分類材料，作爲複聲母研究的憑藉與基礎，所用的材料包括聲訓、方言間的同義詞、歷史異名、諧聲等。

1989年陳忠敏〈漢語，侗台語和東南亞諸語言先喉塞音對比研究〉❸，所謂「先喉塞音」（Pre-glottal）即帶輕微喉塞的濁音。作者指出，漢語方面、台語、東南亞諸語言的先喉塞音無論是種類、性質、還是演變的途徑都是極爲一致的。有 ʔb, ʔd先喉塞音的漢語南方方言如上海郊縣松江、南匯、金山、奉賢等（北部吳語）；浙江永嘉、永康、縉云等（南部吳語）；廣西藤縣、石南等（粵語）；海南海口、文昌、寶安等（閩語）。這樣的研究使我們知道，現代方言不是完全沒有複聲母的。

1990年鄭張尚芳〈上古漢語的s-頭〉❸針對一個比較熱門的題目：s-詞頭進行討論。運用通假、異讀、轉注（同源字的孳乳分化），結合了諧聲、漢藏語比較，進一步說明(1)上古音s-頭的存在；(2)s-頭後接聲母的語音變化；(3)s-頭與h-頭的關係；(4)s-頭的功能。鄭張氏指出h-頭是由s-頭轉化來的，這種轉化是語言中常見的變化，如藏文sna～緬文han（鼻）。又指出s-頭有兩種功能：一是構詞詞頭（用以分別同一語根孳生的詞），二是表使動態的詞頭。作者共討論了149個漢語的例子，一一爲之擬音，可說是一篇豐富的古音資料。

楊劍橋〈閩方言來母S聲字再論〉❸針對閩西北方言中，一部分中古來母字讀爲清擦音S進行研究。這種現象共毗連十六個縣市，有31個字。作者先介紹了梅祖麟，羅杰瑞〈試論幾個閩北方言中的來母S聲字〉❸，李如龍〈閩西北方言來母字讀S的研究〉❸，雷伯長〈說邵武方言〉❸三家的看法，認爲梅、羅的說法較合理，而梅、羅文中已經證明了17字，作者把剩下的14字作了討論。證明這些字是來自上古的Cr-複聲母，Cr-的演化除了

失落其中一成分，增加元音成雙音節⑩外，Cr->s-也是演變規律之一。這項演化可證之於越南語、台語、藏語、漢語湖南瓦鄉話⑪、《說文》讀若⑫、東漢的音注等⑬。作者又認爲「自」即「鼻」之初文，上古音brit，以後據Cr->s-之例變爲「自」，又據r失落之例變爲「鼻」。不過，若依《廣韻》，「自」字屬從母dz-，並非s-，與作者所論之主題有距離。

四、結　論

　　由大陸地區這個學術領域十年來的發展情形看，遠遠超過了臺灣地區的發展，無論是在論文篇數上看，或從事研究的學者人數上看，兩岸完全不成比例。這是值得我們檢討的。臺灣地區人文學科本來就比較被忽略，而現代和傳統語言學的結合研究，更是缺乏。這原是複聲母研究的一個不可或缺的基礎。台灣的語言學者往往走兩條不同的路：外文系出身的，到國外攻語言學，掌握了現代語言學的新觀念和方法，但對漢語的材料比較陌生，只能作一些新理論的移植或實驗，無法深入漢語內部；而中文系出身的學者，能熟悉各種漢語語料，卻往往關閉在傳統「小學」的殿堂裡，無法運用現代語言學的成果。因此，我們要振興漢語的研究，把臺灣建設爲國際漢學的重鎮，首先就應打破當前分途孤立研究的敝病，充分的把現代和傳統結合起來。此外，更重要的是加強海峽兩岸的學術交流，吸取彼岸在漢語和上古複聲母方面的研究經驗，然後共同爲中國語言的研究開創新局面。近來，大陸學者趙秉璇和本人合力編成了一部《古漢語複聲母論文集》，

匯集了一世紀來中外學者研究的成果，正是朝此方向努力的一項工作。這部論文集是複聲母研究的總結集，也是兩岸學術交流的成果，這也許只是一個開端，將來希望兩岸相同專業的學者，更能加強連繫，聚集現有的人力物力，才能爲漢語言的研究作出更大的貢獻。

附　　註

❶　見唐蘭《中國文字學》第34至46頁。1969年臺灣文光公司翻印本。

❷　見《清華學報》12卷2期。

❸　參考竺家寧《古漢語複聲母研究》第333至341頁。

❹　見羅常培《語言與文化》第99至100頁。

❺　見1953年中華書局《國內少數民族語言文字的概況》。

❻　1957年與王均合著。

❼　見《中國語文》1961年第2期。

❽　見《江漢學報》1962年第6期。

❾　見《西南師範學院學報》（人文版）1960年第2期。

❿　見《中國語文》1979年第6期。

⓫　見《安徽大學學報》（社科版）1979年第3期。

⓬　見《民族語文》1980年第2期。

⓭　見《語言學論叢》第八輯，北京大學中文系編，1981年商務印書館出版。

⓮　見《延邊大學學報》，1984年第4期。

⓯　見《音韻學研究》第1輯，第78至91頁。中華書局，1984年。

⓰　見《音韻學研究》第1輯，第182至206頁。

⓱　見《民族語文論叢》第1輯，中央民族學院少數民族語言研究所，

1984。

⑱ 見《武漢大學學報》，1984年第4期。

⑲ 見《中國語言學報》，第2期，商務印書館，1985年。

⑳ 見《語言研究》，1986年第1期。

㉑ 見《中南民族學院學報》，1986年第1期。

㉒ 見《語言研究》，1986年第11期。

㉓ 見第19屆國際漢藏語言學會議論文。發表於《晉中論壇》1986年第5期。

㉔ 見《中國語文》1979年第6期。

㉕ 見中國音韻學研究會1986年年會論文（重慶）。

㉖ 見《晉中教育學院學報》，1989年第2期。

㉗ 見《唐山教育學院學報》，1990年第3-4期。

㉘ 見漢語言學國際學術研討會論文，1991年，武漢。

㉙ 見《語言研究集刊》第1期，1987年。

㉚ 見龔煌城《 A Comparative Study of the Chinese, Tibetan, and Burmese Vowel Systems 》1978，中央研究院，史語所集刊。

㉛ 見《溫州師範學院學報》哲學社會科學版，1990年第4期。

㉜ 見《溫州師範學院學報》哲學社會科學版，1991年第2期。

㉝ 見《語言研究集刊》，1987年第1期。

㉞ 見《語言研究》，1989年第1期（總第16期）。

㉟ 見《溫州師範學院學報》哲學社會科學版，1990年第4期。

㊱ 見《音韻學研究》第5輯，中華書局，待出版。

㊲ 見《清華學報》新九卷1,2期，1971年。

㊳ 見《中國語文》1983年第4期。

㊴ 見《語言研究》，1984年第2期。

㊵ 例如「風」字後來變成「飛廉」。

㊶ 例如瓦鄉話「來、梨、漏」聲母爲z-。

㊷ 例如《說文》:楷讀若驪，而「曬」字也是從「麗」聲。

㊸　例如《周禮・師氏》：使其屬師四夷之隷。鄭注：故書隷或作
　　肆，鄭司農云：讀爲隷。

《顏氏家訓·音辭篇》
的幾個語音現象

《顏氏家訓》一書的作者是南北朝時代的顏之推，顏之推臨沂人，字介，曾在蕭氏的梁朝做過官，後來投奔北齊，受到重視，擔任「中書舍人」、「黃門侍郎」、「平原太守」等官職。西元五七七年北周滅北齊，顏之推又在北周做過「御史上士」的官，西元五八一年隋滅北周，顏之推復被召爲學士，卒於隋開皇間。

《顏氏家訓》的寫作目的在於教誨其子孫，其序致篇云：

> 夫同言而信，信其所親；同命而行，行其所服。禁童子之暴謔，則師友之誠，不如傅婢之指揮；止凡人之鬥鬩，則堯舜之道，不如寡妻之誨諭。吾望此書爲汝曹之所信，猶賢於傅婢寡妻耳。

全書共二十篇，其中音辭篇在於勉勵其子孫注意文字的音讀，所以他說：「吾見兒女雖在孩稚，便漸督正之，一言訛替，以爲己罪矣。」我們從文中所舉的一些例字中，倒可以看出公元第六世紀的部分語音情況，以及當時人對語言的了解。

首先，我們看看顏之推對語言演化的觀點。他說：「夫九州之人，言語不同，生民已來，固常然矣。」可知他了解方言的殊

異，是不可避免的。但接著他又指責揚雄的《方言》說：「皆考名物之同異，不顯聲讀之是非。」這是古人基本觀念上的一個大錯誤，他們認為方言的不同，是有其是、非的，語言原本是隨著習慣成形的，我們能用什麼標準去定其是、非？這種觀念一直到清初的顧炎武仍不能避免。顧氏在古音學上花了很大功夫，但他認為後代語音與古不同，是後代人讀錯了，因此，他寫成一部《唐韻正》，想要改正後世的音讀，恢復古音。

除了地域的殊隔，造成言語不同外，顏之推明白時代的演變，也能使語言產生差異。他說：「古語與今語殊別，其間輕重、清濁猶未可曉，加以外言、內言、急言、徐言、讀若之類，益使人疑。」這個認識，是十分卓越的。許多後來的學者對時代所造成的語言演化，全然不覺。唐宋時代的文人每讀古代韻文，發現韻腳不合，乃以「叶韻」的辦法來處理，甚至還有改動古書原文以求配合的。寫《經典釋文》的陸德明則拿「古人韻緩」來解釋。他們都犯了以今律古的毛病：缺乏時代觀念。正如漢代人論文字所說的「父子相傳，何得改易！」一樣的不正確。

音辭篇對當時南、北語言的差異，有以下的描述：

> 南方水土和柔，其音清舉而切詣，失在浮淺，其辭多鄙俗；北方山川深厚，其音沈濁而鈋鈍，得其質直，其辭多古語。

這幾句話雖說得不夠具體，我們還是多少探知了當時南、北語言的若干特徵。

音辭篇又云：

> 然冠冕君子，南方為優，閭里小人，北方為愈。易服而與

　　之談，南方士庶數言可辯，隔垣而聽其語，北方朝野終日
難分。

　　這與當時社會背景有密切關係。自晉室南渡後，不少顯赫的
家族遷到了江南，造成了南方對門第觀念的重視，同時，魏晉以
來九品中正的選才方式，更加強了「上品無寒門，下品無世族」
的士、庶界限。影響到語言上，自然會構成階級的區別了。北方
則當五胡亂華之後，當政者多爲胡人，文化程度不高，原有的大
家世族又多已南遷，在語言上，自然會「朝野難分」了。近代的
語言學界非常重視社會語言學（Social Linguistics）的研究，音
辭篇的這段話眞可以算是中國社會語言學的濫觴了。

　　音辭篇最有價值的材料，是顏之推認爲字音有誤的那些例字
了。音辭篇云：

　　　　南人以錢爲涎，以石爲射，以賤爲羨，以是爲舐；北人以
　　　　庶爲戍，以如爲儒，以紫爲姊，以洽爲狎。如此之例，兩
　　　　失甚多。

　　顏之推是根據當時的語音來判斷的，我們乍讀之下，不容易
發現這些音讀所「失」在哪裏？這裡且依據中古音分別加以探
究。

　　1.「錢」屬仙韵昨仙切，爲從母字，中古音讀〔
dzʼjæn〕；「涎」屬仙韵夕連切，爲邪母字，中古音讀爲〔
zjæn〕。

　　2.「石」屬昔韵常隻切，爲禪母字，中古音讀爲〔
zjɛk〕；「射」屬昔韵食亦切，爲床母三等字，中古音讀〔
dzʼjɛk〕。

3.「賤」屬線韵才線切，爲從母字，中古音讀爲〔dz′jæn〕；「羨」屬線韵似面切，爲邪母字，中古音讀爲〔zjæn〕。

4.「是」屬紙韵承切，爲禪母字，中古音讀爲〔zje〕；「舐」屬紙韵神氏切，爲床母三等字，中古音讀爲〔dz′je〕。

從以上的資料，我們可以發現顏之推所舉的先後二字在韵母及聲調方面均無不同，所異者，在於聲母。其中「以錢爲涎」，「以賤爲羨」都是把從母字唸成了邪母字，換句話說，也就是把濁塞擦音（ voiced affricate ）唸成了濁擦音（ voiced fricative ）。另兩組「以石爲射」、「以是爲舐」又都把禪母字唸成了船母（床母三等），換句話說，也就是把濁擦音唸成了濁塞擦音。

因此，我們明白了當時江南一帶的人根本不分濁塞擦音跟濁擦音的。在他們的語言中〔dz〕與〔z〕、〔dʑ〕與〔ʑ〕根本屬於一個音位（ phoneme ）的同位音（ allophone ）。這種情況正與現代的吳語完全符合。

不獨吳語如此，古漢語中不分濁塞擦音與濁擦音還是個很佔勢力的現象。守溫的三十字母有禪母而無床母即其例。我們從燉煌寫本「歸三十字母例」禪母下的四字例中知道，其中「乘、神」二字實爲床母三等字，「常、諶」二字乃爲禪母字，可知三十字母之系統「禪、床」實爲一母。從現代國語中，我們也可以發現「禪、床」二母的分類界限異常混亂，如來自古代床母的「食、實、繩、神、示」等字，今讀爲擦音；來自古代禪母的「成、城、盛、丞、承、嘗、常、臣、殖、植、酬」等字，今反讀

爲塞擦音。高本漢《中國音韻學研究》有這樣一段話：

> 唐代之聲系（指守溫三十字母）無床母，也可以用一個很自然
> 的方法來解釋，Maspero舉了好多的例，證明床與禪從很
> 古的時候就分得不大清，在現代方言中，也可以看出漢語
> 對於濁摩擦音跟濁塞擦音不大會分的，例如上海話的〔
> dz〕與〔z〕就混而不分，我相信中古漢語與三十字母作
> 者之讀音是不分床禪的，而在反切的作者，跟更近一點的
> 音韻學家就把它們分開了。不過，它們往往有些不一致的
> 毛病罷了。

這段話也可以爲北朝的顏之推所提「以錢爲涎」等例，作一
說明。

至於顏之推舉北人音誤的字也分別討論如下：

1.「庶」屬御韵商署切，爲書母字，中古音讀爲〔ɕjo〕；「
戍」屬遇韵傷遇切，爲書母字，中古音讀爲〔ɕjuo〕。

2.「如」屬魚韵人諸切，爲日母字，中古音讀爲〔ɕjo〕；「
儒」屬虞韵人朱切，爲日母字，中古音讀爲〔ɕjuo〕。

3.「紫」屬紙韵將此切，爲精母字，中古音讀爲〔tsje〕；「
姊」屬旨韵將几切，爲爲精母字，中古音讀爲〔tsjei〕。

4.「洽」屬洽韵侯夾切，爲匣母字，中古音讀爲〔
ɣep〕；「狎」屬狎韵胡甲切，爲匣母字，中古音讀爲〔ɣap〕。

這些字的聲母都沒有問題，問題在於韻母。第一組的「庶、
戍」二字，中古音前者爲開口字，後者爲合口字。但現代國語已
無區別，均讀爲〔ʂu〕。顏之推時代的北方音讀既爲同音，它們
很可能都讀成了〔ʃu〕，也就是說，在《切韻》產生以前，也有

方言是不分「魚語御」與「虞麌遇」的。到了《切韻》時代才依據「南北是非、古今通塞」的原則，分成開合不同的兩韻。

第二組「如、儒」二字，中古音前者爲開口，後者爲合口，現代國語無區別，均讀爲〔zu〕。情形與第一組相同，顏之推時代的北方音讀很可能都唸成了〔nju〕，從這個例也可證明《切韻》以前「魚語御」與「虞麌遇」有方言是不分的。

第三組「紫、姊」二字中古音的不同也在於韻母。國語同音，均爲〔tsï〕。顏之推時代尚無舌尖元音〔ï〕產生，當時或均讀爲〔tsi〕。由此亦可看出《切韻》時代不同的「支紙寘」與「脂旨至」二韻，在《切韻》以前有些方言並無區別。

第四組「洽、狎」二字中古音的不同在於主要元音。國語濁聲母清化，塞音韻尾消失，主要元音同化，並產生介音〔i〕，使聲母顎化，因而均讀爲〔ɕia〕。顏之推時代的北方音必無如是的變化，因此，「洽、狎」二字可能都讀爲〔ɣap〕。由此亦可看出切韻時代不同的「咸豏陷洽」與「銜檻鑑狎」，在《切韻》以前有方言並無區別。後來《切韻》系韻書將它們分開，也是根據「古今通塞、南北是非」的原則而儘量求分。

音辭篇又提出一些字書中的音切，認爲是有問題的：

> 古今言語時俗不同，著述之人楚夏各異。《蒼頡訓詁》反稗爲逋賣，反娃爲於乖，《戰國策》音刎爲免，《穆天子傳》音諫爲閒，說文音戛爲棘，讀皿爲猛，《字林》音看爲口甘反，音伸爲辛，《韻集》以成仍宏登合成兩韻，爲奇益石分作四章，李登《聲類》以系音羿，劉昌宗《周官音》讀乘若承，此例甚廣，必須考校前世反語，又多不

切。

我們且分別來研究一下這些例子。

1.《蒼頡訓詁》是後漢杜林所作。「粺」字見卦韵傍卦切，是並母字，中古音讀爲〔b'uæi〕。而《蒼頡訓詁》音注爲「逋賣反」，聲母「逋」字是幫母。反切下字「卦、賣」及本字「粺」均在古韻第十六部，故所異在聲母。也就是說，《蒼頡訓詁》的音注者把濁聲母的「粺」字唸成了清聲母。

又「娃」字見佳韵於佳切，是影母字，中古音讀爲〔ʔæi〕。《蒼頡訓詁》音注爲「於乖反」，反切上字「於」也是影母字。聲母無問題，所異在「於乖反」一讀爲皆韵，中古音讀爲〔ʔuɐi〕，與「於佳切」不同韵。但是《蒼頡訓詁》作於後漢，應當歸屬於上古音的階段，考反切下字「佳、乖」及本字「娃」均屬古音第十六部，故此音注並無問題。顏之推舉之，或因在北朝時代「皆、佳」二韵已有不同。

2.《戰國策》是漢代高誘注的。「刎」字見吻韵武粉切，是微母字，中古音讀爲〔juən〕。作爲直音的「免」字見獮韵亡辨切，是明母字，中古音讀爲〔mjæn〕。聲母有「明、微」的不同，但是，輕唇音「非敷奉微」要到中古晚期才產生，高誘與顏之推的時代都還唸成重唇音的〔m-〕聲母。那麼問題是在韵母了？考「刎」字屬古音第十五部，「免」字屬古音第十四部。這就是顏之推要舉出來的緣故。

3.《穆天子傳》是晉太康二年汲縣人不準盜發魏襄王墓所得。「諫」字見諫韵古晏切，是見母字，中古音讀爲〔kan〕。作爲直音的「間」字見襉韵古莧切，也是見母字，中古音讀爲〔

kæn〕。其差別在韵母分屬諫韵與襉韵。然而考上古二字均屬古音第十四部。顏之推既認爲它們不同音，或因北朝時代「諫、襉」二韵已有不同。

4.《說文解字》爲東漢許愼作。「戞」字見黠韵古黠切，是見母字，中古音讀爲〔kæt〕。《說文》十二篇下戈部「戞」字云：「戟也，從戈百，讀若棘。」「棘」字見職韵紀力切，也是見母字，中古音讀爲〔kjək〕。二字不但塞音韵尾差異甚大，且「戞」在古音第十五部，「棘」在古音第一部。難怪顏之推要舉出來了。就是清代的段玉裁也認爲有誤，其《說文》注：「按棘在一部，相去甚遠，疑本作讀苦子而誤。」

又「皿」字見梗韵「武永切」是明母字，中古音讀爲〔mjueŋ〕。《說文》五篇上皿部云：「飯食之用器也，象形，與豆同意，讀若猛。」按「猛」字見梗韵莫杏切，也是明母字，中古音讀爲〔meŋ〕。考二字均屬古音第十部，然「皿」爲三等合口字，「猛」爲二等開口字，介音不同。顏之推舉之，或即此故。

5.《字林》爲晉代呂忱所作。「看」字見寒韵苦寒切及翰韵苦旰切，爲溪母字，中古音讀爲〔kʻɑn〕。而《字林》音注爲「口甘反」，聲母雖同，韵母則爲談韵字，中古音讀爲〔kʻɑm〕。其韻尾不同，難道《字林》時代有人讀「甘」字的韻尾已由〔-m〕變爲〔-n〕了嗎？

又「伸」字見眞韵失人切，是審母三等字，中古音讀爲〔ɕjen〕。做爲直音的「辛」字見眞韵息鄰切，是心母字，中古音讀爲〔sjen〕。其韵母相同，均見於古音第十二部。所異在聲

母。或許《字林》的音注者讀「辛」的聲母因受介音〔j〕的顎化，使〔s-〕變得與〔ɕ-〕相同，因此得以「辛」作「伸」的直音。顏之推則〔ɕ-〕、〔s-〕有別，故列舉之。

6.《韵集》爲晉呂靜所作，「成」字見清韵是征切，是禪母字，中古音讀爲〔ʑjɐŋ〕。「仍」字見蒸韵如乘切，是日母字，中古音讀爲〔ȵjəŋ〕。「宏」字見耕韻戶萌切，是匣母字，中古音讀爲〔ɣuæŋ〕。「登」字見登韵都滕切，是端母字，中古音讀爲〔təŋ〕。顏之推以四字並舉，而謂「合成兩韵」，不知何字與何字爲一組。考其上古韵部僅「成」字屬第十一部，餘三字均爲第六部。《韻集》之畫分當亦如此，而顏之推的時代或已分成四個不同的韵，所以才提出來的。

又「爲」字見支韵薳支切，是喻母三等字，中古音讀爲〔rje〕。「奇」字見支韵渠羈切，是群母字，中古音讀爲〔g'je〕。「益」字見昔韵伊昔切，是影母字，中古音讀爲〔ʔjɛk〕。「石」字見昔韵常隻切，是禪母字，中古音讀爲〔ʑjɛk〕。既云《韵集》「分作四章」，可知此四字應分爲四韵。考其古韵分部「爲、奇」二字屬第十七部，「益」屬第十六部，「石」屬第五部。則僅三韵而已。可知《韵集》之分爲四恐有未當。顏之推時代是如同上古音之分爲三類韵母，抑如同《切韵》之分爲「支、昔」二類韵母，已不可得知矣。

7.《聲類》爲魏李登所作。「系」字見霽韵胡計切，是匣母字，中古音讀爲〔ɣiɛi〕。做直音的「羿」字見霽韵五計切，是疑母字，中古音讀爲〔ŋiɛi〕。二者韵母相同，所異在聲母。匣母與疑母不當混，故顏之推舉之。

8.魏晉時代爲經典作音義的人很多，劉宗昌《周官音》當即此類。「乘」字見蒸韵食陵切，爲床母三等字，中古音讀爲〔dʒ'jəŋ〕。做爲直音的「承」字見蒸韵署陵切，是禪母字，中古音讀爲〔zjəŋ〕。其韵母相同，所異在聲母。這是床三與禪母混的例子，也就是濁塞擦音跟濁擦音不分的例，是古漢語及現代方言常見的現象，其理由前已提及，此不贅述。國語「乘、承」二字同音，可知其來源甚早，自古已然。

音辭篇又云：

> 徐仙民《毛詩音》反驟爲在遘，《左傳音》切椽爲徒緣，
> 不可依信，亦爲衆矣。

《毛詩音》、《左傳音》當亦魏晉時代講音義方面的書。考「驟」字見宥韵鋤祐切，是床母二等字，中古音讀爲〔dʒ'ju〕。徐仙民音注爲「在遘反」，變爲候韵字，中古音讀爲〔dz'u〕。本是二等字，以一等韵作其反切下字。故顏之推列舉之。其聲母雖有從母與床二之異，其上古實爲同源，均爲〔dz'-〕，後來凡在一、三、四等韵母前保持不變，二等則變爲舌尖面混合濁塞擦音〔dʒ'-〕。魏晉時代或有少數字尚未分化。

又「椽」字見仙韵直攣切，是澄母字，中古音讀爲〔d'juæn〕。徐仙民音注爲「徒緣切」，反切下字「緣」也是仙韵字。其不同在聲母。「徒」屬定母〔d'-〕。故顏之推列舉之。然定母與澄母上古實爲同源，均爲〔d'-〕。後世在一、四等韵母前保持不變，在二、三等韵母前則變爲舌面濁塞音〔d'-〕。徐仙民的時代可能「定、澄」二母尚未分化，所以拿「徒」做「椽」的反切上字，到了顏之推的時代已分化，所以才覺得不合。這種情

形稱之爲舌音類隔。

音辭篇又云：

> 《通俗文》曰：入室求曰搜，反爲兄侯，然則兄當音所榮
> 反，今北俗通行此音，亦古語之不可用者。

《通俗文》爲後漢服虔所作。「搜」字見尤韵所鳩切，是審母二等字，中古音讀爲〔ʃju〕。而《通俗文》音注爲「兄侯反」，反切上字「兄」見庚韵許榮切，是曉母字，中古音讀爲〔xjuɐŋ〕。聲母與本字不合，所以顏之推認爲《通俗文》的作者必定是把「兄」字唸成了所榮反，中古音讀爲〔ʃjuɐŋ〕，這樣才可以做「搜」字的反切上字。顏之推又說「兄」之讀所榮反在北齊時亦是如此。顯然曉母的「兄」字在當時的語音裡已有顎化的現象。這種顎化現象甚至在後漢也已存在了。所以才能拿「兄」做「搜」的反切上字。

另一方面，用「兄侯」來切「搜」，在韵母上也並不相合。「搜」是三等韵字，「侯」是一等韵字。這不是《通俗文》音注者的疏忽，就是「搜」字當時已讀爲洪音韵母。

音辭篇又云：

> 璵璠，魯之寶玉，當音餘煩，江南皆音藩屏之藩。岐山當
> 音爲奇，江南皆呼爲神祇之祇。江陵陷沒，此音被於關
> 中，不知二者何所承。

按「璵」字見魚韵以諸切，是喻母四等字，中古音讀爲〔jo〕，與「餘」字同音。「璠」字見元韵附袁切，是奉母字（然當時尚無輕唇音，當讀爲並母），中古音讀爲〔b'juɐn〕，與「煩」字同音。江南讀爲「藩」，考「藩」字見元韵甫煩切，是非

母字（然當時尚無輕唇音，當讀爲幫母），中古音讀爲〔pjuen〕。韵母並無不同，所異在聲母之清濁。考濁音清化爲語音演化之普遍現象，由此例可知當時「璠」字的讀音已由濁而清，這種趨勢並從江陵發展到了關中一帶。

又「岐」字見支韵巨支切，是群母字，中古音讀爲〔g'je〕。顏之推認爲該讀爲「奇」，考「奇」字見支韵渠羈切，也是群母字，中古音讀爲〔g'je〕。當時江南讀爲「祇」，考「祇」見脂韵旨夷切，是照母三等字，中古音讀爲〔tɕjei〕。江南的這個讀法顯示了兩個現象：其一，讀「岐」字的聲母變爲清音，並產生顎化。其二，「支紙寘」與「脂旨至」兩韵並無區別。這個音讀後來也流行到了北方關中一帶。

顏之推認爲「岐」字當讀爲「奇」，二字的反切同類，但韵圖則置「岐」於四等，置「奇」於三等，這就是「重紐」的現象。但是顏之推的語言中，二字並無區別，可見重紐的語音區別在顏之推的方言是不存在的，由此亦可證明後來《切韵》的分爲二切是顧到「古今通塞、南北是非」的。

音辭篇又云：

> 北人之音多以舉莒爲矩，唯李季節云：齊桓公與管仲於臺上謀伐莒，東郭牙望桓公口開而不閉，故知所言者莒也。然則莒矩必不同呼。

按「莒」字見語韵居許切，是見母字，中古音讀爲〔kjo〕。「矩」字見麌韵俱雨切，是見母字，中古音讀爲〔kjuo〕。可知它們的分別在前者爲開口字，後者爲合口字。在北朝時代二字多已不分，所以顏之推才舉齊桓公之事來證明古語是

有分別的。所謂「桓公口開而不閉」，正說明「莒」字的讀音自春秋時代即爲開口。

音辭篇又云：

> 夫物體自有精麤，精麤謂之好惡，人心有所去取，去取謂之好惡（上呼號下烏故反），……而河北學士讀《尚書》云：好（呼號反）生惡（於谷反）殺。是爲一論物體，一就人情，殊不通矣。

按「好」字有二讀：一見皓韵呼皓切，其義爲善也、美也，乃形容詞，今國語讀爲〔xau〕。一見號韵呼到切，其義解爲愛好，乃動詞，今國語讀爲〔xauↃ〕。「惡」字亦有兩讀：一見暮韵烏路切，義爲憎惡也，乃動詞，今國語讀爲〔uↃ〕（<ʔuo）。一見鐸韵烏各切，其義爲不善也，乃形容詞，今國語讀爲〔さ〕（<ʔuɑk）因此，論精麤必需讀形容詞的那一組〔xauɤↃ〕；論去取則需讀動詞的那一組〔xauↄuↃ〕。

當時北方人讀《尚書》「好生惡殺」，有把「惡」字誤讀爲「於谷反」的，亦即〔ʔuk〕（>さ）的讀音。也就是把應當做動詞的，唸成了形容詞的音讀。而「好」字仍唸成動詞音讀，所以顏之推才說：「一論物體，一就人情，殊不通矣。」

音辭篇又云：

> 甫者男子之美稱，古書多假借爲父字，北人遂無一人呼爲甫者，亦所未喻。唯管仲、范增之號，須依字讀耳（管仲號仲父，范增號亞父）。

按「甫」字見麌韵方矩切，是非母字（當時尚未產生輕脣音，故仍讀爲幫母），中古音讀爲〔pjuo〕。「父」字見麌韵扶

雨切，是奉母字（當時尚未產生輕唇音，故仍讀爲並母），中古音讀爲〔b'juo〕。因音近古書常以「父」代替「甫」，北朝時代的人就把「甫」字唸成了「父」字的音讀。也就是把幫母唸成了並母。只有在「仲父」、「亞父」中才讀成「甫」的本音。

音辭篇又云：

> 諸字書焉字鳥名，或云語詞，皆音於愆反，自葛洪要用字苑分焉字音訓，若訓何、訓安，當於愆反。於焉消遙、於焉嘉客、焉用佞、焉得仁之類是也。若送句及助詞當音矣愆反，故稱龍焉、故稱血焉、有民人焉、有社稷焉、託始焉、爾晉鄭焉依之類是也。江南至今行此分別昭然易曉，而河北混同一音。

按「焉」字見仙韻於乾切，其義爲「何也，又鳥雜毛。《說文》曰：鳥黃色，出江淮。」屬影母字，中古音讀爲〔ʔjæn〕。顏之推的「於愆反」音相同。而其另一音讀「矣愆反」《廣韻》未見，反切上字「矣」是喻母三等字，中古音讀爲〔ɣjæn〕。這種爲了分別字義而強分別音讀的情形，常見於漢魏以來的音義家著作。這種分別在活語言中，應當是不存在的。

音辭篇又云：

> 邪者未定之詞，《左傳》曰：不知天之棄魯邪？抑魯君有罪於鬼神邪？《莊子》云：天邪？地邪？漢書云：是邪？非邪？之類是也。而北人即呼爲也字，亦爲誤矣。

按「邪」字見麻韻似嗟切，是邪母字，中古音讀爲〔zja〕。當時北方人讀做「也」字的音讀。「也」字見馬韻羊者切，是喻母四等字，中古音讀爲〔ja〕。可知當時的北方人讀「邪」不但

失去了聲母，連聲調也由平聲變成了上聲。

音辭篇又云：

> 江南學士讀《左傳》，口相傳述，自爲凡例：軍自敗曰
> 敗，打破人軍曰敗（補敗反）。

按「敗」字見夬韻薄邁切，是並母字，中古音讀爲〔b′uai〕。《廣韵》此音之下注曰：「自破曰敗」。又見於夬韵補邁切，是幫母字，中古音讀爲〔puai〕。《廣韵》此音之下注曰：「破他曰敗」。這是依詞的文法功能而賦予語音區別的字例。這種分別也許只是書面上的區別而已。

音辭篇云：

> 梁世有一侯常對元帝飲謔，自陳癡鈍，乃成颸段，元帝答
> 之云：颸異涼風，段非干木。謂郢州爲永州。

按「癡」字見之韵丑之切，是徹母字，中古音讀爲〔t′i〕。「鈍」字見慁韵徒困切，是定母字，中古音讀爲〔d′uən〕。所誤讀之「颸」字見之韵楚持切，是穿母二等字，中古音讀爲〔tʃ′i〕。「段」字當作「段」，見換韵徒玩切，是定母字，中古音讀爲〔d′uɑn〕。此乃音近而誤之例。

又「郢」字見靜韵以整切，是喻母四等字，中古音讀爲〔jɛŋ〕。「永」字見梗韵于憬切，是喻母三等字，中古音讀爲〔ɣjuaŋ〕。此二字差別較大，係誤讀或方言之故。

音辭篇又云：

> 河北切攻字爲古琮，與工公功三字不同，殊爲僻也。北世
> 有人名暹，自稱爲纖。名琨自稱爲袞。名洸自稱爲汪。名
> 素（音藥）自稱爲鴆（音煤）。非唯音韵舛錯，亦使其兒孫避

諄紛紜矣。

按「攻」字見冬韵古冬切，是見母字，中古音讀爲〔kuoŋ〕。「古琮切」音同之。而「工、公、功」三字並見東韵古紅切，也是見母字，中古音讀爲〔kuŋ〕。「東、冬」二韵有別，顏之推乃云：「殊爲僻也」，可知在顏之推的方言中「東、冬」韵的這些字是讀音相同的。

又「暹」字見鹽韻息廉切，是心母字，中古音讀爲〔sjæm〕。「纖」字與之同音。顏之推既認爲有誤，可知顏之推把它們讀爲不同的音了。

又「琨」字見魂韵古渾切，是見母字，中古音讀爲〔kuən〕。「袞」字見混韵古本切，乃「琨」的上聲字。可見其誤在把平聲的「琨」讀爲上聲。

又「洸」字見唐韵烏光切，是影母字，中古音讀爲〔ʔauŋ〕。「汪」字之讀音有三：其一與「洸」字同音。其二見養韵紆往切，讀爲「洸」之上聲。其三見宕韵烏浪切，中古音讀爲〔ʔaŋ〕，爲開口字。顏之推認爲「洸、汪」二字不同音，可能顏之推讀成了後面兩讀。

又「鸙」字見藥韻以灼切，是喻母四等字，中古音讀爲〔juak〕。「鸅」字見藥韻書藥切，是審母三等字，中古音讀爲〔ɕjuak〕。其誤在於將無聲母的字加上了一個〔ɕ-〕聲母。

從以上的討論雖不能見出《顏氏家訓》一書著作時代的全盤語音現象，卻也給了我們對當時語音的一些了解，除了那些真正讀錯的字音外，音辭篇所顯示的，仍然有其價值存在。

《廣韻》類隔研究

中國文字的標音方法到了漢代，由「直音」而演變爲「反切」，這是中國語音學發展的歷史上，一個了不起的成就。「反切」標音法固然也有它的缺點，但是在音標傳入中國以前，用漢字標漢字的音讀，沒有比反切更適當的了。因此，自魏晉以後，反切的運用十分廣泛，我們現在還能見到許多完整的古書是以反切作注音的，像陸德明的《經典釋文》，陸法言的《切韵》殘卷及其增訂本，顧野王《玉篇》，玄應、慧琳的《一切經音義》，徐鍇《說文解字繫傳》，行均《龍龕手鑑》等。從這些書的反切，我們得以了解當時的語音實況，對古漢語的研究提供了莫大的助益。

反切的方法是以頭一個字代表聲母，後一個字代表韵母及聲調。換句話說，反切上字與所切之字爲雙聲，反切下字與所切之字爲疊韻。因此，把兩個字合起來，正好就是所切的字音了。

唐代的語音學家把反切分爲「音和」與「類隔」兩類。後來的等韻圖門法中，也都列有「音和」與「類隔」來說明反切。那麼音和與類隔到底有什麼分別呢？

守温韻學殘卷「聲韻不和切字不得例」云：

夫類隔切字有數般，須細辨輕重，方乃明之；引例於後：

如都教切單，他孟切掌，徒幸切場，此是舌頭舌下隔。如

方美切鄙，芳逼切堛，符巾切貧，武悲切眉，此是切輕韻
重隔。如疋問切念，鋤里切士，此是切重韵輕隔。恐人只
以端知、透徹、定澄等字爲類隔，迷於此理，故舉例如
下，更須仔細了。

《四聲等子》門法有「辨音和切字例」云：

凡切字，以上者爲切，下者爲韻，取同音、同母、同韵、
同等，四者皆同，謂之音和。謂如丁增切登字，丁字爲
切，丁字歸端字母，是舌頭字，增字爲韵，增字亦是舌頭
字；切而歸母，即是登字……。

又有「辨類隔切字例」云：

凡類隔切，字取脣輕脣重、舌頭舌上、齒頭正齒三音中清
濁同者，謂之類隔。此端、知八母下，一、四歸端，二、
三歸知。一、四爲切，二、三爲韻，切二、三字，或二、
三爲切，一、四爲韵，切一四字是也。假若丁呂切柱字，
丁字歸端字母；是舌頭字，呂字亦舌頭字。柱字雖屬知，
緣知與端俱是舌頭純清之音，亦可通用。故以符代蒲，其
類奉，並；以無代模，其類微、明；以丁代中，其類知，
端；以敕代他，其類徹、透；餘倣此。

《切韻指掌圖》「檢例下」專談這個問題，但大致都抄襲《
四聲等子》而成。劉鑑《切韵指南》「門法玉鑰匙」云：

音和者，謂切腳二字，上者爲切，下者爲韻。先將上一字
歸知本母，於爲韻等內本母下便是所切之字，是名音和
門。

類隔者，謂端等一、四爲切，韻逢二、三，便切知等字，

知等二、三爲切，韻逢一、四，卻切端等字；爲種類阻隔
而音不同也，故曰類隔。如都江切椿字，徒減切湛字之類
是也。

江永《音學辨微》「辨翻切」云：

凡依音類母位取上一字者謂之音和，舌頭與舌上，重唇與
輕唇交互取上一字者謂之類隔。如長幼之長丁丈反，以舌
頭切舌上也；綢繆之繆武彪反，以輕唇切重唇也。

以上各條都只列出事實，並未解釋所以然，到了陳澧才作了
精確的說明，其《切韻考》外篇卷三云：

知三母字古音讀如端三母，非四母字古音讀如幫四母，切
語上字有沿用古音者，宋人謂之類隔。

錢玄同《文字學音篇》更進一步說明：

類隔切者，謂端透定泥與知徹澄娘，幫滂並明與非敷奉微
交互相切。如江韻椿都江切，椿知紐，都端紐；支韻卑府
微切，卑幫紐，府非紐……是也。此由古音知徹澄娘本讀
端透定泥，非敷奉微本讀幫滂並明，當作切時，音本諧
協，非古人別有類隔作切之法也。

林師景伊《中國聲韻學通論》云：

音和者，合二字爲一字之音，其上字必與本字同紐同清
濁，其下字必與本字同韻同等呼，此即反切立法之原理
也。至於類隔之說，蓋即古今字音變遷之故。古音舌頭舌
上，輕唇重唇實無區別，後世音變，遂覺不同。故今之所
謂類隔切者，古人讀之，亦屬音和，非古人作切語，有意
立此異説，以困後學也。

從以上的說明，可以了解「音和」是指合乎常理的反切，「類隔」是語音演變而呈現於反切的現象。類隔也有人稱之爲「隔標」，李嘉紹《切韻射標》云：

> 隔標法者，謂如箭遇端標，覺有乖張，看端標下小字乃是知字，便轉卻箭更射知標即中。如徒減切湛字，芳懷切胚字，扶基切皮字，皆此例也。

類隔當分爲三種：唇音類隔，舌音類隔，齒音類隔。前兩種情況較爲常見，所以前人所說的類隔大多只指這兩種。以下分別討論它們發生的原因。

漢語聲母本來只有重唇音而沒有輕唇音，清代語言學家錢大昕舉出了很多例證證明了「凡輕唇之音，古讀皆爲重唇」。所謂重唇即雙唇音（Bilabal），輕唇即唇齒音（Labiodental）。據高本漢《中國音韻學研究》及陳師伯元《古音學發微》，輕唇產生之時代大約在唐代，產生的條件是三等性的合口韻母。《廣韻》的唇音反切，重唇與輕唇完全混雜不分，但是這不能說是《廣韻》的時代仍然不分輕、重唇，因爲《廣韻》的反切承切韻而來，《廣韻》本身雖未曾更改這些切語，卻在每卷之後列出了一些類隔的例，題爲「新添類隔，今更音和切」註上合乎當時實際音讀的切語。

《廣韻》唇音切語這種混雜的現象正爲「古無輕唇音」的理論提供有力的證明，類隔現象正是古語遺留的痕迹，唐代以前即已形成的切語總是以重唇的反切上字切重唇的本字，到了唐代，在某些韻母的影響下，這些反切有了兩種變化：一部分反切上字變爲輕唇，遂與所切的本字不合，也有一些本字變爲輕唇，而反

切上字卻仍爲重唇，遂覺不合，於是造成了類隔。換句話說，類隔現象是音變不一致的結果，如果又切上字與本字都同時變爲輕唇，類隔現象就無法存在了。上述的兩種變化本來產生的或然率是相等的，但在《廣韻》的唇音類隔中只見本字不變，而反切上字變爲輕唇的例，這倒是一個很特殊的現象。

《廣韵》時代的輕唇與重唇究竟應如何區分呢？陳師伯元《古音學發微》云：

> 《廣韻》之聲類，重唇幫滂並明、輕唇非敷奉微八紐，據陳氏系聯條例，雖若可分而亦難絕對分開，大體言之，《廣韻》東、鍾、微、虞、文、元、陽、尤、凡、廢諸韵及其相承之上去入韵，其切語上字屬非敷奉微者爲輕唇音，此諸韻之外雖切語上字爲非敷奉微，仍讀與重唇無別也。就等韵言之，凡重唇幫系四紐，多見於一二四等韵之切語上字，輕唇非系四紐，多見於三等韵之切語上字。

錢大昕另有「舌音類隔之說不可信」一文云：

> 古無舌頭舌上之分，知徹澄三母，以今音讀之，與照穿床無別也，求之古音，則與端透定無異。

所謂舌頭音即今所稱之「舌尖音」（Alveolar），舌上音即「舌面音」（Alveopalatal）。在上古音的時代，舌上音讀成舌頭音，也就是說端、透、定三母原來是四等俱全的，大約在《切韵》的時代，一、四等韻沒有變化，二、三等韵則變成了知、徹、澄。甚至在《切韵》裡都留有這種演變的痕迹，那就是反切的舌音類隔現象，這些反切到宋代還留於《廣韵》中。

章太炎有「古音娘日二紐歸泥說」云：

> 古音有舌頭泥紐，其後支別，則舌上有娘紐，半舌半齒有
> 日紐，于古皆泥紐也。

再根據後來許多學者的考訂，證明了泥、娘古代的確屬於一類，到了三十字母與三十六字母之間乃分出娘母。《切韻》與《廣韻》的泥娘二聲母仍混用無別。

不過，《廣韻》所見的舌音類隔比唇音類隔要少得多，說明舌音分化的時代要比唇音更早。

至於齒音類隔古人很少談及，有人稱它爲「精照互用」，在上古音的時代，照系二等字與精系字不分，在中古音裡，精系出現於一、三、四等韻，照系二等出現於二、三等，它們同時在三等中出現，同樣的韻母前是決不會產生兩種不同的變化。這個問題經董同龢的考證，發現凡中古三等韻的照系二等字，古代原來都不屬於那些三等韻，它們都是和那些三等韻同部的二等字，到一個頗晚的時期才變入三等韻。因此，精系與照系二等字的分配，《切韻》以前是不衝突的，前者只見於一、三、四等，後者只見於二等韻。它們分化的時間，大約在六朝時，《廣韻》齒音類隔之例極少，但也足以反映古語之殘留痕跡。

以上這三種類隔現象到了《集韻》中，幾乎都改成了音和，公然採用當時的讀音，不願守著古人的藩籬。《集韻》韻例云：

> 凡字之翻切，舊以武代某，以亡代茫，謂之類隔，今皆用
> 本字。

這些改正的反切可以參考白滌洲《集韻聲類考》中「集韻反切上字類隔改用音和一覽表」。

《廣韻》的類隔切語陳澧《切韻考》外篇曾加以「盡列而改

之」，共列出唇音類隔八十條，舌音類隔十二條，事實上並不完全，這裡把《廣韻》所見的類隔切語列出，並註明其在《韻鏡》中的排列地位，共得唇音類隔九十四條，舌音類隔廿六條，齒音類隔四條。

一、唇音類隔

1.講韻「厖」（明母）武項切（微母），王二作莫項反，《韻鏡》第三轉二等。

2.支韻「彌」（明母）武移切（微母），《韻鏡》第四轉四等。

3.支韻「陴」（並母）符支切（奉母），《廣韻》卷末改爲並之切，王二作頻移反，《韻鏡》第四轉四等。

4.支韻「卑」（幫母）府移切（非母），《廣韻》卷末改爲必移切，王二作必移反。

5.支韻「皮」（並母）符羈切（奉母），《韻鏡》第四轉三等。

6.支韻「鈹」（滂母）敷羈切（敷母），《韻鏡》第四轉三等。

7.紙韻「彼」（幫母）甫委切（非母），王二作卑被反，《韻鏡》第四轉三等。

8.紙韻「靡」（明母）文彼切（微母），《韻鏡》第四轉三等。

9.脂韻「毗」（並母）房脂切（奉母），《韻鏡》第六轉四

等。

10.脂韻「眉」（明母）武悲切（微母），《廣韻》卷末改爲目悲切，《韻鏡》第六轉三等。

11.脂韻「邳」（並母）符悲切（奉母），《廣韵》卷末改爲並悲切，切二作蒲悲反。《韻鏡》第六轉三等。

12.脂韻「丕」（滂母）敷悲切（敷母），切二作普悲反，《韻鏡》第六轉三等。

13.脂韻「悲」（幫母）府眉切（非母），《廣韻》卷末改爲卜眉反，《韻鏡》第六轉三等。

14.旨韵「牝」（並母）扶履切（奉母），《韻鏡》第六轉四等。

15.旨韻「美」（明母）無鄙切（微母），《韻鏡》第六轉三等。

16.旨韻「否」（並母）符鄙切（奉母），《廣韻》卷末改爲並鄙切，《韻鏡》第六轉三等。

17.旨韵「鄙」（幫母）方美切（非母），王二作八美反，《韻鏡》第六轉三等。

18.哈韻「焙」（並母）扶來切（奉母），《韻鏡》第十三轉一等。

19.灰韵「肧」（滂母）芳杯切（敷母），《廣韵》卷末改爲偏杯切，《韻鏡》第十四轉一等。

20.賄韵「浼」（明母）武罪切（微母），《韻鏡》第十四轉一等。

21.卦韵「擘」（幫母）方賣切（非母），《韻鏡》第十五轉

二等。

22.卦韵「庍」（幫母）方卦切（非母），《韻鏡》第十六轉二等。

23.眞韵「頻」（並母）符眞切（奉母），《廣韵》卷末改爲步眞切，《韵鏡》第十七轉四等。

24.眞韵「珉」（明母）武巾切（微母），《韵鏡》第十七轉三等。

25.眞韵「貧」（並母）符巾切（奉母），《韵鏡》第十七轉三等。

26.眞韵「彬」（幫母）府巾切（非母），《廣韻》卷末改爲卜巾切，《韻鏡》第十七轉三等。

27.軫韻「泯」（明母）武盡切（微母），《韵鏡》第十七轉四等。

28.震韵「米」（滂母）撫刃切（敷母），《韻鏡》第十七轉四等。

29.質韵「弼」（並母）房密切（奉母），王二作旁律反，《韻鏡》第十七轉三等。

30.恩韻「奔」（幫母）甫悶切（非母），《韻鏡》第十八轉一等。

31.仙韻「綿」（明母）武延切（微母），《廣鏡》卷末改爲名延切，韻鏡第廿一轉四等。

32.仙韵「楩」（並母）房連切（奉母），《韵鏡》第廿一轉四等。

33.仙韵「篇」（滂母）芳連切（敷母），《韻鏡》第廿一轉

四等。

34.獼韻「免」（明母）亡辨切（微母），《韻鏡》第廿三轉三等。

35.獼韻「辯」（並母）符蹇切（奉母），《韻鏡》第廿三轉四等。

36.獼韻「辡」（幫母）方免切（非母），《韻鏡》第廿三轉三等。

37.獼韻「楩」（並母）符善切（奉母），《韻鏡》第廿一轉四等。

38.獼韻「褊」（幫母）方緬切（非母），《韵鏡》第廿一轉四等。

39.線韻「徧」（幫母）方見切（非母），《韵鏡》第廿一轉四等。

40.薛韻「滅」（明母）亡列切（微母），《韵鏡》第廿一轉四等。

41.薛韻「瞥」（滂母）芳滅切（敷母），《韵鏡》第廿一轉四等。

42.山韵「瘝」（幫母）方閑切（非母），《韵鏡》第廿一轉二等。

43.產韵「奿」（明母）武簡切（微母），《韵鏡》第廿一轉二等。

44.襉韵「蔄」（明母）亡莧切（微母），王一、王二作莫莧反，《韻鏡》第廿一轉二等。

45.元韵「楠」（明母）武元切（微母），《韵鏡》第廿二轉

三等。

46.銑韻「褊」（幫母）方典切（非母），《韻鏡》第廿三轉
四等。

47.潸韻「矕」（明母）武板切（微母），《韻鏡》第廿四轉
二等。

48.潸韻「阪」（並母）扶板切（奉母），《韻鏡》第廿四轉
二等。

49.宵韻「苗」（明母）武瀌切（微母），《韻鏡》第廿五轉
三等。

50.宵韻「鑣」（幫母）甫嬌切（非母），《韻鏡》第廿五轉
三等。

51.宵韻「瓢」（並母）符宵切（奉母），《韻鏡》第廿六轉
四等。

52.宵韻「漂」（滂母）撫招切（敷母），《韻鏡》第廿六轉
四等。

53.宵韻「飆」（幫母）甫遙切（非母），《韻鏡》第廿六轉
四等。

54.小韻「眇」（明母）亡沼切（微母），《韻鏡》第廿六轉
四等。

55.小韻「摽」（並母）符少切（奉母），《廣韻》卷末改爲
頻小切，《韻鏡》第廿六轉四等。

56.小韻「縹」（滂母）敷沼切（敷母），《廣韻》卷末改爲
徧小切，《韻鏡》第廿六轉四等。

57.小韻「褾」（幫母）方小切（非母），《廣韻》卷末改爲

邊小切，《韵鏡》第廿六轉四等。

58.效韵「鮑」（並母）防教切（奉母），《韵鏡》作「炮」，第廿五轉二等。

59.笑韵「裱」（幫母）方廟切（非母），《廣韵》卷末改爲賓廟切，王二作必庿反，《韵鏡》無此字。

60.皓韵「莽」（明母）武道切（微母），《韵鏡》第廿五轉一等。

61.果韵「麼」（明母）亡果切（微母），《韵鏡》第廿八轉一等。

62.過韵「縛」（並母）符臥切（奉母），此字今已變讀輕唇音，《韵鏡》第廿八轉一等。

63.清韵「名」（明母）武并切（微母），《韵鏡》第卅三轉四等。

64.清韵「并」（幫母）府盈切（非母），《韵鏡》第卅三轉四等。

65.靜韵「眳」（明母）亡井切（微母），《韵鏡》第卅三轉四等。

66.勁韵「偋」（並母）防正切（奉母），《韵鏡》第卅三轉四等。

67.昔韵「擗」（並母）房益切（奉母），《韵鏡》第卅三轉四等。

68.昔韵「僻」（滂母）芳辟切（敷母），《韵鏡》第卅三轉四等。

69.庚韵「明」（明母）武兵切（微母），《韵鏡》第卅三轉

三等。

70.庚韵「平」（並母）符兵切（奉母），《廣韻》卷末改爲僕兵切，《韵鏡》第卅三轉三等。

71.庚韵「兵」（幫母）甫明切（非母），王二作補榮反，《韵鏡》第卅三轉三等。

72.庚韵「盲」（明母）武庚切（微母），《韵鏡》第卅三轉二等。

73.庚韵「磅」（滂母）撫庚切（敷母），《韵鏡》第卅三轉二等。

74.庚韵「閍」（幫母）甫盲切（非母），《廣韵》卷末改爲北盲反，王二作逋盲反，《韵鏡》第卅三轉二等。

75.梗韵「皿」（明母）武永切（微母），《韵鏡》第卅三轉三等。

76.耿韵「瞢」（明母）武幸切（微母），《韵鏡》第卅五轉二等。

77.錫韵「甓」（並母）扶歷切（奉母），王二作蒲歷反，《韵鏡》第卅五轉四等。

78.宥韵「莓」（明母）亡救切（微母），《韵鏡》第卅七轉三等。

79.侯韵「呣」（明母）亡侯切（微母），《韵鏡》第卅七轉一等。

80.厚韵「掊」（幫母）方垢切（微母），《韵鏡》第卅七轉一等。

81.幽韵「繆」（明母）武彪切（微母），《韵鏡》第卅七轉

四等。

82.幽韵「彪」（幫母）甫烋切（非母），王二作補休反，《韻鏡》第卅七轉四等。

83.蒸韵「凭」（並母）扶冰切（奉母），《韻鏡》第四二轉三等。

84.職韵「寶」（明母）亡逼切（微母），《韻鏡》第四二轉三等。

85.職韵「愎」（並母）符逼切（奉母），五代刊本《切韻》作皮逼反，韻鏡第四二轉三等。

86.職韵「福」（滂母）芳逼切（敷母），《韻鏡》第四二轉三等。

87.登韵「瞢」（明母）武登切（微母），《韻鏡》第四二轉一等。

88.嶝韵「幪」（明母）昌互切（微母），《韻鏡》第四二轉一等。

89.嶝韵「佣」（並母）父鄧切（奉母），《韻鏡》第四二轉一等。

90.嶝韵「窚」（幫母）方隥切（非母），《韻鏡》第四二轉一等。

91.鹽韵「砭」（幫母）府廉切（非母），《韻鏡》第卅九轉三等。

92.琰韵「貶」（幫母）方斂切（非母），《韻鏡》第卅九轉三等。

93.艷韵「窆」（幫母）方驗切（非母），《廣韻》卷末改爲

班驗切，《韵鏡》第卅九轉三等。

94.談韵「妠」（明母）武酣切（微母），《韵鏡》第四一轉一等。

這裡所謂「切二」是指敦煌唐寫本《切韵》，「王一」是指敦煌唐寫本王仁昫《刊謬補缺切韵》，「王二」指故宮唐寫本《刊謬補缺切韵》。這裡列出早期韵書爲音和的例子只是作參考用，實際上，《切韵》中無論唇音，舌音的類隔反切都比《廣韵》還要多，例如：

「鵯」切三、王一方兮反，《廣韻》邊兮切。

「琫」切三、王二方孔反，《廣韵》邊孔切。

「繃」切三甫萌反，《廣韵》北萌切。

「表」切三、王一方小反，《廣韵》陂矯切。

「溢」王二紛問反，《廣韵》匹問切。

「繽」切三敷賓反，《廣韵》匹賓切。

「弝」王一、王二芳霸反，《廣韵》普駕切。

「輣」切三、王二扶萌反，《廣韵》薄萌切。

「蜱」切三無遙反，《廣韵》彌遙切。

「緬」切三無兖反，《廣韵》彌兖切。

「詺」王一、王二武聘反，《廣韵》彌正切。

此外，切三、王一有本字爲輕唇，反切上字屬重唇的例：「浮」薄謀反，這是《廣韵》所無的現象。

由《切韵》到《廣韵》到《集韵》所呈現的類隔現象逐漸減少的情況看來，正是語音逐漸演變的結果，因襲《切韵》的反切已然敵不住實際流行的語音了。

二、舌音類隔

1.江韵「樁」（知母）都江切（端母），《韻鏡》第三轉二等。

2.止韵「伱」（娘母）乃里切（泥母），《韵鏡》第八轉三等。

3.寘韵「縋」（澄母）地僞切（定母），《韵鏡》第五轉三等。

4.語韵「貯」（知母）丁呂切（端母），《韵鏡》第十一轉三等。

5.皆韵「㨘」（娘母）諾皆切（泥母），《韵鏡》第十三轉二等。

6.皆韵「𪗆」（澄母）杜懷切（定母），《韵鏡》第十四轉二等。

7.佳韵「羺」（娘母）妳佳切（泥母），《韵鏡》第十五轉二等。

8.蟹韵「嬭」（娘母）奴蟹切（泥母），《韵鏡》第十五轉二等。

9.質韵「姪」（定母）直一切（澄母），《韵鏡》第十七轉四等。

10.質韵「昵」（泥母）尼質切（娘母），《韵鏡》第十七轉四等。

11.鎋韵「獺」（透母）他鎋切（透母），此字《集韵》他達

切，實屬透母，但不應出現於二等韵中，情況近似類隔。《韵鏡》第廿一轉二等。

12.鎋韵「鶪」（知母）丁刮切（端母），《韵鏡》第廿二轉二等。

13.仙韵「㢟」（知母）丁全切（端母），《韵鏡》誤置廿二轉四等，《切韵指掌圖》置知母三等。

14.黠韵「窡」（知母）丁滑切（端母），《韵鏡》第廿四轉二等。

15.巧韵「獠」（娘母）奴巧切（泥母），《韵鏡》第廿五轉二等。

16.效韵「罩」（知母）都教切（端母），《韵鏡》第廿五轉二等。

17.效韵「橈」（娘母）奴教切（泥母），《韵鏡》第廿五轉二等。

18.馬韵「觰」（知母）都賈切（端母），《韵鏡》第廿九轉二等。

19.馬韵「絮」（娘母）奴下切（泥母），《韵鏡》第廿九轉二等。

20.禡韵「胮」（娘母）乃亞切（泥母），《韵鏡》第廿九轉二等。

21.梗韵「場」（澄母）徒杏切（定母），《韵鏡》第卅三轉二等。

22.敬韻「牚」（徹母）他孟切（透母），《韵鏡》第卅三轉二等。

23.錫韵「歠」（透母）丑歷切（徹母），《集韵》他歷切，韵鏡第卅六轉四等。

24.職韵「剿」（知母）丁力切（端母），《韵鏡》第四二轉四等。

25.沁韻「賃」（娘母）乃禁切（泥母），《韵鏡》第卅八轉三等。

26.豏韵「湛」（澄母）徒減切（定母），《韵鏡》第卅九轉二等。

許多《廣韵》屬於音和的，《切韵》卻是類隔，例如：

「戇」王二丁降反，《廣韵》陟降切。

「䪼」王一、王二、《唐韵》都陷反，《廣韵》陟陷切。

「斵」切三、王二丁角反，《廣韵》竹角切。

「檽」切三、王二女溝反，《廣韵》奴鉤切。

「女」王二乃據反，《廣韵》尼據切。

三、齒音類隔

1.夬韵「啐」（穿二）蒼夬切（清母），《韵鏡》第十三轉二等。

2.馬韵「䵣」（照二）鉏瓦切（精母），《韵鏡》第卅轉二等。

3.厚韵「鯫」（從母）仕垢切（床二），《韵鏡》第卅七轉一等。

4.鑑韵「覽」（照二）子鑑切（精母），《韵鏡》第四十轉

二等。

　　另有幾個例是精系應該出現的地方，卻出現了照系三等字。

　　敢韵「灡」賞敢切（審三），《韵鏡》第四十轉三等作「灡」，同音。敢韵爲一等韵。

　　盍韵「譫」章盍切（照三），《韵鏡》無此字，《七音略》置三等。盍韵爲一等韵。

　　齊韵「移」成䙷切（禪三），《韵鏡》無此字，《七音略》置四等邪母位。齊韵爲四等韵。

　　這些不能算是類隔，只是一些不合正規語音分配的字罷了。

　　西洋文字使用拼音，從文字上就能夠看出語音演變的脈絡，漢字雖然不能直接提供我們聲韵變遷的消息，卻也從許多地方透露出古音的輪廓，類隔現象正反映了古代聲母分化的途徑，正如化石之於古生物學的研究，類隔給漢語史留下了顯明的證據，使我們能夠和其他材料相互印證，確定了古代唇音、舌音、齒音的發展。

《音學辨微》在語言學上的價值

壹、音學辨微其書及作者

《音學辨微》一書是清代音韻學家中，討論音學最精審的作品，根據此書的引言，成書的時代是西元一七五九年的乾隆期。作者江永，字慎修，婺源人，生於一六八一年，卒於一七六二年，享年八十有二，《音學辨微》是他七十九歲寫成的。

江永在清儒中，以學問淵博著稱，他精通禮學、天文、曆算、樂律、聲韻。由下列他的作品目錄就足令人驚嘆：

一、周禮疑義舉要六卷

二、儀禮釋宮增注一卷

三、禮記訓義擇言八卷

四、深衣考誤一卷

五、禮經綱目八十八卷

六、律呂闡微十卷

七、春秋地理考實四卷

八、鄉黨圖考十卷

九、古韻標準六卷

十、四聲切韻表四卷

十一、音學辨微一卷

　　江永曾經應一位同鄉程恂的徵請，離開家鄉，到京師工作，當時「三禮館」總裁方苞名重一時，頗自負才學，見了江永，就有意提出一些禮學方面的問題，當面想爲難江永，不料江永竟一一從容回答，方苞覺得很失面子，有負氣之色，江永仍然很有禮貌的一笑了之。可見江永的學行確有過人之處。戴震爲他所作的行狀，認爲自漢鄭玄之後，難再找到一位像這樣博通的學者，實非溢美之辭。

　　巴縣向楚「音學辨微敍」十分推崇江氏這部巨著，他說：

　　(江氏)晚年寫定《音學辨微》一卷，詔示審音從入之途。……有清三百年音學謂自江氏開之可也。江氏年且八十，遊轍及南北，而平生相接可與談音學者深嘆其寥寥。其弟子自戴震外，雖金榜通三禮，亦不以音學顯著。今之學者，欲洞達古今聲韻之書，尋求審紐辨音之始，江氏此書，信能闓發頭角，使受之者其思深也。

　　至於本書著作之動機，在江永「音學辨微引言」中曾作了詳
細的說明：

　　　　余年近八十，遊轍稍及南北，接人不爲不多，何以談及音
　　　　學者，如空谷足音，未易得而聞也。及門欲講此學者，質
　　　　有敏有魯，大率囿於方隅，溺於習俗，齒牙有混而不知，
　　　　唇舌有差而難易，辨濁辨清，辨呼辨等，能通徹了了者，
　　　　實亦難其人也。自唐以後，宋元明以迄於今，立言垂世
　　　　者，率皆淹貫古今，著述等身，而言及音學，如霧裡看
　　　　花，管中窺豹，又不肯循其故常，師心苟作，議減議併，
　　　　議增議易，斷鶴續鳧而不恤，失伍亂行而不知，甚者若張
　　　　氏之《正字通》，全懵於音韻源流，自撰音切，迷誤後
　　　　學，貽譏大方，則音學何可不講也。余有《四聲切韵表》
　　　　四卷，以區別二百六部之韵，有《古韻標準》四卷，以攷
　　　　三百篇之古音，茲《音學辨微》一卷，略舉辨音之方，聊
　　　　爲有志審音，不得其門庭者，導夫先路云爾。

《音學辨微》一書的內容，由十二篇論文組成，其目如下：

　　一、辨平仄

　　二、辨四聲

　　三、辨字母

　　四、辨七音

　　五、辨清濁

　　六、辨疑似

　　七、辨開口合口

　　八、辨等列

九、辨翻切

十、辨無字之音

十一、辨嬰兒之音

十二、論圖書爲聲音之源

其中，首兩篇談聲調問題，三至六篇談聲母問題，七、八兩篇談韵母問題，九至十二篇談其他語音問題。

貳、江永對聲調的看法

江永認爲聲調的區分爲四類，從六朝開始，他說：

> 漢以前不知四聲，但曰某字讀如某字而已。四聲起於江左，李登有《聲類》、周顒有《四聲切韻》、沈約有《四聲譜》。

六朝人發現了漢語具有聲調，稱之爲平、上、去、入，所以如此命名，並無必然的因素，只是在那一類調裏任選一字作爲代表而已，如果換個名稱亦未嘗不可，江氏特別說明了這一點：

> 前人以「宮、商、角、徵、羽」五字狀五音之大小高下，後人以「平、上、去、入」四字狀四聲之陰陽流轉，皆隨類偶舉一字，知其意者，易以他字，各依四聲之次，未嘗不可。梁武帝問周捨曰：「何爲平上去入？」對曰：「天子聖哲是也！」可謂敏捷而切當矣。「天子聖哲」又可曰「王道正直」，學者從此隅反。

這裡所舉的「天子聖哲」與「王道正直」各字正是依「平上去入」的順序構成的。其中「道」字，今讀爲去聲，而韵書則見

於上聲皓韵中，反切是「徒皓切」。上聲變成去聲，是因爲「道」字的聲母屬於全濁定母，在語音演化上，往往使上聲字轉爲去聲調。所以，就古音而言，「王道正直」正合於「平上去入」之順序。

其實，用爲聲調類名的「上」字，也是這種情況，江氏云：

> 上，「升上」之上，時掌切。若「在上」之上，音「尚」，屬去聲，勿誤上聲。逢最濁位，有轉音、方音或似去，而非去也（如呼「動」似「凍」、呼「簿」似「布」、呼「弟」似「帝」、呼「舅」似「究」之類），或以去聲讀之則謬矣（張自烈《正字通》多如此）。」

「上」字有兩個音讀，作爲調名的，應讀爲「時掌切」，平常上下的意思則讀去聲的「尚」音。此所謂「最濁位」即全濁聲母，後世有許多方言由上聲轉成了去聲，例如「動、簿、弟、舅」等字，皆全濁聲母。但江永認爲這些古代的上聲字後世讀之只是「似」去聲，不可眞當它做去聲。這可能有兩個原因：其一，江氏受古代調類的拘束，也就是尊古的心理，不肯承認現代產生的改變。其二，在江永接觸的某些方言中，聲調不止四類，而這種全濁上聲變成了與去聲相近的另外一類調值。

江氏提到張自烈，是明朝人，《正字通》一書共分十二卷。他把濁上歸去，顯然這類變化在明代已經很普遍了。

江氏對聲調的研究，還注意到蒐集活語言的資料，從方言中他歸納出「濁去似入」、「呼入似平」、「濁平似去」等現象。他說：

> 去聲逢濁位，方音或去似入者（婺源上音如此），非入也；北

> 人呼入似平，其實非平，南人聽之不覺耳；關中人呼平聲
> 之濁聲似去，其實非去也。上去入方音有差池，若不能
> 辨，猶之未嘗知四聲。

江氏的這種研究途徑是很具眼光的，只可惜他沒有把這些資
料予以詳細記錄，否則我們對清初各方言的聲調實況，一定會得
到更多的認識。不過在現代語音學尚未傳入的時代，能有如此敏
銳的辨音力，已經十分可佩了。

江氏認爲我們讀書特別要注意聲調的區別，尤其一字可分幾
個調時。他說：

> 一字轉三音者：惡（哀都切）、惡（烏路切）、惡（烏各切）；
> 轉四聲者；厭（一鹽切）、厭（於琰切）、厭（於艷切）、厭（益
> 涉切）。鄉塾點書之例，圈發四隅，別四聲：「平」東
> 北、「上」東南、「去」西南、「入」西北。若四聲未能
> 了了，毋輕圈發，致誤後學。

「惡」字有平、去、入三種讀法，「厭」字有平、上、去、
入四種讀法，一字的聲調尚且有如此的差異，故古人讀書不得不
講究聲調的辨別，所以有「圈發四隅」的規定。

叁、江永對聲母的看法

江氏認爲「學者既識四聲，即當精研字母」。所謂字母，即
用來代表某類聲紐的標目。用一個字來代表一類聲紐，這種方法
始創於何人，眾說紛云，江氏云：

> 等韻三十六母未知傳自何人，大約六朝之後，隋唐之間，

精於音學者爲之。自孫炎撰《爾雅音義》，反切之學行於
南北，已寓三十六母之理。

字母的出現，在反切發明之後，所以字母的產生受到反切及
雙聲法的啓示是極可能的。流傳的這三十六個字母，是任意挑選
的，並無必然性。所以不論其聲調、等呼如何，只要聲母不差，
換個字代表也無妨。他說：

> 三十六位雜取四聲四等之字，位有定而字無定，能知其
> 意，即盡易以他字，未嘗不可。

所謂「位有定」即指那個聲母發音部位是一定的，只要具有
這個發音部位的任何字皆可適用。

但是江氏把三十六字母拿來做爲學習語言的標準，又失之於
尊古了。他說：

> ……當精研字母，不但爲切字之本原，凡五方之音，孰正
> 孰否，皆能辨之。

> 三十六母各有定位，如度上分寸，衡上銖兩，不可毫釐僭
> 差。學者知有字母，且勿輕讀，一一攷其音，明其切，調
> 其清濁輕重，俟有定呼，乃孰讀牢記，以爲字音之準則，
> **切法之根源**（如辨音未的，而輕讀有差者，後遂難改。）

他認爲研究三十六字母必須能在口中讀出，事實上，三十六
字母所代表的是古聲母，如何能用之以辨別現代方音的「正、
否」呢？同時，以三十六字母來了解「切字之本原」、「切法之
根源」也成問題。因爲根據反切系聯的結果，「照、穿、床、
審、喻」等字母還可各分爲兩類，這兩類在等韻圖裡也顯然有
別。也就是說，反切的時代與三十六字母的時代並不一致，所表

現的聲母系統也就不相合了，所以單憑三十六字母並不能了解「切法之根源」。在反切系聯尚未發明的江永時代，也許不曾體悟到這點。

江氏十分注意當時方音的問題，在聲母方面，他也討論了一些不同的讀法。不過，他總是以三十六字母的古讀做爲標準，去定方音的「是、非」，其實方音皆語言習慣，皆自然演變形成，何嘗有是非耶？他說：

> 問讀字母當以官音乎？抑鄉音亦可乎？曰：不論官音、鄉音，唯取不失其位者讀之，如鄉音有讀「見」似「戰」，讀「溪」似「蚩」、混牙於齒者，必不可從也；則力矯上俗之失，使其音一出於牙。鄉音有讀「群」字音輕，不爲「溪」之濁者，亦不可從也；必重呼以正之。官音鄉音有讀「疑」似「怡」、混疑於喻、混牙於喉者，必不可從也；則必以「牛其切」之音讀之。又有鄉音不正，呼「牛」亦似「由」者；必力矯其偏，毋徇其失。如是則鄉音亦歸於正，而字母可讀矣。倘失其位，雖官音亦不正，又何取焉！

所謂官音，是指當時首都通行的普通話，猶如今之國語。所謂鄉音，即各地的土話方言。江氏認爲讀字母不依當時的任何語音，而依照古讀，合乎古讀，才算不失其位。

例如「見、溪」當時讀「戰（之膳切）、蚩（赤之切）」，也就是把牙音變爲齒音。跟我們今天國語的讀法相似，這種K→tɕ的演變稱爲顎化作用（Palatalization）。從《韵略匯通》一書中，可以看出在明朝末年，這種變化並不存在，而到了清初的江

永時代竟然產生了，江氏這個例字，正好提供了顎化現象演變的
線索。

當時鄉音又把濁音的「群」母唸成清音，這也是語音演變的
自然現象，稱爲「濁音清化」。

「疑」字的古讀，具有舌根鼻音聲母，江永當時已有人失落
聲母，唸成無聲母的「怡」音，正與今日國語讀音相同。由這些
例子，又使我們知道這類變化早至清初即已發生。

「牛」字的古讀，也具有舌根鼻音聲母，當時鄉音有讀成無
聲母「由」音的，演變方式與「疑」字相同。

雖然江氏認爲這些產生演變的讀法是「土俗之失」、「必不
可從」，但這些方音現象，正是我們藉以考訂清初語音的絕好材
料。

江氏又把三十六字母依發音部位分爲七組，稱爲七音：即「
牙、舌、脣、齒、喉、半舌、半齒」。其中「舌、脣、齒」又再
細分爲二，共爲十類，分別用四個字描寫其發音狀況：

　　牙　音——氣觸牡牙
　　舌頭音——舌端擊齶
　　舌上音——舌上抵齶
　　重脣音——兩脣相搏
　　輕脣音——音穿脣縫
　　齒頭音——音在齒尖
　　正齒音——音在齒上
　　喉　音——音出中宮
　　半舌音——舌稍擊齶

半齒音——齒上輕微

我們看了這些描寫，並不能精確的了解它的發音部位與方法，但在那個語音分析技術還不十分發達的時代，能有如此的認識，已經是空前了。

從明代方以智《通雅》一書以後，論聲母的人喜歡分聲母爲「發、送、收」三類。江永也把「牙、舌、脣、齒」皆納入這種三分系統內。用現代術語說：「發」就是不送氣塞音與塞擦音，「送」就是送氣的塞音與塞擦音，「收」就是擦者、鼻音。

江氏未提及「來、日」二母的分類，此二母方以智、江有誥定爲「收」，陳澧定爲「發」，並無定論。喉音四母江永也沒有納入這種三分法中，仍以「喉之重而淺」、「喉之輕而深」分之。此因「發、送、收」的分類仍欠精確，並不是理想的聲母分類法。

聲母的清濁能影響聲調的變化，元代平聲即因清濁而分化爲陰平、陽平二類，所以江永說：「平聲清濁易辨」。由清濁與聲調的關係，江氏發現了利用方音的聲調以定清濁的「活法」：

>……又方音呼十濁之上聲有似去者，亦即因其似去而知其爲上聲之濁，此借方音定正音之活法也。無論官音鄉音，皆當知此活法。

這裡所謂的十濁，就是「群、定、澄、並、奉、從、邪、床、禪、匣」等全濁子母。方音如把上聲字唸成了去聲，就可以推測這個字原來必是濁聲母。

江永在「辨疑似」一文中，更羅列了不少方音資料。首先，他發現許多方言「凡疑母字，皆以喻母呼之。」但也有一些方言

留下了一兩個疑母字並未變成無聲母的喻母，江氏認爲可以「從此隅反」，去推知疑母的古讀，例如某些疑母字「婺源西北鄉有數處呼之獨得其正。」，所以深感「天下何地無正音」，換句話說，就是方音中隨處都有古語遺留的痕跡，只要稍加留意，古音就不難明白了。這項見解，也是十分卓越而值得推崇的。

其次，江永提出的第二項「疑似」之例是「泥、娘、來」的相混。現代學者對泥、娘二母的分別意見頗不一致，江氏以「微擊齶」與「舌黏齶」區別泥、娘，應當是說前者屬舌尖音，後者則帶舌面前的成分（n＋j）。至於江氏說：「方音有呼泥似犁者……江寧人呼娘似良。」泥母（n）與來母（l）的相混是今日長江流域各方言的普遍現象，江氏也特別注意到了。

江永在辨疑似中提到的第三項問題，是他發現舌上音與正齒音當時易相混，這是近代音演化的一個特色。舌上音古代是塞音，所以江永認爲舌需抵齶，正齒音是塞擦音，所以不可抵齶。

第四項問題是方言中他又發現舌頭音與舌上音相混的，這是古音在方言中的殘存，上古舌上音皆讀舌頭，至今閩語仍如此。江永舉出從《釋名》以後的古籍記載來證明這個古讀。

第五項問題，他提出方言中「非敷至難辨者也」，江氏認爲非母「微開脣縫輕呼之」，敷母「送氣重呼之」。其分別當在pf與pf′。江氏舉了幾個非、敷配對的字例，以作比較，他說：「其辨在脣縫輕重之異，毫釐之間，若不細審，則二母混爲一矣。」所謂輕重之異，也就是送氣與不送氣的區別，但現代各方言這種區別已不存在了。

第六項問題，他發現「官音、方音呼微母字多不能從脣縫

出，呼微如惟，混喻母矣。」也就是清初微母字已變爲無聲母，與現代音相同。江氏舉出當時只有吳語還存留著古讀，他說：「吳音蘇常一帶呼之最分明，確是輕脣。」

第七項問題，討論「輕脣、重脣音每相轉」這是古無輕脣音的緣故，但在現代方言仍有許多字保留了重脣的讀法。

第八項問題，他發現當時方言有濁塞擦音與擦音相混的情形，也就是把從母的「慈、牆、存、自、疾」與邪母的「詞、詳、旬、寺、夕」不加區別，這類現象仍見於今日之吳語中。床母與禪母的情況相同，江永說：「床母須重呼，方是穿母之濁，若輕呼之，則與禪母無異矣。」此所謂輕、重，指的是擦音與塞擦音的分別。

第九項問題，他發現某些方音的濁聲母失落了，他說：「吳音呼『胡、戶、黃、禾』等字皆似喻母者，水土使然也。」這類匣母字古代爲舌根濁擦音，濁擦音在語音演變中，最易於失落，這是中西各語言普遍的現象。

第十項問題，他說：「日乃禪之餘，而更輕於禪，若重呼之，混禪母矣。」古代日母是舌面鼻音，禪母是舌面濁擦音，部位相同，江氏認爲其分別在日母輕呼，禪母重呼，此輕重指的是鼻音與口音的分別。同一輕重，江氏所賦予的意義十分廣泛，這是因爲他把「輕、重」的區別來做爲主觀音感上的分類，而非語音學的特定術語。

至於日母之「耳、二、而、兒」等字，今日與一般變爲捲舌音的日母字讀法不同，清初已經有了這種分別，所以江永特別列出，說它們的發音「似出於舌，何也？方音口張而舌抵齶故

也。」與其他「齒齊，音出於齒」的日母字不同。

肆、江永對韻母的看法

　　江氏對語音的分析，使用了一項近代語言學的技術——Minimal Pair的方法，在討論聲母時，他爲了顯示來母與泥母的差異，列出兩組字：

　　　　農、奴、難、猱、那、囊、寧、能、南、黏

　　　　隆、盧、蘭、牢、羅、郎、靈、棱、婁、廉

　　上下兩行字作比較，其聲調、韻母完全一致，只有聲母不同，這樣就使得聲母的對比性增強，更易於辨認了。

　　談到韻母的開、合，江氏也用了同樣的方法：

　　　　羈（支韻）、飢（脂韻）、機（微韻）

　　　　規（支韻）、龜（脂韻）、歸（微韻）

　　他先說明「合口者吻聚，開口者吻不聚也。」然後分別列出開口、合口的字，這些字皆平聲見母字，所屬之韻也相同，因此而襯出了它們的唯一差異——介音，這裡我們只列了三對字，很容易認出它們的不同是首行字沒有u，次行字則帶u介音。

　　對於開合問題，江氏也不忘從方言中去觀察，他發現：「方音呼開口、合口有相混者，如呼戈似歌、光似岡、王似陽，以合爲開；該、根、哀、恩以開爲合，皆非正也。」

　　古人把韻母依「四等」分別，能清楚的說出四個等的不同，以江永爲始，他說：「一等洪大，二等次大，三四皆細，而四尤細。」換句話說，一、二等都沒有介音i，故其音「大」，三、四

等皆有介音i，故其音「細」。同屬大音，而一等之元音較二等略後略低，故有「洪大」、「次大」之別。同屬細音，而三等之元音較四等略後略低，故有「細」、「尤細」之別。因此，四等實際就是發音時張口度大小的區別。

語音的分配往往隨語言習慣而有不同，在同一個語言裡，也許某音位只跟某些音位相配合，卻排斥另一些音位。例如國語的捲舌音從不和細音韻母相配，而ㄐㄑㄒ等聲母則必須和細音韻母相配合。這類問題，江永也十分注意，他把古代聲母、韻母配合的情形列成一「等位圖」並不厭其煩的作了詳細的說明。

伍、江永對一般語言學的了解

近代語言學的發展，非常注意兒童學習語言的過程，這門學科稱之為心理語言學（Psycholinguitics）。兩百多年前的江永就注意到這方面的知識了，他在「辨嬰童之音」中說：

> 人聲出於肺，肺脘通於喉。始生而啼，雖未成字音，而其音近乎影、喻二母，此人之元聲也。是時不能言，言出於心。其竅在舌，心之臟氣未充，舌下廉泉之竅未通，則舌不能掉……及其稍長，漸有知識，心神漸開。……於是舌亦漸掉，而稍能言。能呼「媽」，唇音明母出矣；能呼「爹」，舌音端母出矣；能呼「哥」，牙音見母出矣；能呼「姐」，齒音精母出矣。」

江氏雖然只談到些嬰童發音的過程，但他這種重實驗觀察的科學態度，的確是令人欽佩的。過去的語言學家認為兒童學語是

經過刺激、反應，從無數的經驗中學習來的。直到近年變換律理論產生，才發現人自幼即具有天生的語言架構，學習語言並不是從一片空白開始，而是從經驗引出先天的語言結構和語言能力。江永的看法，所謂「言出於心」，正與變換律學派不謀而合。

西洋語言學到了十九世紀，才普遍使用歷史比較法研究印歐古語，而早他們一百年的江永就已提出了這個觀念：「天下皆方音，三十六位未有能一一清析者，……必合五方之正音，呼之始爲正音。」他認爲從各地方音的研究，就可以探知三十六字母的古讀，因爲方音各保存了古音之一體，如果把這些方音綜合起來看，古音的輪廓就出來了。這也是爲什麼他重視研究方言的原因。

江永還發現了有些字不合正常的語音分配，例如明母平聲因具有濁聲母，後世當演變爲陽平調，而「媽」字卻讀陰平，江氏認爲這是「俗字俗音」，很有道理。語助詞多半是這種情況，例如「哩」，來母濁聲，而讀陰平，「捏」泥母濁聲，而讀陰平，「扔」日母濁聲，而讀陰平，皆是「俗字俗音」的緣故。

陸、結　論

從江永這十二篇論文看來，最值得一提的有幾點：

一、能實際的去蒐集方言資料，比較方言的異同。

二、能注意到語音分配的問題。

三、能重視兒童語音的發展過程，別開一研究途徑。

四、在語音分析的技術上，他使用了對比法（Minimal

Pair）。

五、對語音發音狀況的描寫，其精確遠邁前人，尤其「辨七音」、「辨等列」二文。

六、能運用方言學的知識，以研究古語。

江氏此書偶而亦有未達理想之處：

一、經常表現出尊古的心理，而有失客觀。

二、過偏於聲母的討論，韻母又嫌簡略。

三、把音學附會上圖書與陰陽五行（末章），是畫蛇添足。

四、他認爲類隔切是有意造的，而不知是音變的結果。

論中古韵母

壹、前　言

　　一般所謂中古音，包含了魏晉六朝一直到兩宋的語音，前後
長達一千年。近世學者對宋代語言的研究比較多了，宋代的語料
也比前代豐富，所以宋代語音已成爲一個單獨的階段，稱爲中古
後期。現在一般所稱的中古音，實際上是中古早期的語音，也就
是切韵系韵書和早期等韵圖（《韵鏡》、《七音略》）所代表的
語音。

　　清代的陳澧開始，學者懂得了利用系聯法去研究韵書的反
切，因而能夠歸納出韵母的類，知道了《廣韵》的一個韵到底包
含著幾類韵母。這是我們了解中古韵母的第一步。接著的問題是
這一類和那一類有什麼不同？也就是念法的問題。可是古人的語
音我們今日既無法耳聞，探索念法的問題就顯得困難而複雜。好
在有等韵圖的資料，把當時的語音作了分析和組織，排成了一個
相當精密的語音表，只差沒有注出音值而已。此外，近世方言的
研究已經有了很好的基礎，加上近世語音學的發達，於是我們得
以運用現存的音值和反切、韵圖作比較，依據音理、音變法則去
擬訂中古音。

　　各家對中古韵母的擬訂，往往都是以「韵攝」爲單位來處

理，這樣的方式在觀念上恐怕值得斟酌。因為「韵攝」的分類是中古後期才有的，是語音變化以後發生的現象，用來探討中古早期的《切韵》語音，在歷史觀念上便顯得不夠精確。比如以「蟹攝」為例，既然屬同一攝，當然在韵母上會有某些類似，於是古音學者必得假定凡屬蟹攝的各韵，主要元音必需是〔a〕類（包含〔ɛ〕、〔æ〕、〔a〕……等，韵尾必需是〔-i〕。實際上，這樣的規範是「韵攝」產生以後的事，《切韵》的語音未必得受這些條件的束縛。事實上，在早期韵圖的《韵鏡》裏，後來「蟹攝」的韵，是分見於第十三轉到第十六轉中。也就是把「齊、皆、灰、咍」視為一個單元，「佳」另成一個單元。並沒有迹象顯示這兩個單元都得有〔-i〕韵尾（本文的擬音，佳韵是不帶[i]韵尾的，詳見後）。由此可見，以後起的韵攝為綱領來討論韵母，可能會導致不同的結論。《切韵》的語音既屬中古早期，我們不妨就中古早期的分類觀念來處理音值擬訂的問題。因此，本文以「等」為綱領，來討論同屬一等中的各韵，其韵母型態究竟如何。各韵先從理論上分析，然後再舉出方言演化的實例。

貳、介音和韵尾

漢語韵母的結構，不外介音（或稱韵頭），主要元音（或稱韵腹）、韵尾三部分。主要元音比較複雜，放到後面討論，這裏先說介音和韵尾。

韵書本質上是為押韵參考而設，所以不像以語音分析為目標的等韵圖那樣重視介音的區別。押韵是不論介音的，因此，韵書

的分韻，在開、合、洪、細上，標準並不一致。例如「寒、桓」、「歌、戈」、「咍、灰」都是由於開、合不同而分成了兩個韻。可是，在「刪、佳、仙、麻、祭、齊……」等韻中，開、合兩類字卻是歸在同一個韻的。洪、細方面也是一樣，「東、戈、麻、庚」等韻都包含了洪音和細音兩種字，而「冬、鍾」、「虞、模」、「蒸、登」、「尤、侯」、「陽、唐」、「眞、臻」等韻卻是由於洪、細不同而分成了兩個韻。

高本漢忽略了韻書本質上的這個特性，過分強調了合口字為什麼有的分成兩韻，有的卻合成一韻的問題。因而認為一等韻的合口具有強的〔u〕介音，因為一等韻大多開、合分韻；他又認為二、三、四等的合口具有弱的〔w〕介音，因為二、三、四等的開、合兩類往往併為一韻❶。其實，這種區別是不必要的，而且在現代方言裏也不存在這樣的分別。

由現代方言來檢視韻圖中分得很清楚的開、合兩類字，很容易了解所謂「合口」指的是介音（或主要元音）念〔u〕的字，凡介音（或主要元音）沒有〔u〕的，就叫做「開口」。

李新魁有「眞合口」、「假合口」的主張，他說❷：

> 對中古音的合口介音，我們的意見是：開合合韻的合口，不論是一、二、三、四等韻，其介音都是〔w〕，是由唇化聲母促成的，可以稱之為「假合口」。開合分韻和獨韻中的合口，它們沒有合口介音，而只是主要元音為〔u〕或其他的圓唇元音如〔ɔ〕、〔ø〕等，可以稱之為「眞合口」。

這個主張仍然是高本漢學說的延伸，仍然執著在開、合分不

分韻的問題上。我們認爲，這樣的區分是沒有必要的。事實上，「寒、桓」、「眞、諄」、「歌、戈」這些開、合對立的韻，在《切韻》中是不分的，到孫愐《唐韻》天寶本才分開爲二。可見從分從合，韻書編者的意見並不一致。證明開、合分不分韻並沒有一個客觀的語音依據。我們不能說開、合併爲一韻就有〔w〕介音，開、合分韻就有〔u〕介音。中古應該只有一個單純的合口介音〔u〕。

由《廣韻》的反切看，唇音字的開、合往往不清楚。凡唇音字作反切下字的，也往往開、合混用。例如唇音字是開口，卻用合口字作反切下字的：

陂，彼爲切（支韻）　　丙，兵永切（梗韻）

緬，彌兗切（獼韻）　　麥，莫獲切（麥韻）

也有唇音字是合口，卻用開口字作反切下字的：

伴，蒲旱切（緩韻）　　滿，莫旱切（緩韻）

爸，捕可切（果韻）

非唇音字若用唇音字作反切下字，開、合也往往混淆，例如以開切合的：

帷，洧悲切（脂韻）　　宏，戶萌切（耕韻）

榮，永兵切（庚韻）　　洧，榮美切（旨韻）

非唇音字，以合切開的如：

建，居万切（願韻）　　鬢，姊末切（末韻）

等韻圖對於唇音字的開、合歸類也不一致。例如：

	韵鏡	等子	指掌圖	切韵指南
江韵	開合 開（平、上）	開	合	開
佳韵	合（去） 開（平、上）	開	開、合重出	開
皆韵	合（去）	合	開、合重出	開
祭韵	開	合	合	開
仙韵	開	開（置三等） 合（置四等）	合	開（上聲「褊、緬」在合口）
庚韵	開	合	開	開
清韵	開	合	合	開（去聲「丙、皿」在合口）

　　對於唇音字開、合如此混亂的現象，應該如何解釋呢？高本漢認爲這種不一致是由於聽感上的困難，唇音有帶圓唇的傾向，〔pwa〕和〔pwua〕一不留心，就會弄混❸。陸志韋認爲開合的雜亂，第一是因爲唇音不易分開、合，第二是因爲反切上字收 -u或相近的音，以致使反切下字誤用了開口字❹。周祖謨的看法是，唇音合口u介音受唇音聲母之影響，其合口之性質即不若牙音、舌音之顯著❺。董同龢進一步從唇音字的分配上探討，認爲唇音字在《廣韵》中沒有開、合的對立存在，唇音字或出現在開，或出現在合，從音位的觀念看，唇音字原來只是一套，無所謂開、合❻。李榮認爲，開、合的對立，只限於非唇音字，唇音字全是獨韵，可開可合，所以唇音字可以用開口或合口字做反切下字，開口字和合口字都可以用唇音字作反切下字❼。日人藤堂明保更指出，中古唇音只有一類，都是帶圓唇性的〔pw〕。

從這些論點來看，高本漢只認爲中古唇音近似合口，但還有眞正合口〔pwua〕和開口〔pwa〕的對立，董氏、李氏、藤堂氏則肯定唇音只有一類，無開、合的對立。這樣的說法雖然對語料中的唇音現象解釋得很巧妙。但是，一般學者大致承認輕唇音的演化條件是合口，如果唇音不分開、合，爲什麼有的唇音變輕唇，有的唇音卻保持重唇，就不太容易解釋了。況且，現代方言唇音字開、合的對立又是如何發生的呢？例如閩南語「爸」pa（假開二）和「簸」pua（果合一）、「怕」p'a（假開二）和「破」p'ua（果合一）、「板」pan（山開二）和「搬」puan（山合一）、「馬」me（假開二）和「尾」mue（止合三）、「比」pi（止開三）和「肥」pui（止合三）。所以，我們必需假定中古唇音字還是有開、合的不同。它們在語料上的混淆不外兩個因素：

1.唇音的發音略帶〔w〕，聽來容易和合口的〔u〕介音混淆。

2.韻圖唇音字的不一致，反映了方言的差異和語音的變遷。等韻圖是精密分析語音的圖表，我們很難懷疑韻圖的製作者一方面設計了韻圖，一方面又無能力把字音歸納清楚。我們寧可相信韻圖對唇音的處理都有它們的依據。比如說：陽韻的唇音在《韻鏡》中是開口，到了《指掌圖》由於音變而歸入了合口，於是，在〔-ju-〕的條件下，陽韻唇音字變成了輕唇。

現在接著談談洪、細的問題。中古韻母的洪、細，主要表現在四等的區分上，一、二等是洪音，三、四等是細音。這一點，在現代方言上是符合的。其中，有兩個問題需要解決：

1.近代官話的二等字有許多是念細音的。

2.三、四等代表細音的介音是什麼？

關於第一個問題，高本漢採用了馬伯樂（Maspero）的說法，認爲現代官話之所以有〔i〕介音，是由唐代發生的顎化現象所致。二等字的主要元音〔-a-〕很前很淺（aigu），自有顎化其前面舌根音的能力。它的演變是：ka→kⁱa→tɕia ❽。這個解釋是合理的。

關於第二個問題，高本漢的主張是：四等字的介音是強的元音性的〔i〕，三等的介音是弱的輔音性的〔j〕。在〔i〕的前頭，聲母不顎化〔j化〕，在〔j〕的前頭，聲母都顎化❾。

陸志韋❿、李榮⓫、李新魁⓬卻有不同的看法，認爲只有三等韵有細音的介音，四等韵沒有介音，只有主要元音〔ɛ〕或〔e〕。他們的著眼點是：

1.高氏所說的三、四等介音的對立，在現代方言中看不出來。

2.《廣韵》反切上字一、二、四等字基本上爲一套，三等字另爲一套，可以推知四等韵字與一、二等韵字的發音是同一類型。

陸氏等人的看法用來解釋「四等」的觀念比較不自然，因爲四等的區分就變成了：

一等〔-ɸ-〕　　二等〔-ɸ-〕　　三等〔-i-〕　　四等〔-ɸ-〕

同時，三等韵母一律以〔-i-〕開頭，四等的開頭卻是張口度更大的〔e〕或〔ɛ〕，似乎與分等原則不合。再說，四等中古既

是洪音，現代如何變成了細音，也是解釋上困難之處。所以王力的《漢語史稿》、方孝岳的《漢語語音史概要》（1979）仍然照高本漢的辦法區別三、四等的介音。董同龢在這方面的解釋，最爲清楚，他說：

> 至於三等韵和四等韵的區別何在？我們在現代方言中都還沒有能夠找到痕迹。……各聲母在中古時期有顎化現象的，還只限於二等韵的那一部分。由此，我們就可以暫時假定：三等韵的介音是一個輔音性的-j-，四等韵的介音則是元音性的-i-。輔音性的-j-舌位較高，中古時已使聲母顎化，元音性的-i-舌位較低，後來才使聲母顎化。

中古的輔音韵尾，古音學者的看法完全相同，就是〔-m〕、〔-n〕、〔-ŋ〕三種陽聲韵尾和〔-p〕、〔-t〕、〔-k〕三種入聲韵尾。這種區別至今仍大致保存在閩南語、客語、粵語中。

叁、一等韵的韵母

《廣韵》的一等韵包含：東（一部分）、冬、模、咍、灰、泰、痕、魂、寒、桓、豪、歌、戈（一部分）、唐、登、侯、覃、談共十八韵（舉平以賅上去入，下同）。

在討論一等韵的主要元音之前，先要確定一、二等的區別到底在哪裏。前面說過，一、二等都沒有介音來區別，那麼，它們的不同就在主要元音了。一、二等的對立主要在〔a〕類各韵，例如：

　　一等　哈灰泰　　寒桓　　豪　　歌戈　　覃談
　　二等　皆佳夬　　刪山　　肴　　麻　　　咸銜

　　高本漢提出了一等〔ɑ〕（grave）和二等〔a〕（aigu）的理論。前者深而洪大，現代方言常變為〔o〕；後者淺而偏前，使得牙喉音字轉變成了細音。這個看法，古音學者大致都接受了。

　　現在的問題是有些韻在現代方言裏主要元音和韻尾都屬同一類型，在等韻圖裏開、合、洪、細也相同，它們的中古音值就比較不容易決定。這種情形，古音學者稱之為「重韻」。一等韻中，「灰、哈」、「魂、痕」、「塞、桓」、「歌、戈」四組是開、合相對的韻，這點沒有問題。剩下屬於「重韻」的，有「東、冬」、「泰、哈」、「覃、談」三組。

　　我們先看「東、冬」的區別。這兩韻字在廣州、客家、福州、溫州、北京、開封、懷慶、鳳台、南京等地都念〔-uŋ〕；在汕頭、上海、四川等地都念〔-oŋ〕；在歸化、大同、西安、三水，有許多字是念〔-uoŋ〕的。卻沒有一個方言能區分東和冬。各家的中古擬音如下：

	高本漢	董同龢	李　榮	王　力	陸志韋	周法高	李新魁
東	-uŋ	-uŋ	-uŋ	-uŋ	-uŋ	-uŋ	-oŋ
冬	-uoŋ	-uoŋ	-oŋ	-uoŋ	-woŋ	-uoŋ	-uŋ

　　這些擬音不外是以〔-uŋ〕和〔-uoŋ〕對立，或以〔-uŋ〕和〔-oŋ〕對立。由於鍾韻字有變輕唇的現象，中古必有〔-ju-〕介音，而念作〔-juoŋ〕，和鍾韻相配⑬的一等冬韻就應該擬作〔-uoŋ〕了。東韻三字也有變輕唇的例子，所以中古也當有〔ju〕

成分，而念作〔-juŋ〕，其一等字就是〔-uŋ〕了。所以〔-oŋ〕
這個擬音可以排除。東、冬二韻到了中古後期就類化爲一韵了。

下面再討論泰和咍，談和覃的區別。各家擬音如下：

			泰	咍	談	覃
高	本	漢	âi	âi	âm	ậm
董	同	龢	ɑi	Ai	ɑm	Am
王	力		ɑi	ɒi	ɑm	ɒm
陸	志	韋	ɑi	ɒi	ɑm	ɒm
李	新	魁	ɑi	ɒi	ɑm	ɒm
李		榮	ai	ɐi	am	ɐm
馬		丁	ɑi	ie	ɑm	me
浦	立	本	ɑi	əi	ɑm	me
周	法	高	ɑi	ie	ɑm	me

他們的擬音不外是(1)以〔â〕和〔ậ〕對立，(2)或〔ɑ〕和〔
A〕對立，(3)或〔ɑ〕和〔ɒ〕對立，(4)或〔â〕和〔ɐ〕對立，(5)
或〔ɑ〕和〔ə〕對立。

其中，第(1)、(2)兩種區別力太弱❹，第(4)、(5)兩種的〔
ɐ〕、〔ə〕不宜出現在開口度最大的一等韵裏。所以第(3)種區別
是比較理想的。〔ɒ〕的開口度夠大，又略帶圓唇性，和不帶圓
唇而開口度更大的〔ɑ〕有別。

再談「歌戈」韵的主要元音。汪榮寶「歌戈魚虞模古讀考」
提出許多華梵對音的證據，證明歌戈韵的主要元音在六朝唐宋時
代讀〔ɑ〕。例如：

阿密陀	amita	（無量也）
波羅密多	paramita	（到彼岸也）
羅剎	raksha	（魔鬼及一切凶惡者之稱）
摩伽陀	Magada	（東印東古圖）
吐火羅	Tukhara	（中亞古圖）

汪氏的理論我們還可以從朝鮮、日本、越南的漢語借音中證實。例如：

	歌	可	蛾	何	挪	羅	多	拕	駝	左	磋
朝鮮	ka	ka	a	ha	na	na	ta	ta	t′a	tɕa	tɕ′a
漢音	ka	ka	ga	ka	da	ra	ta	ta	ta	sa	sa
吳音	ka	ka	ga	ga	na	ra	ta	ta	da	sa	sa
越南	ka	k′a	ŋa	ha	na	la	da	t′a	da	ta	t′a

由此顯示歌戈韻的主要元音無疑是個深〔ɑ〕。在現代方言中多半變成了〔o〕，北方又有許多字變成了同部位的展唇音〔ɣ〕。也有一些字開、合類化成同一個〔-uo〕韻母，使得歌戈韻的界限消失。

歌戈韻的中古音值各家都沒有異議，至於模韻和侯韻的音值，各家的看法就有出入了。我們先看看各家的擬音。

	高本漢	董同龢	李 榮	王 力	陸志韋	周法高	李新魁
模	-uo	-uo	-o	-u	-wo	-uo	-o
侯	-ə̆u	-u	-u	-əu	-əu	-əu	-ou

李榮依據譯音的資料，認爲模韻隋代是〔o〕，唐代舌位升高變〔u〕。而侯韻隋代是〔u〕，唐代變爲複元音〔-əu〕❺。王力也認爲模韻魏晉南北朝（220-581年）是〔o〕，隋至中唐（

581-836年）是〔u〕⓰。這個看法是正確的。因爲在早期韵圖中，模韵（-u）和虞韵（-ju）是相配的洪、細音，出現在同一轉裏，屬於合口；魚韵（-jo）另爲一轉，屬於開口。我們認爲《切韵》所處的隋代，模韵已經是〔u〕（＜〔o〕）了。下面是梵文字母的對音⓱：

	梵文u	梵文ū	梵文o
法顯（417）	短憂（尤韵）	長憂（尤韵）	烏（模韵）
曇無讖（414-421）	郁（屋韵）	優（尤韵）	烏（模韵）
慧嚴（424-432？）	短憂（尤韵）	長憂（尤韵）	烏（模韵）
僧伽婆羅（518）	憂（尤韵）	長憂（尤韵）	烏（模韵）
闍那崛多（591）	優（尤韵）		嗚（模韵）
玄應（649？）	塢（模韵）	烏（模韵）	污（模韵）
地婆訶羅（683）	烏（模韵）	烏（模韵）	烏（模韵）
不空（771）	塢（模韵）	污（模韵）	污（模韵）
智廣（780-804？）	短甌（侯韵）	長甌（侯韵）	短奧（號韵）
慧琳（810）	塢（模韵）	污（模韵）	污（模韵）

從這份資料的時間看起來，《切韵》產生（601年）以前，模韵都用來譯〔o〕，尤韵、屋韵用來譯〔u〕。《切韵》以後，模韵字兼譯〔o〕和〔u〕。很清楚的顯示了模韵的變化。

此外，隋唐時代的一些譯名，也顯示模韵是〔u〕，例如：⓲

1.《大唐西域記》卷一：北拘盧（模韵）洲，舊曰鬱單越，又曰鳩樓（侯韵），訛也。原文kuru。

2.同上卷一：信度（模韵）河，舊曰辛頭（侯韵）河，訛也。原文sindhu。

3.同上卷四：羅怙（模韻）羅，舊曰羅睺（侯韻）羅，又曰羅雲，皆訛也。原文 Rahula。

4.同上卷九：鄔（模韻）波索迦，唐言近事男，舊曰伊蒲塞，又曰優（尤韻）波塞，又曰優婆塞，皆訛也。原文 Upāsaka。

這些資料都是用模韻字來譯〔u〕。

至於侯韻，早期是〔-u〕，所以上面的譯文舊譯都用尤侯韻字表〔u〕音，到了隋唐時代變成了複元音〔-əu〕，不再適合譯梵文的〔u〕音，所以上面的例子說「訛也」。

肆、二等韻的韻母

《廣韻》的二等韻包含：江、皆、佳、夬、臻、刪、山、肴、麻（一部分），庚（一部分）、耕、咸、銜共十三韻。

二等韻也有一批重韻，我們先比較各家的擬音：

	佳	皆	夬	刪	山	庚(二等)	耕	銜	咸
高本漢	ai	ai	ai(?)	an	ǎn	ɐŋ	ɐŋ	am	am
董同龢	æi	ɐi	ai	an	æn	ɐŋ	æŋ	am	ɐm
陸志韋	æi	ɐi	ai	ɐn	æn	ɐŋ	am	am	ɐm
王力	ai	ɐi	æi	an	æn	ɐŋ	æŋ	am	ɐm
周法高	æi	ɛi	ai	an	æn	ɐŋ	ɐŋ	am	ɐm
李方桂	ai	ai	ai	an	an	ɐŋ	ɐŋ	am	am
李新魁	æi	ai	ɐi	an	ɐn	aŋ	ɐŋ	am	ɐm

這幾個二等韻的區別，各家都是在〔a〕、〔ɐ〕、〔ɒ〕、〔æ〕、〔ɛ〕幾個元音間打轉。〔ɒ〕和〔ɛ〕的開口度不

像二等韻，因此，我們可以在剩下的〔a〕、〔ɐ〕、〔æ〕三個元音中考慮。

既然二等韻的〔a〕是個前而淺的元音，和〔a〕對立的元音應該是〔ɐ〕而不會是另一個前而淺的〔æ〕。李新魁把二等韻的重韻視爲〔a〕與〔ɐ〕的對立是正確的。

關於「佳、皆、夬」三個韻，問題比較複雜。從現代方言看，它們多有〔-i〕韻尾。但是李榮把這三韻擬作了「夬ai」、「皆äi」、「佳ä」❶，把佳韻的韻尾給去掉了，這是很富啓示的。在早期韻圖的《韻鏡》中，「皆」和「夬」放在同圖（第十三、十四轉），而「佳」則另外單獨立一圖（第十五、十六轉），顯示「佳」和「皆、夬」有某種程度的不同。此外，在上古音裏，佳韻和支韻字同屬一部，都不帶〔-i〕韻尾，到了南北朝，「佳、支」還可以在一起押韻。齊梁以後，佳韻才逐漸脫離支韻。到了現代，佳韻字不帶〔-i〕尾的仍然比「皆、夬」韻要多。例如國語的「佳、街、媧、蛙、叉、差（ㄔㄚ）、涯、娃、解、罷、懈、邂、蟹……」等字。

所以，我們認爲佳韻的韻母應當是〔-æ〕，不帶〔-i〕韻尾。中古後期併轉爲攝，把「佳、皆、夬……」等韻合爲一個「蟹攝」，那時的佳韻才普遍的被認爲是帶〔-i〕尾的韻。故宮本王仁昫《切韻》把佳韻和「歌、戈、麻」諸韻同列，而不與「咍、泰、皆、夬」同列，正說明它的主要元音是個近似麻韻〔-a〕的〔-æ〕，也說明了在唐代還有不少地區佳韻是不帶〔-i〕韻尾的。

二等韻還有「江韻」。江韻字和陽唐韻的字在現代方言裏已

不易分別。不過，在《廣韻》中，江韻和陽唐韻相隔很遠，倒是跟東、冬、鍾韻相鄰，可見江韻的中古音讀應該比較接近東冬鍾。東冬鍾的主要元音既是〔u〕和〔o〕江韻很可能就是〔ɔ〕。在現代方言裏，南昌、梅縣、廣州等地，「江」字還是念作〔kɔŋ〕。〔ɔ〕元音開口度較大，很容易被低元音〔a〕類化，所以到了中古後期「宕、江」合攝正反映了江韻和陽唐韻已變成一類主要元音。

二等的「臻韻」只有少數幾個莊系字。在現代方言裏，和「眞韻」字沒有區別。《廣韻》既然單獨成韻，中古念法應有所區別，今擬作〔-en〕，和眞韻〔-jen〕爲洪細之分。

伍、三等韻和四等韻的韻母

《廣韻》的三等韻包含了：東（一部分）、鍾、支、脂、之、微、魚、虞、祭、廢、眞、諄、欣、文、仙、元、宵、戈（一部分）、麻（一部分）、陽、庚（一部分）、清、蒸、尤、幽、侵、鹽、嚴、凡共二十九韻。

四等韻最簡單，只有齊、先、蕭、青、添五個韻。

三、四等字除了帶有〔j〕和〔i〕介音外，主要元音的開口度也有不同。這是我們處理三、四等韻音值擬訂所不能忽略的原則。

李新魁把某些三等韻的張口度擬得比四等韻還小[20]，這是不妥當的。例如：

三等：之i　幽iu　蒸iŋ　欣in　侵im

四等：齊ei 蕭eu 青eŋ 先en 添em

我們把它改爲：

三等：之jə 幽jeu 蒸jeŋ 欣jən 侵jəm

四等：齊iei 蕭ieu 青ieŋ 先ien 添iem

　　從現代方言看，這樣的擬音更能解釋其演化。首先，四等字現代方言大部分都有〔i〕介音，如果認爲中古音沒有這個〔i〕，那麼，後世的〔i〕介音是如何產生的，這個問題很難解決。所以，四等韵應該有個元音性的〔i〕介音。至於少數方言，如廣州（雞-ɐi）、客家（廖-æu）、潮州（禮-oi）沒有〔i〕介音，是失落的緣故。日本、朝鮮、越南的漢字借音，四等字也有不帶〔i〕介音的，這一點的取證力較薄弱，因爲我們不能忽視漢語方言的大多數現象，而遷就外族語言的念法。

　　其次，中古三等的主要元音必需是開口度較大的央元音〔ə〕，而不應該是〔i〕。央元音是個較弱的音，很容易失落，所以現代方言往往變成了以〔i〕爲主要元音。例如「其」gjə＞國語tɕ'i，「今」kjəm＞國語tɕin，「近」giən＞國語tɕin。也有些字是介音〔i〕失落，而保留主要元音的。例如「審」ɕjəm＞國語sən，「蒸」tɕjəŋ＞國語tsəŋ。如果像李氏那樣，把這些字的中古音擬爲〔-im〕、〔-iŋ〕，那麼，後世的主要元音〔ə〕又是怎麼來的呢？有時候，中古的主要元音〔ə〕還會增強，變成了〔o〕。例如「尤」-jən＞國語iou。

　　下面接著討論三等重韵的擬音。我們先看「支、脂、之、微」四個韵的區別。這四個韵在現代方言裏大部分已不能區分。《廣韵》韵目注明「支、脂、之同用」，可見在那個時代也

一樣沒有分別，但是它們在上古音裏分屬不同的韻部，是有區別的。《切韻》分別這三個韻，必然是參考了當時比較守舊的方言。

之韻的念法，前面我們已擬爲〔-jə〕。支韻在福州話裏，多數念〔-ie〕，而「脂、之」韻很少念〔-ie〕的，多半是〔-i〕。汕頭、廈門的支韻字「騎、奇、蟻、寄」等，都念〔-ia〕。

由此我們得到一個啟示，就是支韻的中古念法或許是〔-je〕。今日的福州話保存了這個念法，汕頭、廈門稍轉爲〔-ia〕，其他大多數方言和「脂、之」類化成一個簡單的〔-i〕韻母了。

微韻的日譯吳音把「衣、希、氣」等字都念作〔-e〕，溫州話的「機、譏、幾」也念〔-e〕，閩語「機、衣、幾、氣」念〔-ui〕。由此看來，微韻的中古念法可能是〔-jəi〕。後來在閩語中變成〔-əi〕，再轉成〔-ui〕。日譯吳音和溫州話則是經由〔-əi〕＞〔-ei〕＞〔-e〕而形成的。

至於脂韻，在現代方言中找不到任何特徵，如果從上古來源看，支和之有〔-g〕韻尾，脂和微有〔-d〕韻尾，從前面的討論，支和之到中古都沒有留下韻尾，也就是〔-g〕失落了。微韻既擬爲〔-jəi〕，那麼，我們可以假定上古的〔-d〕韻尾到中古可以留下〔-i〕的痕迹，因此，我們便可以把脂韻擬爲〔-jei〕。現代方言的脂韻字多半念爲〔-i〕韻母，是介音和韻尾把主要元音擠掉的結果。

接著，再討論「魚、虞」的區別。這兩個韻在現代方言裏已無分別。念法不外〔-u〕、〔-o〕、〔-y〕等韻母。前面我們把模韻擬爲〔-u〕，「虞、模」兩韻在早期韻圖中放在同一轉裏，

主要元音必然相同，所以虞韵應該是〔-ju〕。魚韵見於不同的
轉裏，所以應當具有不同的韵母。《韵鏡》把魚韵注爲「開
口」，顯然古代沒有u介音。我們可以擬爲〔-jo〕。到了中古後
期，「魚、虞」被併爲「遇攝」，它們的韵母才都類化爲〔-
ju〕。近代方言「魚、虞」多念作〔-y〕韵母，是由〔-iu〕經唇
化作用變成的。其中，捲舌聲母和〔f-〕聲母的字，由於不配細
音，所以把〔-i〕介音給排斥了，於是國語變成了〔-u〕韵母。
例如「助、初、除、梳、夫」等字。

　　下面再論「祭、廢」的區別。在《韵鏡》中，祭韵和佳韵見
於同轉，佳韵的主要元音是〔æ〕，那麼祭韵也當有相同的主要
元音，今擬爲〔-jæi〕。廢韵和微韵見於同轉，微韵的主要元音
是央元音〔ə〕，那麼，廢韵應當是個偏央的韵母〔-jei〕。祭韵
和廢韵的〔-i〕韵尾都是上古〔-d〕韵尾消失後留下的痕迹，這
個現象和脂、微的〔-i〕韵尾是類似的。

　　再說「仙、元」二韵的區別。現代方言這兩韵字已混而不
分，不過，在韵書排列上，元韵放在央元音的「文、欣」和「
魂、痕」中間；《韵鏡》裏，元韵和山韵出現在同一轉，而山韵
前面擬爲偏央的〔-ɐ〕；由此可見元韵的音讀也應當是個偏央
的〔-jen〕。仙韵在《韵鏡》中和偏前的元音「刪、先」列於同
轉，所以仙韵可擬爲偏前的〔-jæn〕。

　　再看「庚（三等部分）、清、蒸」三韵的區別。前面已經把
庚韵二等字擬爲〔-aŋ〕，同一韵必需具有相同的主要元音，那
麼，它的三等字自然就是〔-jaŋ〕了。《韵鏡》蒸、登在同一
轉，顯然主要元音都是央元音，則蒸韵的韵母應爲〔-jəŋ〕。剩

下的清韻既不是〔a〕，也不是〔ə〕，那就是〔æ〕了。它是和四等青韻對立的三等韻，凡三、四等對立的韻，往往都屬前元音。所以清韻可以擬作〔-jæŋ〕。

再看「尤、幽」二韻。幽韻字韻圖都放在四等，董同龢已經證明它實際上是三等韻。因為幽韻的反切上字都用「居、方」等見於三等韻的那些類字，而不用「古、博」等見於一二四等韻的那些字。同時，幽韻有群母字，這是三等韻的特點之一，四等韻是絕不會有群母字的❷。

尤韻在韻圖中是候韻〔-əu〕的三等，所以尤韻應擬為〔-jəu〕。幽韻既與「尤、侯」同列一圖，韻母必然近似，今擬作〔-jou〕。尤韻的〔-jəu〕，主要元音是弱的元音，因此，很接近輕唇音產生的條件〔-ju-〕，使得尤韻的部分唇音字轉為輕唇，例如「浮、婦、富、復」等字。但由於〔-jəu〕不完全符合〔-ju-〕，所以也有部分唇音字保留重唇的讀法，例如「不、謀、莓」等字。至於幽韻字的韻母是〔-jou〕，因此，它的唇音字全部保留重唇的念法。

再看「鹽、嚴、凡」三韻的區別。前兩韻現代方言已無分別。《韻鏡》以鹽和四等添韻相配，置於同轉，凡三、四等相配的韻往往都是前元音，所以鹽韻可擬為〔-jæm〕。同轉的二等咸韻〔-am〕正是前元音。至於嚴韻沒有四等韻與之相配，可擬為偏央的〔-jem〕，而與之同轉的二等銜韻〔-ɐm〕，正好具有相同的主要元音。

凡韻屬合口，具有〔-ju-〕介音，所以唇音字都變成了輕唇音。韻書和韻圖都以「嚴、凡」二韻相鄰排列，所以凡韻應當和

嚴韵是開合對立的韵，今擬作〔juɐm〕。

　　至於四等韵，前面已擬爲〔e〕元音，五個四等韵恰好都有相配的三等韵，從下表可以看出三、四等的區別，在主要元音而言，是〔æ〕和〔e〕的對立：

　　　　　三等　祭-jæi　仙-jæn　宥-jæu　清-jæŋ　鹽-jæm
　　　　　四等　齊-iei　先-ien　蕭-ieu　青-ieŋ　添-iem

陸、結　論

　　本文的中古韵母和董同龢的比起來，減省了董氏的〔ɛ〕、〔ʌ〕兩個元音，卻能使各韵母間的區別度增大。例如董氏設了〔ʌ〕元音，結果造成了三個低元音〔a〕、〔ʌ〕、〔ɑ〕的對立，也造成了三個中央元音〔ə〕、〔ɐ〕、〔ʌ〕的對立，這樣細微的分別不太可能存在實際語言中。董氏〔ɛ〕元音的設立，也使得前元音多達〔i〕、〔e〕、〔ɛ〕、〔æ〕、〔a〕五度，所以我們把四等韵的主要元音統一成了一個〔e〕，而不再用〔ɛ〕。

　　其他如之韵、虞模韵、尤侯幽韵、佳韵、咸銜韵本文的看法和董氏都有差距。理由都已見前面各部分的說明。侵韵我們也改擬爲〔-jəm〕（董氏〔-jem〕），因爲現代方言中大部分還保留著央元音〔ə〕的痕迹，其他念作〔-in〕的，也是由〔-iəm＞im＞in〕轉變成的。

　　最重要的，是我們在擬音上不再受後起的韵攝觀念的束縛，而純以切韵系韵書和早期韵圖爲依據。因爲談語音的演變不能不

建立較精確的歷史觀念，把材料的時代性區別清楚，才能更正確的掌握音變現象。這是本文不用韻攝爲單位來討論切韻音，而以「等」的不同爲綱領的緣故。

下面把本文的擬音和董氏的作一對照：

	董氏擬音	本文擬音		董氏擬音	本文擬音
東	-uŋ　-juŋ	-uŋ　-juŋ	文	-neun	-neun
冬	-uoŋ	-uoŋ	欣	-jən	-jən
鍾	-juoŋ	-juoŋ	元	-jɐn　-juɐn	-jɐn　-juɐn
江	-ɔŋ	-ɔŋ	魂	-uən	-uən
支	-je　-jue	-je　-jue	痕	-ən	-ən
脂	-jei　-juei	-jei　-juei	塞	-ɑn	-ɑn
之	-(j)i	-jə	桓	-uɑn	-uɑn
微	-jəi　-juəi	-jəi　-juəi	刪	-an　-uan	-an　-uan
齊	-iɛi　-iuɛi	-iei　-iuei	山	-æn　-uæn	-ɐn　-uɐn
佳	-æi　-uæi	-æ　-uæ	先	-ɛn　-iuɛn	-ien　iuen
皆	-ɐi　-iɐi	-ai　-uai	仙	-jæn　-juæn	-jæn　-juæn
灰	-uɐi	-uɒi	蕭	-iɐi	-ieu
咍	-ɐi	-ɑi	宵	-jæu	-jæu
祭	-jæi　-juæi	-jæi　-juæi	肴	-au	-au
泰	-ɑi　-uɑi	-ɑi　-uɑi	豪	-ɑu	-ɑu
夬	-ai　-uai	-ɐi　-uɐi	歌	-ɑ	-ɑ
廢	-jɐi　-juɐi	-jɐi　-juɐi	戈	-uɑ,-jɑ,-nɑ	-uɑ,-jɑ,-nɑ
魚	-jo	-jo	麻	-a,-ua,-ja	-a,-ua,-ja
虞	-juo	-ju	陽	-jɑŋ　-nɑŋ	-jɑŋ　-nɑŋ
模	-uo	-u	唐	-ɑŋ　-uɑŋ	-ɑŋ　-uɑŋ
眞	-jen	-jen	庚	-ɐŋ　-uɐŋ	-ɐŋ　-uɐŋ
諄	-juen	-juen		-jɐŋ　-juɐŋ	-jɐŋ　-uɐŋ
臻	-(j)en	-en	耕	-æŋ　-uæŋ	-ɐŋ　-uɐŋ
清	-ɛŋ　-juɛŋ	-jæŋ　-juæŋ	侵	-jem	-jem
青	-ieŋ　-iueŋ	-ieŋ　-iueŋ	覃	-Am	-ɒm
蒸	-jəŋ	-jəŋ	談	-am	-am
登	-əŋ　-uəŋ	-əŋ　-uəŋ	鹽	-jæm	-jæm
尤	-ju	-juɐ	添	-iəi	-iem
侯	-u	-əu	銜	-am	-ɐm
幽	-jəu	-jou	咸	-ɐm	-am

附　註

❶　見高本漢《中國音韻學研究》第四六二至四六六頁。

❷　見李氏《漢語音韻學》第一八七頁。

❸　見高氏《中國音韻學研究》第四二頁。

❹　見陸氏《古音說略》第一一四頁。

❺　見周氏《問學集》第五四一頁。

❻　見董氏《上古音韻表稿》第六四頁。

❼　見李氏《切韻音系》第一三四頁。

❽　見高氏《中國音韻學研究》第四七八頁。

❾　見高氏前書四七三頁。

❿　見陸氏《古音說略》第二九至四七頁各四等韻的擬音。

⓫　見李氏《切韻音系》第一一三頁。

⓬　見李氏《漢語音韻學》第二〇二頁。

⓭　在《韻鏡》中，冬、鍾二韻出現在第二轉，冬在一等，鍾在三
　　等，顯然是洪、細對立的一組韻。

⓮　用〔ɑ〕和〔A〕區別一等，又有〔a〕擬二等，則低元音分成了
　　三個音位，未免太細。

⓯　見《切韻音系》第一四五、一四六頁。

⓰　見王力《漢語語音史》第一一三、二二一頁。

⓱　資料引自《切韻音系》第一四五頁。

⓲　參考上書第一四六頁。

⓳　見上書第一四二頁。

⓴　見李氏《漢語音韻學》第一九八、二〇二頁。

㉑　見董氏《漢語音韻學》第一七七頁。

漢語音變的特殊類型

　　語音的演變，大多數情況是循直線發展的，其演變的每一步驟，都有一定的條件和規則，能把握這些規則，聲韻學中無數繁複紛雜的現象都不難理出一個清晰的條目來，也唯有從音變的探究下手，聲韻學才不致在含混的術語中打轉，愈陷愈深而皓首不能窮其理了。

　　有關音變的問題在Leonard Bloomfield "Language"一書第二十、二十一章談了很多，不過，音變固然有其普遍性，也有其特殊性，往往其演變方式僅存在於某一語言中，這是一般談語言的書所忽略的，尤其是有關漢語的問題。

　　中國文字很早就和語言分途發展了，但其間文字始終受著語言的強烈影響，諸如形聲、假借、聯綿字等現象皆是。這些情況，古來的語文學者研究的很多，也有人利用這些特性做媒介，以推求古代語言的實況。然而很少語言學家注意到語言的演變也有可能受到文字的干擾，這在印歐語言幾乎是不可能的，因爲拼音文字只是語言的忠實附庸而已。

　　我們檢視許多現代音讀，發現它們並非循直線演變，無法就其構成音素上解釋其變化的原因，所以只好當它做例外的演變，或認爲是積非成是的現象。但我們再仔細研究這些字，又可發現它們的兩個共同特點：其一，它們現在的這個音讀都是於古無據

的，換句話說，我們絕對無法在古代韻書中找到這個音讀的反切。其二，這類字所變成的音讀，要就是與其偏旁相似，要就是與其同偏旁的字相似。由此，我們可以獲得一個啟示，這是文字的結構干擾語音演變的現象，是漢語音變的一個特殊類型。這類例字很多，變化方式相同。所以我們不能把它看成例外的誤讀。

這種演變，是類化作用（analogical change）的一種。如英語help 一字的過去式原爲holp，而大多數動詞過去式都加-d或-ed因此help的過去式也受同類的吸引，變成了helped。又如古漢語的陽聲韻有-m -n -ng 三類韻尾，國語-m完全併入-n類，吳語則三類都併入了-ng類。這都是音素的類化作用；本文所舉的例字，則是受文字同類結構的影響，而使其音讀脫離了常軌，本來不同音的字變成同類了。較保守的語言學者或把這些字看成誤讀，但這種誤讀在我們好幾代以前就已發生，相沿成習，大家都這樣唸，就連字典的注音也不得不如此注。本來音讀的分別不斷減省，是合乎大衆語言心理的，只要這種減省不妨礙意義的辨認。這和古代讀書人喜歡把一字不同的詞性，加以區別其音讀，如宋朝的賈昌朝「群經音辨」一樣，剛好是兩股相反的勢力。因爲讀書人站在語文研究的觀點，字音總希望分得愈細愈好，社會大衆站在實際運用的立場，則希望語音愈簡愈方便。

以下是文字類化造成音變的例子：

1.「溪」 見《廣韻》齊韻「苦奚切」，國語應讀爲ㄎ，而今卻音ㄒ。這是受了偏旁「奚」字的影響，但「奚」字屬全濁匣母，國語當變爲陽平調，爲何今讀陰平呢？我們看元代周德清《中原音韵》（以下簡稱《音韵》）此字置於齊微韻平聲陽；明代

中葉蘭茂《韻略易通》（以下簡稱易通）西微韻向母平聲「
奚」、「希」二字用圈隔開，可見「奚」仍爲陽平；明末畢拱
辰《韵略匯通》（以下簡稱《匯通》）居魚韻向母列於下平聲，
與平聲之「希」分列，則「奚」仍爲陽平。由這些材料看來，「
奚」字的誤讀要在清初以後了。由此亦可推想「溪」字受「奚」
的類化是不久前的事。

　　現代南方大部分方言「溪」字的音讀仍依中古溪母直接演變
而成，亦即讀作送氣舌根清塞音，或送氣舌面清塞擦音。

　　2.「恢」　見《廣韻》灰韻「苦回切」，屬溪母字，國語應
與「盔」同音，讀作ㄎㄨㄟ，而今卻音ㄏㄨㄟ，這又是受偏旁「灰」字的
影響造成的。《易通》西微韻「恢」字見開母平聲，與「葵」用
圈隔開；《匯通》灰微韻開母下亦見此字。可見二書皆音ㄎㄨㄟ，則
其情況與「溪」字相似，受偏旁類化的時代也在清初以後。

　　3.「側」　見《廣韻》職韻「阻力切」，聲母屬照二，凡照
系二等之「深」攝，及「梗、曾、通」攝入聲，國語均讀舌尖音
ㄗㄘㄙ，其餘照系二等字均爲捲舌音ㄓㄔㄕ。「側」爲曾攝入聲，
國語應讀ㄗㄜ，而今卻音ㄘㄜ。《音韻》見皆來韵「入作上」，與「
策」分列，仍讀不送氣音。國語此字受ㄘㄜ同類字「測、惻、廁」
的影響，也唸成了送氣的ㄘㄜ。南方大部分方言仍讀不送氣音。

　　4.「莘」　見《廣韻》臻韻「所臻切」，聲母爲審二，國語
應讀爲ㄕ，而今卻音ㄒㄧㄣ。顯然也是因偏旁「辛」（眞韻息鄰切）
的類化而形成的。《音韻》眞文韵平聲陰「莘」與「新、辛」分
列；《易通》、《匯通》「莘」見上母，「新、辛」見雪母，可
見尚未發生類化。

5.「波」 見《廣韻》戈韻「博禾切」，爲幫母字，國語當讀不送氣音，而今卻音ㄆ；顯然是受偏旁「皮」以及同類字「坡、婆、頗、破」的影響而類化爲送氣音的。《音韻》歌戈韻、《易通》戈何韻、《匯通》戈何韻「波」字均與「坡」字分開排列，可知此字之類化也不早於清初。

6.「熒」 見《廣韻》青韻「戶扃切」，聲母屬匣母，韵爲梗攝合口四等，國語當讀ㄒㄩㄥ，而今卻音ㄧㄥ，聲母失落。《廣韻》同切的「螢、榮」等字情況亦同。這種現象是受了另一批從「炏」偏旁的字的影響而發生類化的結果，那就是：㈠清韻「於營切」的「縈、褮、蔘、蔕」（影母、梗合三），㈡清韻「余傾切」的「營、嶜、塋、瀯（喻四、梗合三），㈢耕韻「烏莖切」的「嫈、鸎」（影母、梗開二），㈣庚韻「永兵切」的「塋」（喻三、梗合三）。由此之故，「熒、螢、榮」等字只好接受多數字的類化了。

這些字還有聲調的問題，㈠㈢兩組是全清聲母，國語當讀陰平調，㈡㈣兩組以及匣母的「熒、螢、榮」等字屬濁聲母，國語當爲陽平調；而今這些字除「嫈、鸎」外，一律都成了陽平，可見類化作用力量之大，這種現象是西洋語史中所沒有的。

《音韻》庚青韵平聲陽以「螢」與「塋、營」並列，「熒」則另列一處，可知「螢」在元代即已受類化失去聲母，而「熒」要等到近代才變爲ㄧㄥ。「縈」見《音韻》平聲陰，那麼此字的聲調也在近代才類化爲陽平。《易通》庚晴韵一母下「熒、螢、榮」與「縈、瀯」並列，而「營、塋」卻與「盈、迎」同列一處，在同聲母下，其分別當爲介音，前者爲開口，後者爲合口；

聲母則全部失落。《匯通》「熒、縈、螢、瀠、榮」見東洪韻，「營、塋」見庚晴韻，這是由於畢拱辰的方言把它們的主要元音讀成了舌面後圓唇高元音與央元音兩類，而《音韻》與《易通》則並爲央元音。

7.「痊」見《廣韻》仙韻「此緣切」，與「詮、銓、筌」同音，均爲清母，國語當讀陰平調，而今卻音ㄑ，這是受字中「全」字的影響而類化爲陽平的。《音韻》先天韻、《易通》、《匯通》先全韻「痊、詮、銓、筌」等字與陽平的「全」都不在一處，可見類化的發生也是近代的事。

8.「荀」見《廣韻》諄韻「相倫切」，與「詢、峋、恂」同音，皆爲心母，國語當讀陰平。但字中的「旬」卻爲邪母的「詳遵切」，於是國語這些字全部被類化，成爲陽平調的ㄒ。《音韻》眞文韻「旬」見平聲陽，「荀、詢」見平聲陰，知元代尚未類化；《易通》始將其並列一處，那麼「荀、詢」等字變爲陽平的時代該在明代中葉了。

9.「汞」見《廣韻》董韻「胡孔切」，爲全濁匣母，國語應讀爲ㄏ，而今卻音ㄍ。顯物是受了上半「工」字音讀的類化，把聲母由擦音轉成了塞音。《音韻》「汞」字與塞音的「拱、鞏」分列，可知尚未類化；《易通》東洪韻見向母上聲，聲母雖也未類化，而其聲調依全濁字的演化當變爲去聲，自元代開始到現代國語都誤成上聲，只有明末的《匯通》置東洪韻向母去聲，這種分別可能是方言的緣故吧。

10.「捧」見《廣韻》腫韻「敷奉切」，國語當讀ㄈ，而今卻音ㄆ。很可能受了唸塞音的「埲、奉、唪、琫」諸字的類

化，因爲國語從「奉」的上聲字沒有讀擦音的例，只好和塞音類化了。《音韵》此字見東鍾韵上聲，與「唪」字分列，可能讀擦音；《易通》、《匯通》均置「捧」於風母上聲，仍讀擦音，直接承《廣韵》的音讀。由此可見類化的音變，並非普偏存在於所有方言中，有些方言還是循直線演變的。

11.「鎊」　見《廣韵》「普郎切」，國語當讀作ㄆ，而今卻音ㄅ，顯然是受了國語「謗、磅、傍、榜、膀」諸字讀不送氣音的影響而類化的，聲調也變成了去聲。《音韵》江陽韵平聲陰此字與「滂」同列，與「邦」分列，仍讀爲ㄆ。《易通》、《匯通》均見於破母平聲，也不誤。可知「鎊」之類化是在近代才有的。

12.「誑」　見《廣韵》漾韵「居況切」，國語應讀作ㄐ，而今卻音ㄎ，這是受右邊「狂」（陽韵群母）字的影響而類化的。《音韵》見江陽去聲；《易通》、《匯通》並列於合口見母去聲；都未受類化。

13.「摧」　見《廣韵》灰韵「昨回切」屬全濁從母，國語當音ㄘ，而今卻讀陰平調，顯然是受右旁「崔」及「催」（並見灰韵倉回切）字的影響而類化的。《音韵》「摧」見於齊微韵平聲陽；《易通》西微韵從母平聲此字與「催」有圈相隔；都還沒有類化。《匯通》開始與「崔、催」並列，可知此字是在明末發生變化的。

14.「嶼」　見《廣韵》語韵「徐呂切」，屬全濁邪母，國語應讀ㄙ，而今卻音ㄩ，又是受右旁「與」（語韵喻四）字的影響而變的。《音韵》魚模韵此字與「與」分列；《易通》居魚韵

見於雪母上聲；二書聲母皆未變，僅聲調仍爲上聲。《匯通》則置於雪母去聲，是循直線演變而成。所以「嶼」字的類化也晚於清初。

15.「訥」 見《廣韻》沒韻「內骨切」，屬臻攝合口一等入聲字。國語應讀爲ㄋ，而今卻音ㄋ。這是受了國語「呐、納」等字的類化；其實這個「呐」字屬薛韻女劣切，國語應讀作ㄋ，今音ㄋ也是後來受類化的字。《音韻》「訥」見魚模韻入作去，可知元代尚未被類化。

16.「澈」 見《廣韻》薛韻「直列切」，與「徹、撤、轍」同音。澄母仄聲字國語當讀不送氣音，而今卻爲送氣音ㄔ。這是受了「徹」字又音「丑列切」的影響；而「撤」《廣韻》注云：「經典通用徹」，所以「徹、撤」都有送氣一讀。「澈、轍」乃受其類化，都變成了ㄔ。只有「轍」字國語另保存了原來的不送氣ㄓ一讀而已。

17.「泓」 見《廣韻》耕韻「烏宏切」，國語當讀爲ㄥ，而今卻音ㄏ。這是受了右旁匣母「弘」（登韻胡肱切）字的類化。《音韻》「泓」見庚青韻平聲陰，與曉母的「轟」分列，可知元代仍讀無聲母；《匯通》此字見東洪韻向母下平聲，與「弘」字同列，則明末此字已類化了。

18.「竣」 見《廣韻》諄韻「七倫切」，與「逡」同音，國語當讀爲ㄑ，而今卻音ㄐ。這是受「俊、畯、駿」（稕韻子峻切）等字的類化造成的。另有「私閏切」的「峻、浚」二字，屬心母，國語當音ㄒ，也一起受類化，統統讀成了ㄐ。

《音韻》「竣」字見眞文韻平聲陰，與「尊」分別，與「

遵」也不同處，可知仍爲送氣音。「峻、浚」二字則置去聲，
與「俊」分列，也未受類化。

　　《易通》、《匯通》「陝」字並見於雪母去聲，也還讀擦
音，未受類化。

　　19.「紉」　見《廣韵》眞韵「女鄰切」，國語應讀爲ㄖ，
而今卻音ㄋ。這是受了震韵而振切「刃、訒、仞」等字的類
化，使聲母、聲調都改變了。《音韵》此字見眞文韵平聲陽；《
易通》、《匯通》均見暖母平聲；可知「紉」字的類化也是清初
以後才有的。

　　20.「諢」　見《廣韵》韵恩「五困切」，國語當讀爲ㄜ，
而今卻音ㄏ。顯然是受魂韵戶昆切「渾、琿、俒」等字的類
化。《音韵》見眞文韵去聲，與匣母的「混」分列，《易
通》、《匯通》並見一母去聲，可知一直到明末都還沒有類化。

　　21.「跚」　見《廣韵》寒韵「蘇干切」，與「珊」同音，國
語應讀爲ㄙ，而今卻讀成了ㄕ。這是受珊韵所姦切「刪」字的影
響造成的。《音韵》寒山韵平聲陰「跚、珊」與「刪」分列，未
受類化；《易通》「珊」字並見於雪母與上母，分爲兩個讀音，
已有類化的迹象；《匯通》「跚」仍屬雪母，「珊」則並見於
上、雪二母，如此看來，「跚」字的類化要比「珊」字晚些。

　　22.「產」　見《廣韵》「所簡切」，聲母屬審二，國語當
讀爲ㄙ，而今卻音ㄔ。這是受了產韵初限切「鏟」字的類化。《
音韵》「產、鏟」並列，可見早在元代二字即亦類化爲同音
了。《易通》、《匯通》春母上聲二字也並列一處，都讀成了塞
擦音。

　　23.「變」　見《廣韻》獮韻「力兗切」，屬合口細音字，國語與來母例不相配，照去聲「戀」字的演變，「變」當讀爲ㄌㄩㄢˋ，而今卻音ㄅㄧㄢˋ。這是受了桓韻「落官切」的「鑾、鸞、孿、欒」等字的類化。《音韻》「變」字見先天韻上聲；《易通》、《匯通》均見先全韻來母上聲；可知清初以前尚未類化爲ㄅㄧㄢˋ。

　　24.「謔」　見《廣韻》藥韻「虛約切」，屬曉母，國語當讀ㄒㄧㄝ或ㄒㄩㄝ，而今卻音ㄋㄩㄝˋ。這是因右旁「虐」（藥韻魚約切）字的類化。《音韻》見蕭豪韻入作上，因無對比的字，無從判斷其聲母；《易通》、《匯通》見江陽韻向母入聲，都還沒有類化成ㄋㄩㄝˋ。

　　25.「噪」　見《廣韻》號韻「蘇到切」，與「譟」同音，國語應讀作ㄙㄠˋ，而今卻音ㄗㄠˋ。這是受了精母「躁、澡、藻」等字的影響，而使「噪、譟」二字的聲母也由擦音類化成了同部位的塞擦音。另有皓韻蘇老切的「燥」字，本屬心母，國語也一起類化成了ㄗㄠˋ。

　　《音韻》「噪、譟、燥」三字同見於蕭豪韻去聲，與「躁」字分列，可見三字都還讀心母，只是上聲的「燥」類化成了去聲。《易通》、《匯通》「噪、譟、燥」三字並見雪母去聲，也還未變塞擦音。

　　26.「笈」　見《廣韻》洽韻「楚洽切」，國語當讀爲ㄔㄚ，而今卻音ㄐㄧˊ。這是受了右旁「及」（緝韻其立切）字的類化。《音韻》見家麻韻入作上，尚不誤；《易通》侵尋韻、《匯通》眞尋韻的見母入聲「及、笈」並列；可知「笈」的類化早在明代就發生了。

27.「**帕**」 見《廣韻》鎋韵「莫鎋切」，國語當讀爲 ㄇㄚ，
而今卻音 ㄆㄚ。顯然是受了「怕」（禡韵普駕切）字的類化。《音
韻》家麻韵去聲，《易通》《匯通》家麻韵破母去聲「帕、怕」
二字都並列一處，可見從元代開始，「帕」字就已類化成 ㄆㄚ 了。

這裡所舉的二十七個例子是隨手查出來的，其他沒舉出的一
定還更多。像這些文字給語音帶來的變遷，的確成爲漢語音變的
一個重要因素，如果我們的文字也是拼音文字，或者這些例中的
字自始就不作這樣寫法，那麼這樣的音變就無從發生了。既有了
這樣多情況一致的例子，我們就不能把它們當成例外現象，而必
須承認這也是音變的一個特殊類型了。

佛教傳入與等韻圖的興起

一、前　言

　　中國聲韻學的歷史上，有兩次受到外來的影響，而產生了巨大的變化。頭一次是東漢開始的佛教傳入，這一次的文化接觸，帶來了文學、繪畫、雕刻、哲學思想的深遠影響，同時，這種影響也由社會的上層階級隨著宗教的普及而滲入下層階級，影響了人們的人生觀和生活方式。在聲韻學上也不能例外，古代印度的聲韻研究十分發達，其「聲明論」、「悉曇章」❶正是這方面的學問。印度的文字──梵文又是一種拼音文字，其長處正是音理的精確分析。於是，隨著佛教的流布，譯經、讀經工作的進行，知識份子有機會接觸了梵文，研究梵文，也懂得了印度的音韻學，由此，刺激了漢語音韻學的快速成長，到了唐末，代表中國古代音韻學最高成就的「等韻圖」終於誕生了。

　　第二次的外來影響，是近代西方語言學的輸入。本來，西方也和中國一樣，語言研究受著通經、訓詁觀念的支配，目標完全在詮釋古代的文獻典籍，形成傳統的語文學。自從十九世紀歷史比較語言學興起❷，西方才有了比較清晰的語言觀念。到了二十世紀，進入結構主義語言學的時代❸，西方學者對語言的了解又更進了一層。中國方面，二十世紀是西學大輸入的時代，所產生

的文化上的衝擊更甚於當初佛教帶來的影響。就中國音韻學而言，標誌了這個重要里程碑的著作，就是一九一五～一九二六年高本漢的《中國音韻學研究》❹。從此以後，中國音韻學由通經、訓詁的附庸地位獲得了獨立的生命，在研究方法上也邁向客觀、科學、系統化的道路。

本文的重點，在探討頭一次的外來影響，即等韻圖和佛教的關係。

二、等韻圖的構成

等韻圖是一種字音表，其基本架構是橫列字母，縱分四聲、四等，再把一個個的字依其發音填入適當的格子裏。這樣的圖表，在今天來看，也許不是什麼太困難的事，但是，在沒有字音分析觀念的時代，這卻是相當了不起的一項突破。我們知道，漢字不是一種記音的工具，不像拼音文字要把每一個音節裏的組成音素一一分列出來，一個漢字即是一個完整的音節，至於音節之下又是如何？這是使用漢字系統的人置而不問的。直到中國人接觸了梵文，始訝異於其音素分析之細密，乃回過頭來留意自己的漢字。起初，悟出漢字的發音是可以切分爲前後兩半的，於是把前半叫作「聲」，後半叫作「韻」，這樣的體認竟促成了漢字標音法的大革命——反切的發明。這是發生在東漢的事，到了六朝，反切注音法風靡一時，大多數的書都採用了反切注音，例如《爾雅音義》、《毛詩音》等。

六朝時代還流行「雙聲」、「疊韻」之說。把聲母相同的字

類聚起來，謂之「雙聲」，凡韻母相同的字，謂之「疊韻」。詩歌本來是押韻的，在六朝也有人異想天開，寫了一些「雙聲詩」❺。甚至有人連談話都故意使用「雙聲語」❻，讓語句中反覆出現聲母相同的字。可見這種隨佛教而傳入的字音分析知識，引起多大的狂熱。

由東漢到唐代的幾百年間，人們只知道了漢字音是可以分成兩半的，至於再細微的分析，還沒有能做到。唐代末年，隨著「字母」和「四等」觀念的產生，終於對字音又有了進一步的認識，接著，逐字分析音素的「等韻圖」就形成了。

三、「字母」與佛教的關係

既有了「雙聲」字的觀念，把一切雙聲字中取一字出來作代表，作為這一類雙聲字的總名，這就是「字母」。因此，字母就是聲母的代字，聲母的標目，正如同人們歸納出同韻的字時，設置了「韻目」❼一樣，也為同聲的字設置了「聲目」，習慣上把這些「聲目」叫作「字母」。而字母的產生也有一段過程，其間無不受著佛教的影響。茲分述如下：

一、竺法護譯光讚般若

竺法護為印度高僧，晉武帝時（二六五～二八九）攜《賢劫》、《法華》、《光讚》等梵經一百五十六部來華，沿途傳譯。在其《光讚般若波羅密經・觀品》（二八六年譯）中有「圓明字輪四十二字」，這是最早的「字母」。不過，它所代表的聲

母音讀是梵文，而不是漢語。例如「波」（ ba ）、「那」（ na ）、「羅」（ la ）、「陀」（ da ）、「多」（ ta ）、「娑」（ sa ）、「摩」（ ma ）、「嗟」（ tsa ）、「頗」（ p'a ）等❽，皆用漢字來代表某一類梵文聲母的發音。既然用漢字能標梵文的聲母，爲什麼不用漢字也來標漢字自己的聲母呢？這給漢字字母的產生莫大的啟示。

在竺法護之後，佛經往往用漢字來標示梵文聲母的發音，只是用字稍有變化而已。例如東晉法顯（三三七？～四二二？山西人，俗姓龔，三歲出家。三九九年由長安入西域求經，歷十四年，遊印度、錫蘭等三十餘國，著有《佛國記》。）的《大般泥洹經·文字品》即列有四十八母。至《大般涅槃經·文字品》（法顯初譯，劉宋謝靈運、釋慧觀、釋慧嚴又整理過）增加爲五十字母。❾

到了唐代玄應的《一切經音義·文字品》又轉爲「字音十四字」、「比聲二十五字」、「超聲八字」❿。除「字音十四字」外，指的都是梵文聲母。

二、漢語字母的開始

等韻圖的產生必以漢語字母形成爲前提，由前段的敘述，可知由晉到唐先有標示梵文的字母，到了唐代末年便正式誕生了漢語本身的字母。這就是「三十字母」。

前面提過，漢語字母的形成除了用漢字標示梵文的啟示外，雙聲字的觀念也是漢語字母形成的因素。最早分析聲母類別的雙聲字表，是原本《玉篇》中的「切字要法」，共列了二十八對雙

聲字。依張世祿先生的看法❶，這份資料是依據藏文字母而來，並非直接出於梵文字母的。藏文字母有三十個，但其中有兩個是漢語所無的，所以從缺，只得二十八類。

依據漢語聲母所訂的字母，最早的是「三十字母」，這是光緒末年才從敦煌石室發現的。資料有二，一是「歸三十字母例」，一是「守溫韻學殘卷」❷，兩者都是唐寫本。其中「歸三十字母例」，每母下有四個雙聲字，顯示了雙聲觀念和雙聲字表是字母產生的重要媒介。

「守溫韻學殘卷」的標題署「南梁漢比丘守溫述」。羅常培認爲「此三十字母乃守溫所訂。今所傳三十六字母，則爲宋人所增改，而仍託諸守溫者。」但依據明呂介孺《同文鐸》：「大唐舍利刱字母三十，後溫首座益以孃、床、幫、滂、微、奉六母，是爲三十六母。」則三十字母爲沙門舍利所創。無論始創三十字母爲守溫或舍利，總之，其出自佛教僧人之手，是可以斷言的。

在三十字母出土以前，人們只知有三十六字母。因爲今存的中古等韻圖都是以三十六字母系統爲其架構的。可以說三十字母早已失傳。而三十六字母系統則由宋代一直流傳到今天❸。

四、「四聲」與佛教的關係

平上去入四聲的發現，也與佛教有密切的關係，而四聲正是等韻圖主要架構中的一個成份。

陳寅恪先生曾著《四聲三問》探討這個問題❹。認爲四聲實起源於佛經之轉讀。他說：

　　南齊武帝永明七年十二月二十日竟陵王子良大集善聲沙門
　　於京邸，造經唄新聲。……此四聲說之成立適値南齊永明
　　之世，而周顒沈約之徒又適爲此學說代表人。

又引《高僧傳·卷十三》云：

　　天竺方俗，凡是歌詠法言，皆稱唄。至於此土，詠經則稱
　　爲讀轉，歌讚則稱爲梵唄。

陳氏又云：

　　建康爲南朝政治文化之中心，故爲善聲沙門及審音文士共
　　同居住之地，二者之間發生相互之影響，實情理之當然
　　也。……顒傳言：「太學諸生慕顒之風，爭事華辯。」其
　　所謂「辯」者，當即顒「音辭辯麗」及其子捨「音韻清
　　辯」之「辯」。皆四聲轉讀之問題也。」

又云：

　　所以適定爲四聲，而不爲其他數之聲音，以除去本易分
　　別，自爲一類之入聲，復分別其餘之聲爲三。分別爲三
　　者，實依據及摹擬中國當日轉讀佛經之三聲。而轉讀佛經
　　之三聲又出於印度古時聲明論之三聲也。據天竺圍陀之聲
　　明論，其所謂聲svara者，適與中國四聲之所謂聲者相類
　　似。即指聲之高低言，英語所謂pitch accent者是也。圍陀
　　聲明論依其聲之高低別爲三：一曰udatta，二曰svarita，
　　三曰anudatta。佛教輸入中國，其教徒轉讀經典時，此三
　　聲之分別當亦隨之輸入。至當日佛教徒轉讀其經典所分別
　　之三聲，是否即與中國之平上去三聲切合，今日固難詳
　　知，然二者俱依聲之高下分爲三階則相同無疑也。

　　依陳氏的說法，四聲與佛教的確有密切的關係。但是，他的說法也有幾點值得商榷的地方：

　　一、佛經經文之朗讀講究音調高低之技巧，當是求抑揚變化間造成特殊之宗教氣氛，與漢字聲調之為辨義成分在性質上是不同的。漢語之有聲調，是其語言結構上的重要一環，在任何時候都不能脫離它的支配，否則必喪失其語言功能。而梵文是一種沒有聲調形成調位體系的語言，只有在佛經朗讀的某個特定場合才講究這種音高變化，基本上，這種變化不產生辨義作用。因此，它和漢字的聲調完全是兩回事。

　　二、陳氏認為聲調即是pitch accent，此亦與漢字聲調的情況不同。語言中的pitch有很多種方式，如語調（intonation）、聲調（tone）。pitch accent指多音節語言中，某一音節的音高和其他音節不同，這種音高的變化，有時可以區別意義。如瑞典話的〔bitən〕如念為降調，是「一點、一片」的意思，念為降升調是「被叮、咬」的意思。又如挪威語〔bønnər〕如念為降升調，是「豆」的意思，念為升調，是「農夫」的意思。北歐語言中的這種現象不是普遍的，而且這種音高的變化還伴隨著重音的因素，所以是一種不完全聲調語言，和漢語的每個音節都具有音高變化不同，漢語是純聲調語言，每一個詞素都有固定的音高模式。至於梵語，連北歐的這種不完全聲調現象都沒有，它只有語調，而且在佛經朗讀中，這種特別的語調只起著表情的作用，沒有表義的作用，這是一般宗教語言中常有的，西方教堂的禮拜儀式，也有一種特別的吟誦腔調，這和純粹辨義的聲調是不同的。

　　三、陳氏自己也認為「當日佛教徒轉讀其經典所分別之三

聲，是否即與中國之平上去三聲切合，今日固難詳知」既無法明瞭其間的關係，說漢語聲調起源於佛經轉讀，或因佛經轉讀而從三聲的類似上發現漢語有聲調，這樣的看法就很難成立了。

我們認為，四聲與佛教有關係，但不是陳氏所論的轉讀關係。聲調是漢語本有的語音成份，在上古時代，人們只是習焉而不察。到了東漢，佛教傳入，人們逐漸認識了梵文，於是對漢、梵兩種語言有了對比的了解（Contrastive study），乃發現有一種音韻成分是漢語獨有而梵語所無的，那就是音高的辨義作用。接著，學者們（多半是僧人）便對這些不同的音高模式進行分析和分類，終於得知，漢語原來有四種不同的音高變化，於是聲調知識在六朝時代成為一時的風尚。像沈約《四聲譜》這樣的著作，以四聲為名的就有好多部，如張諒《四聲韻略》、周顒《四聲切韻》、劉善經《四聲指歸》、夏侯詠《四聲韻略》、王斌《四聲論》等。語言的某些特徵往往是透過不同語言的對比，才顯現出來的，沒有比較，便難以自覺，只是習而不察而已。

五、「四等」與佛教的關係

等韻圖把所有的漢字歸成四個「等」，其區別在韻母開口度的大小❶。最早分「等」的資料，是敦煌出土的唐寫本「守溫韻學殘卷」，內載「四等輕重例」，已具備等韻圖的雛型。守溫既是唐代沙門，可知「等」的區分也是由精通音韻的僧人所開創的。僧人之能精通音韻，自然是由於譯經，研習拼音文字的梵文，而獲得的啟示。

六、「轉」、「攝」、與「門法」

韻圖中的各圖表不稱爲第〇圖，《七音略》和《韻鏡》稱爲第〇轉，《四聲等子》與《切韻指南》則稱爲「某某攝」。只有《指掌圖》不用此名。早期韻圖有四十三圖，即稱爲四十三轉。宋元韻圖有十六攝，每攝都有個名稱，例如「通攝」、「止攝」等。

這種「轉」和「攝」也是取自佛教。

趙蔭棠《等韻源流》云：

> 轉，如輪轉之轉。觀《大毘盧遮那成佛神變加持經》卷第五有「字輪品」可證。所謂「字輪」者，從此輪轉而生諸字也。

趙氏又引空海對悉曇字母「迦」等十二字之解釋云：

> 此十二字者，一個迦字之轉也。……一轉有四百八字。如是有二合三合之轉，都有三千八百七十二字。

於是趙氏歸結云：

> 轉是拿著十二元音與各個輔音相配合的意思。以一個輔音輪轉著與十二元音相拼合，大有流轉不息之意。《韻鏡》與《七音略》之四十三轉，實係由此神襲而成。

張世祿先生《中國音韻學史》云：

> 「轉」字的意義就是根據於向來對於佛經的「轉讀」。「轉」實亦即古之「囀」字，《說文》無「囀」字，凡言唱誦歌詠，古祇作「轉」。六代相承，凡是詠誦經文，都謂

爲「轉」。因此演變而爲唐五代的俗文、變文，一些民間的唱本，也稱爲轉。另一方面，凡是關於字音拼切的方法，也當然可謂之轉。

趙氏與張氏的意見雖不完全相同，但是認爲「轉」字一名，出自佛教，是一致的。

「攝」字亦出佛教，有「統攝」、「總持」之義。唐代日僧安然撰《悉曇藏》云：

> 又如真旦《韻銓》五十韻頭，今於天竺悉曇十六韻頭，皆悉攝盡，更無遺餘：以彼羅、家，攝此阿、阿引；以彼支、之、微，攝此伊、伊引；……

在佛教典籍裏，這個「攝」字十分普遍，如熊十力《佛家名相通釋》「四分」云：

> 此四分或攝爲三，第四攝入自證分故。或攝爲二，後三俱是能緣性故，皆見分攝。或攝爲一，相離見無別體故。

又如無著菩薩作有《攝大乘論》（有後魏佛陀扇多譯本及陳眞諦譯本）、佛教稱「收其放心」謂之「攝心」、平日常用之「攝取」一詞亦出自《無量壽經·上》：「我當修行攝取佛國清淨莊嚴無量妙土。」、《觀無量壽經》：「念佛衆生攝取不捨」與「攝取」相對的，又有「攝受」一詞：《勝鬘經》：「願佛常攝受」、門前設茶布施僧人叫作「攝待」、又「攝境」之義爲「萬法者唯識之所變，故攝千差萬別之境，而歸於一」、《唯識述記一本》：「攝境從心，一切唯識」、《指月錄》：「斂容入室坐禪，攝境安心」、佛教宗派又有「攝論宗」。

因此，等韻圖的「攝」源自佛教，是毫無疑問的。

　　至於韻圖中的「門法」一詞（解說韻圖編排規則的條文），則來自佛書中的「法門」。如《心地觀經》：「四衆有八萬四千之煩惱，故佛爲之說八萬四千之法門」，凡宇宙間之眞理，佛教皆謂之「法」，通往眞理的途徑就是「門」。如華嚴宗「現象圓融界」有「十玄門」：

　　同時具足相應門　　廣狹自在無礙門

　　一多相容不同門　　諸法相即自在門

　　隱密顯了俱成門　　微細相容安立門

　　因陀羅網法界門　　託事顯法生解門

　　十世隔法異成門　　主伴圓明具德門

淨土宗往生方法中有「五念門」：

　　禮拜門　　讚歎門　　作願門

　　觀察門　　迴向門

　　密宗欲證成佛法，也有發心門、修行門、菩提門、湼槃門等途徑。

　　等韻圖中，最早載有門法的是《四聲等子》，其中列有：

　　辨窠切門　　辨振救門　　　辨正音憑切寄韻門法例

　　正音憑切門　寄韻憑切門　　互用憑切門

　　喻下憑切門　日母寄韻門法

《切韻指南》書末的「門法玉鑰匙」是集門法之大成的資料，其中也有：❶

　　窠切門　　　　輕重交互門　　振救門

　　正音憑切門　　精照互用門　　寄韻憑切門

　　喻下憑切門　　日寄憑切門　　通廣門

　　偈狹門

　　由此看來，等韻圖和佛經對「門」的用法多麼相似！

七、早期等韻圖與佛教的關係

　　一般所謂的「早期等韻圖」指的是《韻鏡》和《七音略》。現傳的本子雖刊印於宋代，可是其原型當出自唐末五代之間。《韻鏡》序云：

> 韻鏡之作，其妙矣夫。……釋子之所撰也，有沙門神珙，
> 號知音韻，嘗著《切韻圖》，載《玉篇》卷末，竊意是書
> 作於此僧。

　　序中又說此書的來歷是「梵僧傳之，華僧續之」，明示了韻圖和佛教的密切淵源。

　　《七音略》序云：

> 七音之韻起自西域，流入諸夏。梵僧欲以其教傳之天下，
> 故爲此書。雖重百譯之遠，一字不通之處而音義可傳，華
> 僧從而定之。

　　又云：

> 臣初得《七音韻鑑》，一唱而三歎，胡僧有此妙義而儒者
> 未之聞……釋氏以參禪爲大悟，通音爲小悟。

　　序中也揭示了等韻與僧人的關係。

八、宋元韻圖與佛教的關係

所謂宋元韻圖包含了《四聲等子》、《切韻指掌圖》、《切韻指南》三部。

《四聲等子》序云：

> 切韻之作，始乎陸氏；關鍵之設，肇自智公。

又云：

> 近以龍龕手鑑重校，類編于大藏經函帙之末。

《龍龕手鑑》一書爲遼僧行均所作，沙門智光爲之序，爲解釋佛經字音之字典。至於「肇自智公」之「智公」當即沙門智光。可知《四聲等子》之作，主要在於將《龍龕》之字音歸納爲圖表，以便於閱讀佛經時檢覽字音之用。

《切韻指掌圖》卷首有手掌圖形，於五指上標明字母，其形制與佛經類似。而「指掌」一詞也帶有濃厚之佛教意味。如《楞嚴經·二》：

> 如人以手指月示人，彼人因指，當應看月，若復觀指，以月爲體，此人豈亡失月體，亦亡其指。」

明代瞿汝稷又編有佛教的語錄《指月錄》。又佛家謂心爲「指多」；謂手墨印紙爲「指印」；佛家敬禮之一稱「合掌」，《觀音經義疏》：「合掌者，此方以拱手爲恭，外國以合掌爲敬」；又「彈指」在佛經中既表示許諾，如《增一阿念經》：「如來許請，或默然，或儼頭，或彈指」，又表示歡喜，如《法華經·神力品》：「一時謦欬，俱共彈指」，又表示警告，如《法

華義疏》：「爲令覺悟，是故彈指」。

《切韻指南》現流行之版本爲「明弘治九年金台釋子思宜重刊本」，書末有「助緣比丘道謹」一行。其他現存的版本亦多半與僧人有關，如「明成化丁亥至庚寅金台大隆福寺集賞刊槧本」、「明正德丙子金台衍法寺釋覺恒刊本」、「明嘉靖甲子金台衍法寺怡菴本讚捐賞重刊本」、「明萬曆己丑晉安芝山開元寺刊本」。可見佛教對韻圖之流傳影響極大。

九、結　論

佛教與中國音韻學之密切關係，在學術史上是一項種要課題，前人在此方面已有多篇論著，例如羅常培〈中國音韻學的外來影響〉[17]、周法高先生〈佛教東傳對中國音韻學之影響〉[18]、祁漢森《漢語音韻學與佛教之關係》[19]等。其中，羅文大半討論近代西方的影響，佛教的影響只有三頁。周文討論的面較廣。祁書雖有一百四十頁，卻多半談相關的其他問題，如中印文化之特性、聲韵學之內容、切韻之產生、古代標音法、四聲與文學、上古聲調問題等，眞正觸及本題的內容極少。因此，本文乃專注於佛教與等韻圖形成之關聯作一探討，把等韵圖的每個構成因素分別考察其與佛教之淵源，然後再就幾部中古韻圖觀察，闡明其受佛教之影響。

本文提出的一些看法，可能還有不盡完善的地方，尚祁同好先進指正。

註　釋

❶ 悉曇章是古代印度梵文的字音表，跟我國的等韻圖很類似，二者有直接的淵源。

❷ 比較語言學的代表人物有弗朗茲·葆樸（一七九一～一八六七）、拉斯姆斯·拉斯克（一七八七～一八三二）、沃斯托科夫（一七八一～一八六四）、雅各布·格里姆（一七八五～一八六三）、威廉·洪保德（一七六七～一八三五）、施萊赫爾（一八二一～一八六八）等。

❸ 結構語言學的代表人物有索緒爾（一八五七～一九一三）、特魯別茲柯依（一八九〇～一九三八）、布龍菲爾德（一八八七～一九四九）、葉姆斯列夫（一八九九～一九六五）、雅克愼（一八九六～）等。

❹ 此書有趙元任、李方桂的合譯本，商務印書館發行，一九四八年。共七三一頁。

❺ 如北周庾信：「形骸違學宦，狹巷幸爲閑。虹迴或有雨，雲合又含寒。」全用＊g-聲母的字。

❻ 如梁元帝所撰《金樓子·捷對篇》：「羊戎好爲雙聲，江夏王設齋使戎鋪坐，戎曰：宦家前床，可開八尺。王曰：開床小狹。戎復曰：官家恨狹，更廣八分。又對文帝曰：金溝清泚，銅池搖漾。既佳光景，當得劇棊。」

❼ 如《廣韻》的東、冬、鍾、江……等。

❽ 四十二字的細目，羅常培曾列爲一表，可參考其〈梵文顎音五母的藏漢對音研究〉一文，收入《羅常培語言學論文選集》中。九思出版社，一九七八年，台北。

❾ 五十母之詳目可參考吳敬恒《國音沿革·序》，一九二四年。

❿ 字音、比聲、超聲之細目可參考林尹先生《中國聲韻學通論》五

十三～五十五頁，黎明文化事業公司出版。

⑪ 見張世祿《中國音韻學史》第十二頁。

⑫ 歸三十字母例收入潘重規先生《瀛涯敦煌韻輯新編》第五四五頁，原本存倫敦，原編號S五一二卷。守溫韻學殘卷收入潘書第六○六頁，原本存巴黎，原稿號P二○一二。

⑬ 三十六字母依發音部位排列，其系統如下：

唇音	幫滂並明	非敷奉微
舌音	端透定泥	知徹澄娘
牙音	見溪群疑	
齒音	精清從心邪	照穿床審禪
喉音	影曉匣喻	
舌齒	來日	

⑭ 原文載《清華學報》九卷二期。

⑮ 江永《音學辨微》：「一等洪大，一等次大，三四皆細，而四尤細。」

⑯ 等韻各「門」的含義，可參考董同龢《等韻門法通釋》一文。見中研院史語所集刊第十四本。

⑰ 見《東方雜誌》第三十二卷十四號。

⑱ 收入周法高先生《中國論文論叢》，正中書局。

⑲ 新文豐出版公司發行，一九八二年。

附　錄

上古漢語複聲母研究綜述

竺家寧　趙秉璇

　　上古漢語複輔音聲母，簡稱複聲母，是上世紀末英國漢學家艾約瑟（Edkins）首先提出來的。他發現了古漢語的來紐字與其他聲紐字的諧音交替現象，在《漢字研究導論》（1876）中提出了多種可能的解釋，其中有一種是上古漢語複輔音聲母的假設。後來這種假設逐步被中外學者接受，經過本世紀以來的深入研究，關於上古漢語複聲母的理論和構擬逐步臻於完備，認爲上古漢語有複聲母的學者越來越多。

　　本世紀中對上古漢語複聲母的研究，大致可分爲三個階段，即1924—1948年爲第一階段，1949—1978年爲第二階段，1979年至今爲第三階段。

（一）

　　本世紀初瑞典漢學家高本漢（Karlgren）在巴黎出版了《中日漢字分析字典》（1923）序言中根據艾約瑟的假設，提出了「各」、「絡」互諧是古漢語複聲母的遺迹的著名理論。趙元任將該書序言中的一部分翻譯爲漢語，稱作《高本漢的諧聲說》（

1927）。

我國學者林語堂比高本漢晚一年，也根據艾約瑟的假設，發表了《古有複輔音說》（1924），從古今俗語中的聯綿詞、古代典籍中的異文又讀，漢字的諧聲現象、同語系的語言等方面論證並構擬了〔kl-〕、〔pl-〕、〔tl-〕等複聲母，較高本漢的諧聲說更爲全面一些，是中國人研究古漢語複聲母之始。誠如後來（1960）徐德庵所說：「伊、高二人只就一部分形聲字的現象立論，沒有尋找其它佐證，林語堂則於形聲現象之外，又增加了三方面的證據。」

吳其昌《來紐明紐複輔音通轉考》（1932），列舉古代典籍中的例詞384條，「以證古時來紐明紐之爲一音，……此二紐在古時爲複輔音。」

劉文炳（耀黎）在《馬首農言·序》（1932）中認爲山西晉語中的反語駢詞是古複聲母之遺迹，指出《巷謂之合朗，棒謂之不朗，疾雷謂之忽雷，是古時言簡而音重所發現之複輔音今日尚在口中者。」

高本漢《漢語詞類》（1933）出版，再次提出關於「各」、「洛」互諧的理論，並作了充補，分爲A，B，C三類，他贊成C類的說法，即「各」〔klak〕，「洛」〔glak〕。該書後來由張世祿翻譯爲漢語，於1937年出版。

魏建功《古音系研究》（1935）中也注意到了古漢語複聲母，認爲「來紐可視爲複聲之遺迹，而古複聲遺迹不特來紐一母也。」其後論述了連綿語「二合格」，也爲探索複聲母之重要資料。

　　陳獨秀爲補證高本漢、林語堂的不足，發表了《中國古代語音有複聲母說》（1937）用方言俗語中的聯綿詞，漢字的諧聲現象，古代典籍中的又音異讀，同語系語言比較以及當代漢語方言等資料，較爲全面地論證並構擬了上古漢語的塞音邊音複聲母和鼻冠濁塞複聲母。

　　上古漢語複輔音聲母的研究，逐步引起了學術界的重視，也出現了否定觀點的論著。唐蘭《論古無複聲母，凡來母古讀如泥母》（1937），以近代中國語無複輔音，漢字諧聲系統的複雜性，同語系語言的比較只是單文孤證爲理由，批評了高本漢、林語堂的理論。爲以後的研究者提出了值得深思的問題，也成了以後研究者的主攻方向。

　　董同龢《上古音韵表稿》（1944）批評並修正了高本漢的理論，關於「各」，「洛」互諧，贊成A式說法，即「各」〔klak〕，「洛」〔lak〕。

　　陸志韋《古音說略》（1947）出版，在《上古聲母的幾個特殊問題》中，以《廣韵》中「鼻音能轉同部位或是鄰近部位的破裂音跟破裂磨擦音」大量證據，構擬了鼻冠塞音複聲母：明母〔mp-〕、〔mb-〕，泥母〔nt-〕、〔nd-〕，疑母〔ŋk-〕，〔ŋg-〕。同時還以「《切韵》『力盧』二類跟其它49類的十之八九相通轉」爲證據，討論了高本漢提出的「各」和「路」互諧的理論，肯定了C式的可能性，指出「含混作kl」，並同暹羅語作了比較，肯定了上古語有kl，ŋl，tl，sl，pl(ml)等複聲母。

　　綜觀這一階段的研究，因中間有一段在抗日戰爭時期，發表的論著不多。前期的研究只是比較籠統的、概括的研究，未能作

深入的討論，持否定觀點的學者提出的問題，還不能圓滿解決。但後期陸志韋的研究，較爲深入，基本上理順了漢字複雜的諧聲系統，具有較強的說服力。

（二）

　　唐蘭《中國文字學》（1949）出版，在《中國原始語言的推測》一書中，論述了上古漢語無複聲母，批駁了艾約瑟、高本漢的諧聲說，進一步發揮了他1937年的觀點。主要理由是「現代中國方言裡沒有複輔音的痕迹，在〈切韻〉系統的反切上字裡也看不出複輔音的現象」，「從反語的方法來說，決不允許有複輔音的」。

　　羅常培在《語言與文化》（1950）中，用古今俗語裡的反語駢詞，漢語方言，漢字的諧聲交替現象，漢藏語系同系屬語言，生動地說明了上古漢語複輔音的存在。接著又在《研究國內少數民族語文的迫切需要》（1951）中重述了這一觀點。後來又在他和王均合著的《普通語音學綱要》（1957）中專列一節《複輔音》，將上述觀點加以系統化、理論化，從而奠定了上古漢語複聲母研究的理論基礎。

　　波蘭漢學家赫邊萊夫斯基《上古漢語裡的雙音詞問題》（1956），提出了複輔音聲母的單音詞因複輔音音節分化而成爲雙音詞，即音節分化構詞的理論，爲方言和古籍中的雙音聯綿詞由複輔音聲母分化而來，提供了理論根據，使研究漢語方言中殘留複輔音聲母的遺迹成爲可能。

　　岑麒祥在《語言學史概要》（1958）中，客觀地公允地評述了前一階段的複聲母研究，指出「不僅僅是複輔音的有無問題，並且有古今音和方音的問題」，「在漢語歷史語言學沒有很好地建立以前也很難得到完滿的解答。」

　　朱星在《古漢語概論》（1959）中和徐德庵在《論漢語古有複輔音說的片面性》（1960）中，批駁了高本漢的諧聲說。徐氏針對林語堂的觀點，進行批判，並冠之以「片面性」。認爲林氏的觀點「有的牽強附會，有的單文孤證，是沒有什麼說服力的」。

　　王立達《太原方言詞匯的幾個特點和若干虛詞的用法》（1961），列舉了太原方言裡的反語駢詞11條，稱作「嵌1的詞」，爲探索上古漢語複聲母提供了重要的資料。

　　嚴學宭《上古漢語聲母結構體系初探》（1962），從大量的漢字諧聲，古聯綿詞，一字數音，讀若，方言異聲，金文初文，通假，聲訓等方面所暴露出來的複輔音聲母迹象，連繫漢藏語系少數民族語言，不僅證明了上古漢語複聲母的存在，還構擬了各種類型複聲母的框架。

　　這一階段因中國大陸發生了「文化大革命」，學術研究被迫中斷，發表或研究漢語複聲母的論著不多，從發表的論著來看，否定觀點的比肯定觀點的還要多。

　　台灣地區60年代研究的著作較少，重要的有下列幾篇：

　　方師鐸《中國上古音裡的複聲母問題》（1962）是台灣早期介紹複聲母學說的文章，扼要的把林語堂、高本漢、陸志韋、董同龢、唐蘭五位學者的觀點作了引述，對台灣地區複聲母研究工

作有啟發之功。

包擬古《藏語sdud與漢語「卒」字的關係以及st聲母的擬定》（1969）引用藏語sdud（意爲「衣褶」）認爲與漢語「卒」字有同源關係，進而推論上古漢語有st型的複聲母，後來經過「音素易位」而變成後世的ts聲母。這篇論文使台灣學術界開始注意複聲母的問題。

周法高《論上古音》（1969）是香港地區首先觸及複聲母問題的論著。其第四節論聲母部分擬訂了zd-，st-，tr-，dr-，nr-，tsr-，dzr-，sr-等型複聲母，但未論及其他型式的複聲母。文末有「上古音擬音字表」，也擬訂了一些複聲母。

七十年代這方面的著作顯著的增加了。具代表性的，包括：

李方桂《上古音研究》（1971）是高本漢之後最具影響力的著作。他認爲上古二等韵都有r介音，因此二等字都是複聲母。除了帶l的複聲母之外，李氏又擬訂了一群帶s-的複聲母，這是本文最大的特色。

李方桂《幾個上古聲母問題》（1976）對早先所擬訂的s-詞頭作了一些修正。原來擬訂的一群龐大的帶s-的舌根聲母，加以縮小範圍，帶s-的舌根音只限於中古的齒頭音字。

周法高《論上古音和切韵音》（1970）也是一篇探索複聲母的重要著作，他特別重視形聲字的材料，並把複聲母分成五類討論。一是來母和其他聲母的結合，二是心、審（山）母和其他聲母的結合，三是喻（以）母、邪母的古讀，四是喉牙音和舌齒音、唇音的關係，五是鼻音和非鼻音的諧聲。

杜其容《部分疊韵連綿詞的形成與帶l複聲母之關係》（

1970）認爲某些疊韵連綿詞是由古代的複聲母演變而成。原本的某個複聲母的單詞，由於語言的節縮與同化作用，逐漸丢失其中一部分，或把原有的複聲母音素都保留下來，不過成了另一種形式。因而造成後世一字兩讀，或疊韵連綿詞的現象。

辛勉《評西門華德的藏漢語詞的比較》（1978）針對西門華德1930年的《藏漢語詞的比較》一文所選的338對藏漢語詞進行討論。他舉出五點具體的問題，其中的第一項「古藏語一個輔音等於古漢語同部位的好幾個輔音」，和第三項「古藏語首發複輔音 r-和l-移列在聲母的後面」，所列舉的對應例往往是後世單聲母的漢字和複聲母的古藏語相對應，如「軀」古藏語SKU，「膠」rgyag等。

丁邦新《論上古音中帶l的複聲母》（1978）分五部分，頭一部分評述舊說，第二部分專從諧聲字討論，認爲造形聲字的人，用哪一種方式來表現複聲母並無成規，現在我們用形聲字來逆測語言中的情形，自然也不能用某一種方式束縛。第三部分討論了與擬測原則相關的問題。第四部分擬測上古各韵部帶l的複聲母，列成字音表。第五部分以讀若、方言、同族語的資料爲旁證，並列出帶l複聲母的演化情形。

梅祖麟《試論幾個閩北方言中的來母S-聲字》（1971）這是和羅傑瑞聯名發表的。他們依據建陽、建甌、邵武、永安等方言，把l-讀成S-認爲這個S-的來源是上古的Cl-型複聲母。

許世瑛《詩集傳叶韵之聲母有與廣韵相異者考》（1974）列出14條朱熹叶韵的反切，認爲其中6條有可能是上古複聲母的遺迹。

　　陳新雄《酈道元水經注裡所見的語言現象》（1978）就六世紀的《水經注》中隱含的複聲母證據提出討論，共得8條，認為是上古音的殘留，保存在方俗語言中。

　　龍宇純《上古清唇鼻音聲母說檢討》（1978）認為明母與曉母的諧聲不可能是個雙唇清鼻音，而是牽涉到曉母合口成分而近似明母，另一個假設是：凡與曉母互諧的明母字本是個複聲母hm-。

　　張琨《漢語、苗瑤語、藏緬語中〈鼻音十塞音〉的聲母結構》（1976）分成三個階段表明〈鼻音十塞音〉複聲母的演化過程：原始漢語、諧聲時代、中古音。又用同族語言的資料相印證。

　　張琨《漢語"S＋鼻音"的複聲母》（1976）和上一篇論文是同年在台灣發表的。在這篇文章中，他提出六條假設，頭兩條是前文提過的"鼻音＋塞音"複聲母，後四條是新提出的S-N-g（g表任何塞音）型複聲母。他用藏語作比較，獲得很多的啟發。

　　海外地區研究上古漢語複聲母的重要著作有：

　　高本漢《漢文典》（1940）擬訂了一些複聲母，例「史」Sl-、「數」gl、「需」Sn-，「監」Kl-、「變」Pl-等。但是沒有描述其系統。後來的《修訂漢文典》（1957）情況差不多。至於《中國聲韻學大綱》（1954）和《漢語詞類》（1933）則對複聲母的結構型式與存在範圍作了討論。高氏是國外學者中研究複聲母最早、貢獻最大的學者。

　　蒲立本《上古音的聲母系統》（1962）也是早期研究上古漢

語複聲母的重要著作。他在文中評述了雅洪托夫的一些觀點，並主張二等字上古爲帶有l成分的複聲母。

自保羅《漢藏語概要》（1972）有四十多頁專論漢語，他認爲上古複聲母中，有些其實是個詞頭。他又認爲歷史上，周民族屬漢藏系，商民族非漢藏系，因此，漢藏語的成分只構成漢語的表層，而底層另有不同的來源。後來他又發表《再論漢藏語言》（1976）擬訂出原始漢藏語的輔音系統。又把上古的複聲母和詞頭加以區分，例如 Sn-、SK-不同於S-n-、S-K-。此外，他也擬訂了幾種CCC-結構的複聲母，例如「數」S-gljug、「繆」m-kljog。

包擬古《釋名研究》（1954）分三部分討論漢代的複聲母：一、舌根音與l的接觸。二、l與非舌根聲母的接觸。三、含有鼻音成分的複聲母。其研究著重在一組一組聲訓字的分析，所得的結果較爲零碎，不能構成一個體系。不過，對於音訓的處理，比早期只知作雙聲疊韵的分類，顯然是更進一步的。後來包氏又發表《反映在漢語中的漢藏語S-複聲母》（1973）大量的運用同族語言印證上古音的複聲母。

富勵士《高本漢上古聲母說商榷》（1964、1967）有關複聲母的部分特別著重帶l的討論上，他擬了一個舌面邊音（喻四）和舌尖邊音相對。這些邊音前面的成分往往是詞頭，他舉出了一些邊音前面的舌頭音有「致使」的意義，這和藏語的情形相吻合。他後來寫成的《論漢語言》（1973）第六、七兩章專論複聲母，較有系統的敘述了複聲母，並把舌尖鼻音的複聲母分成顎化與非顎化兩類。但富氏對S-型複聲母卻未提及。

　　柯蔚南《說文讀若聲母考》（1978）統計820個讀若資料，分作五類體例。並依發音部位順序分別討論。其所擬複聲母主要爲帶l（r）和帶S-兩大類。至於有些讀若不易解釋其聲音關係，柯氏認爲是方言造成的。他的最大貢獻是把複聲母作了斷代的描述，而不是像前人一樣籠統的包含了上下千年的語音系統。

　　薛斯勒《上古漢語的詞頭》（1974）和《上古漢語的R與L》（1974）兩篇文章都對複聲母進行了討論。尤其後者提出不少新的看法。他認爲喻四上古爲l，並以藏語、藏緬語來證明。他又認爲四等字上古有l介音，和二等字的r介音相對稱。這樣就造成了上古音中大量帶l（或r）的複聲母。

　　楊福綿《古漢語的S-詞頭》（1976）以及他一系列的複聲母研究都把重心放在S-型複聲母上。其研究材料主要爲諧聲字、漢語同源詞、漢藏語同源詞、現代方言。在《古漢語※S-KL-複聲母與藏緬語的對應》（1977）一文中，大量羅列了同族語言對應的例子，共有112組。這樣的比較，不但爲上古漢語複聲母找到了有力的證據，也爲漢藏語言的歷史研究奠定了很好的基礎。

（三）

　　從70年代末以來至今的十餘年中，上古漢語複聲母研究空前發展，新的研究資料，新的研究方法不斷出現，特別是大陸中國音韵學研究會的建立，每次音韵學研討會上都有從不同角度，用新的資料和方法研究上古漢語複聲母的論文發表，持否定觀點的學者提出的問題基本得到了解決。

考古資料的發現和利用。考古發掘迅速發展，出土資料相當豐富，銘文和簡牘中的大批通假字，爲構擬古音，探索上古漢語複聲母，提供了許多前所未見的新資料。

周祖謨《漢代竹書和帛書中的通假字與古音的考訂》（1984），對山東臨沂銀雀山漢墓所出土的竹書和長沙馬王堆漢墓所出土的帛書中的七種材料，進行了爬梳整理，考訂出古聲類有三組、七種複輔音聲母：pl、ml、tl、sl、sm、kl、xm。

劉寶俊《〈秦漢帛書音系〉概述》（1986）對長沙馬王堆出土的帛書通假字進行了整理分析，得出秦漢帛書音系有四種類型複聲母：與邊音※-l-構成的複輔音，以S-爲前綴的複輔音，※X-與鼻音構成的複輔音，鼻冠塞音聲母。認爲帛書音系的複聲母正處在一個逐漸消失衰亡的過程中。

古漢語聯綿詞的重新整理與研究。漢語古籍中的聯綿詞的研究，由來已久。學者們認爲古漢語中的聯綿詞與複聲母有某些聯繫，程瑤田的《果裸轉語記》，王國維的《聯綿字譜》都觸及複聲母的問題，可惜當時他們並沒有認識到。近年來對古漢語聯綿詞的重新整理與研究，爲上古漢語複聲母研究提供了重要的資料。

董爲光《漢語「異聲聯綿詞」初探》（1986）將「聲母不同的聯綿詞」稱爲「異聲聯綿詞」，從「結構特徵」、「語源聯繫」並同親屬語言比較進行研究，認爲「異聲聯綿聲母格式是複輔音聲母組合的繼承和發展」。

曾運乾《古語聲後考》（1986年何澤翰整理）對84條「古語聲後」作了詮釋。聲後之說源於陸德明《釋文》，曾文中列舉

的「聲後」都屬古來母字，是「國語複輔音之證」。

　　漢語方言資料的發掘與整理，漢語方言調查的開展、各種方言資料的發表和各地方言志的出版，爲探索研究上古漢語複聲母提供了豐富的資料。由於現代漢語方言有無複聲母的遺迹，是上古有無複聲母問題爭論的焦點，於是漢語方言中可供探索研究複聲母的資料更顯得珍貴。

　　趙秉璇《晉中話「嵌1詞」匯釋》（1979），記錄並詮釋山西晉語中的「嵌1詞」88條，以後又補遺增加到102條（1989）。由於這一類詞的第2個音節都是邊音作聲母，被認爲是古有後置輔音爲邊音的複聲母遺迹，該文發表以來爲許多研究複聲母的論著所引用。

　　董樹人《晉中話「嵌1詞」與北京話對應詞的比較》（1983）列舉北京話中的「嵌1詞」34條，反映了由上古漢語複聲母的雙音節詞衍變而來的「嵌1」連綿詞，在兩個不同的方言中的不同語音表現形式。

　　賀巍《獲嘉方言的表音字詞頭》（1980）中所列舉的「分音詞」，梁玉璋《福州方言的「切腳詞」》（1982），粟治國《伊盟方言的「分音詞」》（1991）等，也都是由方言探索古代漢語複聲母的珍貴資料。此外，趙秉璇《太原方言裡的反語駢詞》（1984）《晉中話反語駢詞集釋》（1990），研究山西晉語中的「嵌1詞」與其相對應的音義相合的單音詞的關係，也爲研究上古漢語複聲母提供了資料。

　　漢字諧聲系統研究的新發展。利用漢字諧聲交替的現象研究上古漢語的複聲母，始於艾約瑟，高本漢，但有的學者認爲「漢

字諧聲系統裡的問題是非常複雜的」（岑麒祥1958），「諧聲偏旁在聲母方面變化多端」（王力1957），這樣用諧聲交替來構擬複聲母較爲困難。但近年來學者們在擬測複聲母時不是孤立地運用漢字的諧聲交替現象，而是與其它資料結合起來進行研究，理順了「非常複雜」「變化多端」的漢字諧聲系統。

喻世長《用諧聲關係擬測上古聲母系統》（1984），「借助《切韻》讀音，研究古代諧聲字中主諧字和被諧字之間」「語音的相似和差異」，找出「聲母互諧關係」，擬測出了「第一類複輔音十二個，按其結構性質分爲XM、MP、PL、ML四個類型」。「第二類複輔音二十一個，按甚結構性質分爲ST、SD（包括SN、SL），ZT、ZD四個類型。

雅洪托夫《上古漢語的複輔音聲母》（1986葉蜚聲等譯），利用漢字的諧聲交替現象，結合切韻音系的等呼，並與同系屬語言進行比較，構擬了「任何輔音與其後的1的組合」，指出「二等字中有1音」「所有的中古二等字在上古都有帶1的複輔音聲母」。同時利用「清擦音和響輔音的交替」，構擬了「S與其後的響輔音組合」。

漢語同漢藏語系語言的比較研究。漢語與同系屬語言的比較研究，是音韻學研究方法的更新，成爲發展上古漢語複聲母研究的一條大路。馬學良指出：「漢藏語系語言，對於研究漢語特別是古漢語有重要的證發作用，」「對古漢語聲母的擬測，參照親屬語言也是有啟發的。」（1983）嚴學宭更進一步指出：「從現代漢語方言和有親屬關係的漢藏語系各語言的比較，」「以完成上古、中古漢語的語音系統，並創擬原始漢語」（1980）。

　　邢公畹《原始漢台語複輔音聲母的演替系列》（1983），根據李方桂《漢台語考》的資料，"擴而充之"，構擬出漢語和侗台語帶複輔音聲母的同源詞演替系列的兩種型式。

　　鄧方貴、盤承乾《從瑤語論證上古漢語複輔音問題》（1984），根據廣西全州瑤語標敏方言的複輔音聲母pl、phl、bl和kl、khl、gl與漢語的一部分幫、滂、並和見、溪、群以及澄母進行比較研究，證明了「漢語和瑤語一樣，古時候都存在輔複音聲母，」很有說服力。

　　鄭張尚芳《上古音構擬小議》（1984）、根據苗語的材料，構擬了一套上古漢語鼻流音聲母：mh撫、nh帑、rb寵、ln胎等，還有前面帶S-、n[ɦ]-、[ʔ]-冠音的各一套。

　　趙秉璇《太原方言裡的複輔音遺迹》（1986），《漢語、瑤語複輔音同源例證》（1987），《林語堂〈古有複輔音說〉「俗語」今證》（1989），《陳獨秀〈中國古代語音有複聲母說〉今證》（1991），以山西晉語太原方言反語駢詞中的雙音節l詞，與瑤語標敏方言複聲母詞的同源對應比較，論述了上古漢語塞音邊音複聲母kl、tl、pl的存在。

　　潘悟雲《漢藏語歷史比較中的幾個聲母問題》（1987），以漢語、藏語比較研究（兼及其它漢藏語系語言）54例，討論了漢語、藏語同源的※C1和C-l-兩種類型的複輔音聲母。

　　曹翠雲《苗語和漢語語音變化的共同點》（1991），發現漢語和苗瑤語交錯使用一個複輔音，並據此論述了漢語和苗瑤語相對應的複輔音聲母kl、tl等。同時還發現古明母在閩語某些方言中m-與b-交替使用，連繫苗語湘西和川滇方言，論述了上古漢

語的鼻冠濁塞複聲母。

從外族語言的漢語借詞研究上古漢語複聲母。尚玉河《「風日纏字」和上古漢語複輔音聲母的存在》（1981），從朝鮮語中的漢語借詞論證了上古漢語中有複聲母，並論及了它們的四種演變方式。

個別詞語複聲母形式的研究。張永言《語源札記三則》（1983），論證了「貌」，這個詞的聲母原當爲Pl／P′l，念作P-／P′-或l乃是後來複輔音離散的結果。同時還論證了「『焚輪』、和『積』是所謂一語之轉：聲母爲b′l＞d′-」。

李格非《釋『芳』、『棘』》（1984）以豐富的資料說明上古「芳」、「棘」同音，「見，來兩母替代，」「源於複輔音（kl）」。

嚴學宭、尉遲治平《說「有」「無」》（1985），以豐富的資料從語音、語義和文字諸方面，對漢語「有」「無」的關係進行研究，將「有」「無」的語源構擬爲三合複輔音聲母。

個別古聲母來源於複聲母的研究。楊劍橋《論端、知、照三系聲母的上古來源》（1986），以漢字諧聲關係、漢藏語系比較、現代漢語方言，論證了中古漢語照三系來源於複輔音聲母※klj-、※k′j、※glj-，而端、知系也有一部分來源於※kl、※k′l、※gl-。

潘悟雲《中古漢語擦音的上古來源》（1990），運用諧聲關係、古文異讀、漢藏比較等方法構擬了中古擦音聲母心、邪、書、船、山、曉六母來源於上古漢語的三合或四合複輔音聲母。

個別類型複輔音聲母的研究。張永言《關於上古漢語的送氣

流音聲母》（1984），以漢字的諧聲關係爲主，輔之以古書異文，古字通假，爲上古漢語構擬了一套送氣流音聲母〔mh〕、〔nh〕、〔th〕等。

嚴學宭、尉遲治平《漢語「鼻－塞」複輔音聲母的模式及其流變》（1986），以漢語古代典籍中的異文、讀若、直音、又音、聯綿詞同《說文》諧聲對照，並聯繫域外對音和漢語方言，以大量的豐富的資料，論證了上古漢語中存在的鼻－塞複輔音聲母，其結構形式爲N-D，即鼻冠音和同部位的濁塞音組成。

張世祿、楊劍橋《論上古帶r複輔音聲母》（1986），從漢字諧聲系統和漢藏系語言比較。論證了上古漢語帶r複聲母的各種組合類型，以及它們的四種演變規律。

笪遠毅《古漢語複輔音聲母〔ml-〕考》（1987），從聲訓、代語（方言之間的同義詞）、異名、諧聲、又音、傳說及親屬語言等方面，論證並構擬了上古漢語複輔音聲母〔ml-〕。此外，作者還有用同樣方法進行研究的《上古漢語複輔音聲母〔kl-〕考》（1988）。

鄭張尚芳《上古漢語的S-頭》（1990），以漢字的通假、異讀、轉注及諧聲，結合漢藏語比較，構擬了S-爲前置輔音的複輔音聲母15種，同時還構擬了以h-爲前置輔音的複輔音聲母6種。

上古漢語複聲母體系的構擬。嚴學宭《原始漢語複聲母類型的痕迹》（1981），從《說文》諧聲、古籍聯綿詞對比漢藏語系藏緬語族各語言同類型的模式，以及《集韻》的又音和大量的「轉注」，構擬了上古漢語複輔音聲母的全部框架，二合複聲母八組，三合複聲母六組，四合複聲母一組。作者在《周秦古音結構

體系》（1984）中將其具體化。

席嘉《〈上古音研究〉索引》（1989），將李方桂《上古音研究》構擬上古音的例字，按筆劃順序排列整理出來，文後還有整理出來的《上古音研究》聲母演變表，從中可以看出李氏構擬上古漢語複聲母的全部面貌。

音韵學專著中的評述。1979以來，出版了不少音韵專著，在這些通論性的著作中，大都對上古漢語複聲母研究作了較爲客觀的評述。有三種情況：㈠認爲上古漢語確有複輔音聲母，但尚需進行深入的研究。如方孝岳（1979），邵榮芬（1979），李思敬（1985），李新魁（1986），李葆瑞（1988），嚴學宭（1990）。㈡作爲一樁懸案存疑。如任銘善（1984）。㈢否認上古漢語複輔音聲母的存在，主要依據是現代漢語方言中沒有複聲母的基礎（痕迹）。如王力（1985）等。

此外，在一些概述音韵學研究的論文中，也提到了上古漢語複聲母的研究。如李新魁（1980），張世祿（1981），崇岡（1982），嚴學宭（1980、1986、1990），吳文祺（1982、1983），馮蒸（1987），唐作藩、楊耐思（1989）。都當作一個問題，專門進行了評述，並指出是音韵學研究的攻堅任務。

關於上古漢語是否有複輔音聲母的辯論。任何學術都是在爭鳴、辯論中成長發展的，關於上古漢語複聲母的假設也是這樣，假設是通向眞理的橋樑，眞理愈辯愈明，這已成爲學術發展的通例。上古漢語複聲母問題是在爭鳴、辯論中發展完善的。1980年大陸中國音韵學術研究會首次（武漢）學術討論會上專門進行討論，兩種意見展開爭論；1988年第5次（桑植）年會上又有過交

鋒。通過爭論促進了上古音研究。討論後有關爭論的或主張有複輔音聲母的論著發表了不少。

對上古漢語複聲母持否定觀點的學者提出的問題，有的是對整個複聲母的存在提出異議，有的則是針對某一構擬材料提出質疑。這些都推動了複聲母研究的發展，經過十餘年的研究，有些問題已經解決，有的正在解決中。

王健庵《「來紐」源於「重言」說——兼論帶l的複聲母問題》（1979），認爲「這種帶l的複聲母（或稱複輔音）的假說，一直沒有得到大家承認，只能作爲一個待考的問題留到今天。」主要理由是「這種複聲母假說，不僅不能圓滿解釋「來紐」跟許多不同「紐」的字的糾葛，而且也不合漢語的習慣和歷史事實。」

徐通鏘《山西平定方言的「兒化」和晉中的所謂「嵌l詞」》（1981），認爲「上古究竟有沒有帶〔l〕的複輔音，本身就是一個疑案，」「嵌l詞」不是上古帶〔l〕的複輔音的遺迹。主要理由是：找不到與「嵌l詞」相應的單音節語素和某些「來」母字有諧聲關係。

劉又辛《古漢語複輔音說質疑》（1984），從三方面來質疑：關於方言資料，認爲「如果上古音果然有複輔音聲母存在，那麼在漢語方言中不可能消失的這樣乾淨」，所以「從漢語方言材料看來，很難從這方面說明上古複輔音的存在。」關於親屬語言證據，認爲「根本原因是由於漢語跟親屬語言之間的關係，比較複雜，很不容易找到成批的、可靠的對應材料來做歷史比較研究。」關於諧聲聲符，認爲「這一類諧聲聲符有一大批，如果按

照複輔音說的原則辦理，就得把這些聲母擬爲kml-、kbsl-之類複音群。但是這樣一來，不是脫離漢語的實際情況更遠了嗎？」

王力《漢語語音史》（1985），認爲「從諧聲系統看，似乎有複輔音，但是，現代漢語爲什麼沒有複輔音的痕迹。」指出「高本漢所承認的諧聲偏旁，應擬測爲複輔音，而高氏撇開不講的……不勝枚舉。上古音的聲母系統，能這樣雜亂無章嗎？所以我不能接受高本漢上古複輔音的擬測。」

張生漢《反語駢詞與複輔音》（1989），認爲反語駢詞不是上古漢語單音詞裡複輔音聲母簡化的結果。主要理由是反語駢詞中與雙音詞相對應的單音詞，在《說文》的諧聲字中沒有反映出來。

這一階段，中國大陸的上古漢語複聲母研究，方興未艾；台港地區和海外的研究也有了重大發展。

在這個階段台灣方面的複聲母研究主要是竺家寧的一連串論文，從1981-1991年共有15篇相關的文章。下面分別介紹其主要幾篇的觀點。

竺家寧《古漢語複聲母研究》（1981）爲760頁的專著，開頭先敘述過去的研究情形，包括了中西學者的貢獻。其次討論了複聲母研究的依據和音值擬訂的基礎。然後把上古複聲母分成四大類型：帶l（r）的，帶S-的，帶喉塞音的、帶舌尖塞音的。最後描述了複聲母的結構與系統，並探討其演化與消失。《經典釋文與複聲母》（1985）探索了《經典釋文》音切中所遺留的複聲母痕迹。《說文音訓所反映的複聲母》（1991）由《說文》音訓資料中觀察複聲母的情形。對於西方學者複聲母研究的評介方

面，竺氏有《蒲立本複聲母學說評述》（1986）、《白保羅複聲母學說評述》（1990）兩篇，以及《釋名複聲母研究》（1979）、《反映在漢語裡的漢藏S-複聲母》（1991）兩篇譯著。開拓了這方面研究的視野。至於《上古漢語帶舌尖塞音的複聲母》（1984）、《上古漢語帶舌尖流音的複聲母》（1984）、《上古漢語帶喉塞音的複聲母》（1983）、《上古漢語「塞音＋流音」的複聲母》（1990）諸篇都是在《古漢語複聲母研究》的基礎上提出了一些修正和補充。

其他有關複聲母研究的學者還包括：

金鍾鑽《高本漢複聲母擬音法之商榷》（1989）為191頁之專著，他反對複聲母中濁音先消失的觀點，認為除帶r、1的以外，複聲母的消失乃受元音之影響，與元音距離遠的輔音，不論清濁，必先消失。

梅祖麟《之、其同源說及其相關的幾個上古聲母問題》（1981）認為上古有krj-複聲母，後來循兩種途徑變成trj-（＞Tj-）和kj-兩種聲母。krj-轉為tj-的時代約在五六世紀時。「之」tjəg「其」gjəg兩字為同源詞，皆來自krjəg型式。

梅祖麟《上古漢語S-前綴的構詞功用》（1986）認為漢語的S-詞頭有使動化與名謂化兩種功能，與藏語相同。例如「順d-：馴sd-／z」為使動化，「帚t-：掃St-」為名謂化。此外，也有方向化的功能，例如「聽th-：聖Sth-。」

雲惟利《從新造形聲字說到複音聲母問題》（1991）從《宋元以來簡字譜》中的一千多個俗體字分析，認為其中形聲字與聲符的語音關係未必相合，因而推論上古也有方言，形聲字所從的

聲旁不同音是很自然的。因此認爲依據形聲字探索複聲母未必合適。

海外地區研究複聲母的專著較具有代表性的有：

楊福綿《原始漢語的雙唇音詞頭》擬訂了p-、p'-、b'-、mb-，四種雙唇音詞頭，並分別說明了它們的詞頭功能。引據的資料包含形聲字、聯綿詞、同源詞、現代方言、同族語言。

包擬古《上古漢語l、r介音的證據》（1979）第一節論二等字的r介音，證明相對應的藏文也是帶r的。第二節論帶l的複聲母，如Kl、Pl之類。第三節論Kr-與Kl的合併。第四節論上古的l-聲母。第五節論K-l-複聲母演化爲中古t-的情況。第六節論p-l-複聲母演化爲中古t-的情形。

白保羅《上古漢語詞頭S-與藏緬語、卡倫語的對應》（1981）探索了漢藏各語言的S-詞頭的功能，並爲上古漢語擬訂了sk／t-、sg／i-、sk'／t'-、sg'／d'-等類型的複聲母。白氏另一篇論文《上古漢語的聲母》除了S-詞頭外，也討論了r-、m-b-、g-、d-，以及喉塞音詞頭。此外，還擬訂了幾種帶S-和帶喉塞音的三合複聲母。

沙加爾《藏緬語※MLIY的漢語同源詞》（1985）考訂了「里」字以及從里得聲的一群字的聲母關係，認爲和藏緬語的「mliy」一詞（土地、鄉里之義）同源。

根據我們迄今所掌握的資料所做出的統計，自艾約瑟提出漢語古有複聲母的假設以來，共發表研究上古漢語複聲母的論文一百九十餘篇，其中包括附論50餘篇。否定觀點的10餘篇。將近一個世紀以來，許多中外著名學者都對上古漢語複聲母進行了較

爲深入的探索，豐富了漢語上古音研究的內容，也推動了古漢語音韵學研究的發展，中外學者同力合作，在漢語音韵學研究史上寫出了光輝的一頁。

《古漢語複聲母論文集》序

嚴學宭

　　科學研究貴在求眞和創新。出新見，一要有新的觀點，二要有新的方法，三要有新的材料。新的材料，不少是源自例外。規律常有例外，不忽視這些異常現象，重視例外，分析例外，解釋例外，往往就是科學研究的開端。有正確的理論，觀點作指導，運用科學的方法作工作，例外現象的研究，就會開闢科學研究的新領域，總結出例外蘊蓄的規律，就求得了新的眞理。

　　在漢語上古聲母系統的研究中，學者往往先擬定幾條諧聲原則，凡符合原則的，就是正常的諧聲，不合原則的，則是例外諧聲。其實，除諧聲行爲外，聲母的其他各種語音行爲，諸如通假、異文、重文、音注、又讀、聲訓、聯綿詞、方音、譯音、同族詞、同源詞等等，無不可以運用這些原則來進行鑒定，區別正常和異常、規律和例外。清代學者雖然沒有說出或寫下什麼「諧聲原則」，但在他們的心目中，應該都懸有自己的一套原則，雖然或寬或嚴，有的較爲明確，有的不免模糊，否則他們是不可能判斷音韵現象的正變，即語言現象的規律和例外的。

　　上古單輔音聲母，互相之間常有接觸，有一些關係，用諧聲原則是不好解釋的。例如來組跟其他所有的聲母幾乎都可以發生關係，鼻音跟同部位的塞音常發生關係，擦音跟塞音或塞擦音常

發生關係，甚至脣音、舌齒音和喉牙音之間也可以發生關係。這
些聲母，彼此之間發音部位或者發音方法迥異，互相接觸，用語
音學原理難以說明。這就是例外。對於這些異常諧聲現象，音韻
學家大致有三種不同的觀點。第一種觀點認爲是古代方音不同，
或者是古代讀音有異。按這種觀點，古代一字本有異讀，甲跟乙
發生關係，甲就有乙音，甲再跟丙發生關係，甲又有丙音，實際
上否認它們之間有音韻關係，沒有對這種例外現象作出任何語言
學的解釋。第二種較流行的觀點，是認爲上古不同的聲母可以互
相「通轉」。持通轉說的學者，多訂有一些古聲紐通轉條例，通
轉條例嚴格的，忽視例外，閉口不談異常諧聲現象，條例寬泛
的，則不同聲紐之間幾近於無所不通，無所不轉。陳獨秀先生指
出，按通轉說，「脣喉可通轉，脣舌又可通轉，一若殷周造字之
時，中國人之語音脣舌猶不分明，但嗡嗡汪汪之如蚊蠅犬豕之發
音然」，可謂一語中的。第三種觀點，認爲這些發生異常關係的
聲母，上古另有來源，其聲母由幾個輔音構成，經過歷史音變，
演化爲中古不同的聲紐。拘守中古的單輔音聲母系統來觀察，自
然認爲這是一種不好解釋的例外現象，而從上古漢語有複輔音聲
母的觀點來看，這些倒是正常的語音現象。這就是複聲母學說。
異讀說否認不同聲母接觸的異常現象的存在，通轉說否認不同聲
母接觸是異常現象，各執一端，但是都沒能對這種例外現象作出
語言學的科學的解釋。複聲母說認爲中古不同聲母接觸的異常現
象，實際上是上古複聲母的正常結構的折射，異常反映了正常，
例外蘊涵著規律，這就是辨證法。正因爲複聲母說對例外做出了
令人信服的科學解釋，是一種眞知，也是一種新見，所以它提出

最晚，生命力卻最活潑，一個多世紀來日益發展壯大。

複聲母學說的提出，可以上溯到上個世紀下半葉。早在
1874年，英國漢學家艾約瑟（Joseph Edkins）在提交給第二屆遠
東會議的論文中，即已提出，根據諧聲字來看，中國古代應該有
複聲母。但當時適值同治末年，神州風雨如磐，清室衰微，以段
王爲代表的中國小學已近終結，而中國的現代語言學，還僅能見
到一抹熹微的曙光，所以，艾約瑟的觀點，並沒有引起中國學者
的注意。到了本世紀初，瑞典漢學家高本漢利用漢字的諧聲偏
旁，構擬了一套上古複聲母，國內著名學者林語堂也在1924年
發表了《古有複輔音說》，力加倡導。高林二位，互不相謀，同
時發難，石破天驚，引起中國學術界的廣泛注意，或闡揚其是，
或指斥其非，凡討論漢語上古聲母問題的，不能不表明自己的態
度，不能不發表自己的意見。從那時至今，複聲母的研究，大致
經過了三個階段，掀起了三個高潮。

二十世紀三、四十年代，是複聲母研究的第一個高潮。從事
複聲母研究的，除了高本漢外，主要是中國學者。著名語言學家
林語堂、吳其昌、聞宥、陳獨秀等人，紛紛撰文論述複聲母的存
在與類型；魏建功《古音系研究》（北京大學出版組，1935
年）、董同龢《上古音韻表稿》（史語所單刊甲種21，1944
年）、陸志韋《古音說略》（燕京學報專號之20，1947年）等音
韻學經典著作，更進一步對複聲母說進行了闡述。這一階段的研
究工作主要是搜尋複聲母存遺的各種證據，並初步探討了複聲母
的一些結構類型，主要是嵌l複聲母。

六十年代，複聲母研究開始進入第二階段，到七十年代，更

形成了新的高潮。這一階段的重點，在於複聲母的結構類型，特別是來母和其他聲母接觸的Cl／r型，擦音和其他聲母接觸的SC型，鼻音和同部位塞音接觸的NC型等，都有深入的討論。許多學者還利用漢藏比較語言學的研究成果，探討了以前綴形式存在的複輔音聲母。這一階段的另一個顯著的特點，是研究的重心明顯移向了海外，發表重要研究成果的，如李方桂（《上古音研究》，清華學報新9卷1、2合期語言學專號，1971年）、張琨、梅祖麟、楊福綿、蒲立本（E. G. Pulleyblank : The Consonantal System of Old Chinese, Asia Major 9, 1961-1932）、白保羅（Paul K. Benediet : Sino-Tibetan : A Conspectus, Cambridge University Press, 1972）、馬提索夫（James A. Matisoff）、包擬古（N. C. Bodman）、薛斯勒（Axel Schuessler）、白一平（W. H. Baxter）、柯蔚南（W. South Coblin）、楊托夫（C. E. Rxourob），無一不是華裔美籍學者或外國學者。相比之下，中國學者的研究則較爲冷清。台灣學者的重要論著，有周法高的《論上古音》（香港中文大學中國文化研究所學報2卷1期，1969年）和《論上古音和切韻音》（同上3卷2期，1970年），丁邦新的《論上古音中帶1的複聲母》（《屈萬里先生七秩榮慶論文集》，1978年），在大陸方面，我在1962年發表了《上古漢語聲母結構體系初探》（《江漢學報》6期），爲上古漢語構擬了六種結構類型的複輔音聲母。

　　八十年代，複聲母研究進入了第三階段。僅就大陸說，1977年後，漢語音韻學進入了一個新的時代，複聲母研究，也出現了空前繁榮的局面。據本書編者趙秉璇先生統計，1924年至25年

間發表的有關古漢語複輔音聲母研究的論文共17篇，1950年至
1976年26年間是7篇，而1977年至1991年14年間，竟達100餘
篇。研究者從各種角度，挖掘各種新的材料，運用各種新的方
法，深入研究了複聲母的各種類型及其演變規律。研究的重心復
歸中華本土，令人欣慰，參加研究的學者多，特別是中青年學者
多，更讓人感到高興。這說明複聲母學說已經得到了廣泛的承認
和迅速的發展，複聲母研究的第三個高潮已經到來。自五十年代
以來，我在大陸研究鼓吹複聲母學說，應和者寡，反對者亦寡，
常有寂寞的感覺，想不到在有生之餘年，能欣逢複聲母研究的又
一高潮，看到學術的進步，興奮感慨之情，是筆端難以表述的。

在八十年代，複聲母研究的重要發展，是出現了系統研究複
輔音聲母的論著。我在 1978年將自己多年研究複聲母的心得，
寫成了《原始漢語複輔音聲母的痕迹》一文， 1981年提交給第
十四屆國際漢藏語言學會議，後來在《中南民族學院學報》1981
年第 2期上發表了論文的提要。在文章中，我根據異常諧聲現
象，爲上古漢語構擬了八組二合複聲母、六組三合複聲母，並指
出上古漢語中還可能存在四合複聲母的證據，討論了各種類型複
聲母的結構方式，以及它們消失、簡化或湊合產生新的音素的途
徑和迹象。同時，台灣學者竺家寧先生在1981年發表了他的博
士論文《古漢語複聲母研究》，爲上古漢語構擬了五類十七組60
個複聲母，並討論了它們的結構規律和演化條件。這兩篇文章的
共同特點，是將複輔音聲母列爲專門的研究課題，在全面整理異
常諧聲現象的基礎上，系統地構擬上古漢語的各種複聲母結構類
型。以往學者只是在研究上古聲母系統時，附帶討論複聲母問

題，僅涉及一些特殊類型的複聲母。相比之下，八十年代複聲母
的研究顯然已經發展到了一個新的階段。

我跟竺先生素未謀面，不通音訊，研究的興趣卻是相投的，
研究的結論，也有許多地方是相通的。例如關於二合複聲母的構
擬：

嚴：一類BC　二類DC　三類GC　四類NC

竺：　　　　四類DC

嚴：五類XC　六類ʔC　七類SC　八類Cl

竺：　　　　三類ʔC　二類SC　一類Cl

竺先生的構擬，建立有嚴格的構擬原則，對發展到後世聲母的演
化條件，也有很好的解釋。我的論文發表後，自己覺得構擬常由
中古聲母拼合而成，有任意性和簡單化的傾向，早想制定一個比
較嚴格的條例，重新進行全盤系統的整理，使複聲母簡單而系統
化，並便於解釋複聲母發展爲單聲母的演化條件和途徑。這一願
望，我在好幾篇文章裡都曾經表達過，但由於年事已高，近年又
纏綿病榻，一直沒能實現。後來我看到竺先生的大作，認爲他之
所長，正可糾我之失，心裡很是高興，同時，又私以爲拙文所發
掘的複聲母痕迹，也許也可供竺先生研究的參考。

學術爲天下之公器，研究者互補互長，科學才能不斷進步。
以前，我們對海外學者的研究成果了解不多，海峽兩岸的音韻學
工作者，也缺乏切磋交流的機會。現在由山西的趙秉璇先生和台
灣的竺家寧先生合作，編選這本《古漢語複聲母論文集》，精選
1919年至1990年七十年間國內外發表的研究上古漢語複輔音聲
母具有代表性的論文二十餘篇，並附錄1924年至1991年古漢語

複輔音聲母研究論文篇目索引，是對一個多世紀以來古漢語複聲母研究的回瞻和總結，也爲研究者提供了國內外和海峽兩岸的研究精品，爲複聲母研究的繼續前進提供了很好的參考，是一件大好事。

回顧是爲了前瞻，總結是爲了奮進，希望本書的出版，能從此開拓複聲母研究的新局面，引發複聲母研究的又一個高潮。我以爲，我們今後的任務，可以歸納爲「總結、提高、深入、開拓」八個字。

總結，是要將過去研究的成果進行全盤的整理，將各家研究中的合理部分加以綜合、融匯。過去的研究，重點是特殊類型的複聲母，從語音系統的角度看，不免零碎，而系統化，網絡化，正是學科成熟的重要標誌。我和竺家寧先生做過一些系統的研究，其他一些先生在研究上古聲母系統中，也討論過複聲母系統，但看來這方面還有很多工作要做，需要汲取各家之長，融會貫通。要研究上古漢語複輔音聲母到底有多少結構類型，每種類型各包含多少複輔音聲母。要將每個複輔音聲母落實到詞頭，每個複聲母下轄哪些字，應該是複聲母的字歸入哪個複聲母，都要有一個明確的交待。要像董同龢先生當年編制《上古音韵表稿》那樣，制定出上古漢語複輔音聲母字表，使字有定音，紐有定類，勾畫出明晰的而不是模糊的、系統的而不是零碎的上古複聲母面貌。

提高，是要提高複聲母研究的質量。早期有關複聲母的研究，大多是搜尋複聲母存在的證據。當一個新的學說剛產生時，爲它的生存而辨護、而吶喊，顯然是必要的。而當它紮下根之

後，我們工作的重點，應該轉向複輔音聲母的本體研究，從可能性的羅列適時地過渡到科學性的論證。也只有當複聲母學說的科學性得到充分的論證後，它的存在才會獲得學術界，包括它的懷疑者和反對者的承認。我們應該大力研究複聲母的結構類型，特別是上古複輔音聲母演變爲中古單輔音聲母的發展途徑和演化條件，檢驗語音構擬是否正確的標準，一方面是解釋性，即要能對有關詞語的所有語音行爲，包括諧聲、通假、異文、重文、音注、又讀、聲訓、聯綿詞、方音、譯音、同族詞、同源詞等做出令人信服的解釋：另一方面是合理性，即要能對構擬形式如何發展到後代的語音形式，訂立符合普通語音學原理的合理的途徑和條件。一般說來，國內學者比較注意演化的途徑，而不太重視演化條件的研究。過去講得比較多的是失落、分裂和增音。失落，即甲字脫落複聲母的A輔音，保留單輔音B，而乙字卻脫落複聲母的B輔音，保留單輔音A，從而形成甲乙二字的異常接觸。分裂，即一字即保留複聲母的A輔音，又保留複聲母的B輔音，從而形成了一字又讀。分裂實際是失落的特殊形態。增音，即在複聲母的AB二輔音間增加一個元音，從而形成聯綿詞。在《原始漢語複輔音聲母的痕迹》一文中，我從藏文二合複聲母的約縮這種演變途徑得到啟示，提出古漢語複聲母演化爲單輔音聲母的另一途徑，即複聲母AB兩個輔音互相同化，汲取二者發音部位和方法的一部分特點湊合而成新的音素，變成單輔音聲母C，從而形成ABC三者的異常接觸。這些看法多是來源於客觀的歸納，有文獻材料的支持，但由於沒有給出演變的語音條件，就很難解釋同一個複聲母，爲什麼會產生幾種不同的後代形式。海外學者比

較重視複聲母演化條件的說明，近年台灣學者也加強了這方面的
研究。這些研究成果，在本書中有不少反映，值得國內學者借
鑒，但也有不少問題，需要進一步探索。即如高本漢提出的帶l
複聲母構擬的著名的ABC三式：

A 各kl->k-：洛l->l-

B 各k->k-：洛kl(gl)->l-

C 各kl->k-：洛gl->l-

至今仍是言人人殊，有的贊成C式，有的採用A式，有的則認爲
可以不拘一格。這些，都是今後應該著重解決的問題，只有將複
聲母的結構類型和演化途徑、條件闡述清楚，我們才能說找到了
上古漢語複輔音聲母的結構規律和演變規律，從而提高了複聲母
研究的質量。

深入，是要及時回答複聲母研究中提出的新問題。漢語音韵
學所說的聲母，是不包括介音的，所謂複聲母，顧名思義，應該
是指韵母前面的輔音叢，但隨著研究的深入，複聲母的內涵已經
逐漸擴大。一方面，二等韵裡的-r-介音，現在一般和前頭的輔
音合稱複聲母。既然-r-介音屬於聲母，而三等韵的-j-介音和合
口韵的-w-介音又排斥在複聲母之外，不免自亂其例。如果按民
族語言學那樣，將-j-、-w-也算作複聲母的組成部分，在解釋漢
語上古音到中古音的演變時，又會遇到不少麻煩。另一方面，對
於前置s的複聲母，不少學者都指出，s-有構形或構詞的功能，
應該是前綴。馬伯樂在1930年首先提出上古漢語有前綴，李方
桂、包擬古、白保羅、楊福綿都討論過上古漢語的s-前綴。白保
羅進一步指出，必須將前綴s-(C)和複聲母sC-區別開來，他還爲

上古漢語構擬了一些其他前綴。有的學者還提出，上古漢語還存
在有中綴的可能。越來越多的證據說明，-r(l)-和s-有兩種，一種
是詞綴，有構詞構形的功能，一種是複聲母的構成成分，屬於詞
根，二者在語音演變上性質不同，不能同等看待。有的學者則認
爲複聲母有兩種，一種彼此聯繫緊，一種聯繫鬆。問題已經提上
了議事日程，得不到科學的解決，複聲母的研究就無法深入下
去。我認爲，一個值得考慮的可行辦法，是全盤整理諧聲材料，
凡參加諧聲的，應該是複聲母，而在諧聲行爲中不起作用的，則
應該屬於介音或詞綴，凡有證據說明有構詞或構形作用的，應該
是詞綴。這個問題的圓滿解決，有待於漢藏比較語言學的開展。

　　開拓，是說要進一步挖掘複輔音聲母研究的材料。複聲母研
究的基礎，是諧聲原則，我們利用諧聲原則，來鑒別語音行爲的
規律和例外、正常和異常，利用例外的、異常的語音材料，來構
擬複輔音聲母。諧聲原則，經歷了一個由寬鬆到嚴格的過程。高
本漢於1923年首次提出十項諧聲原則，大致得之於對諧聲材料
的粗略觀察，篳路藍縷，難免粗疏，主要是爲端、知、章和精、
莊五組之間的語音關係制定條例。陸志韋1947年（《古音說
略》）又根據自己對《說文》、《廣韵》中間聲母轉變的大勢做
了數理統計，指出各聲母間的通轉或例外，對高本漢的條例作了
修訂。李方桂1971年（《上古音研究》）又將諧聲原則簡化爲兩
條：㈠上古發音部位相同的塞音可以互諧。㈡上古的舌尖擦音或
塞擦音互諧，不跟舌尖塞音相諧。將牙音、喉音也包括在內，諧
聲條例涵蓋了所有聲紐。諧聲條例在發音部位上越來越嚴格，卻
忽視發音方法對諧聲行爲的限制，認爲發音部位相同的塞音或塞

擦音，無論清濁或者送氣不送氣，都可以自由通轉，只是對經常
接觸的語音行為的認定。所謂正常和異常、經常和偶然，只有經
驗上的感覺或者數量統計上的差異，並沒有一道絕對的界限。古
文字學的研究成果表明，漢字的歷史是從象形字經由假借字向形
聲字發展的。在假借字階段，人們主要將漢字作為記音符號使
用，大量使用假借字來記錄同音字，一個漢字可以記錄幾個不同
的詞，一個詞可以用幾個不同的漢字來記錄，漢字的字義跟它記
錄的詞的詞義沒有關係，人們是通過假借字的讀音，即通過被記
錄的語詞的物質外殼——語音，來了解詞義的。後來，為了從字
面上區別詞義，人們以假借字作聲符，加上表示義類的義符，從
而產生了形聲字。因此，諧聲和通假應該是等價的，諧聲聲母和
聲子應該是同音的。不能想像一個假借字可以記錄發音部位相
同、發音方法不同的詞而能通過它的讀音表義，這種文字是根本
無法負擔它的交際功能的，除非上古漢語裡聲母的清濁或者送氣
不送氣沒有區別音位的功能。因此，所謂諧聲原則，應該繼續嚴
格化，只有發音部位發音方法都相同即完全同音的聲母，才能互
相通轉。發音方法不同的聲母互相接觸，如同發音部位不同的聲
母的接觸一樣，都是異常現象，應該另有來源。從現在的一些證
據看，它們在中古發音方法上的差別，應該是複聲母消亡，更準
確地講，是上古各種詞綴作用的結果。例如s-前綴可以使濁音清
化、使不送氣音送氣，ʔ-前綴可以使濁音清化、使送氣音不送
氣，前置鼻音可以使清音濁化等等。複聲母消亡後，不同的前綴
使同一詞根聲母出現了清濁或送氣不送氣的變化，從中古單輔音
聲母系統觀察，就是發音部位相同發音方法不同的各個聲母的接

觸。對諧聲現象重新認識，用最嚴格的諧聲原則來鑒別各種語音行為，複聲母的研究將會開拓出一個全新的天地。

除了以上所說的四個問題外，複聲母研究中極待解決的問題還有不少。例如，對於用於複聲母研究的各種材料，學術界有不同的看法，需要對它們的性質、特點和價值重新進行分析、估價：複聲母的存在經歷了漫長的歷史，即從可目驗的殷墟甲骨文字算起到許慎編著《說文》止，即有一千八百年，其間複聲母應該有不同的發展階段，需要劃分它的歷史層次，清理它的發展脈絡；到了《切韻》音系，漢語已經是單輔音聲母系統了，這需要我們確定複聲母消亡的時代，從語言年代學的角度尋找複聲母消亡的坐標和參量，還需要分析複聲母在古代漢語各方言中不同的消亡途徑和不同的發展方向：存在過的，多半會留下痕迹，發現了痕迹，存在就更加眞實，要說服以爲漢語方言裡沒有複聲母，古代漢語就沒有複聲母的學者，需要搜尋複聲母在現代漢語方言裡的痕迹，這不僅指複聲母現代形式的直接證據，還包括同族詞在各方言裡的反映形式之間的語音對應規律；複聲母的構擬是否主觀臆測，決不能離開漢語發展客觀實際本身的鑒定，以語音爲樞紐，貫通形音義、貫通語音語義語法，其解釋性越強，其科學性越高，這需要將複聲母研究的成果，運用於解釋漢語訓詁學、古文字學、語源學、語法學和漢藏比較語言學的疑難問題：複聲母研究的許多困難問題，依靠漢語文獻或語言的內部證據，是難以解決的，需要將漢語同親屬語言進行歷史比較，外部證據同內部證據互相印證。凡此等等，都是複聲母研究今後的重要課題。

本書的兩位編者，趙秉璇是我們音韵學會的老會員，數十年

來辛勤耕耘在山西教育戰線，矻矻不休地從事上古漢語複聲母的
研究，尤致力於從山西方言中挖掘複聲母的遺迹，年來，更注意
將現代漢語方言中複輔音聲母的殘留形式，跟漢藏語系親屬語言
的複輔音聲母進行比較，研究其同源對應關係，為複輔音學說提
供了有力的證據，取得了可喜的成績。竺家寧先生在中正大學任
教授是台灣聲韻學會的中青年骨幹。據台灣學者統計，在台灣十
位近年著述最豐的音韻學家中，竺家寧先生名列榜首，其研究領
域涉及漢語的上古音、中古音和近代音，並十分注意漢語音韻學
知識的普及工作，尤以《古今韻會舉要》和上古漢語複聲母的研
究成績最為令人矚目。他在台灣文化大學中文研究所的博士論
文《古漢語複聲母研究》，是在著名音韻學家林尹和陳新雄兩位
教授的指導下寫成的，堪稱是一個多世紀以來複聲母研究的總結
性著作。本書由趙秉璇和竺家寧兩位先生合作編選，是對上古漢
語複聲母研究的一大貢獻，也是海峽兩岸音韻學工作者友好合作
的結晶。

　　本書所選的二十多篇精品，足可反映複聲母研究進程各個階
段的特點和成果。能夠閱讀這本書的讀者，應該具有相當的漢語
音韻學的基礎，明於鑒察，善於識斷，其中的得失，自會見仁見
智，無庸在此贅述。因念及此，我只將自己經歷複聲母研究主要
過程的一些感受，拉拉雜雜寫了下來，聊以報答趙秉璇先生和出
版社約我寫序的好意。我已屆耄耋之年，近年又病疴纏綿，精力
不濟，筆頭疏澀，寫的這些東西，很希望不會使他們和讀者失
望。

　　〔附記〕　余病臥醫院時，適趙君索序，乃與尉遲治平同志

商榷，表達我見，甚爲感荷，盛情難忘！

　　編者按：本文是嚴學宭先生的絕筆之作，是應《古漢語複

　　聲母論文集》責任編輯董樹人和編者之一趙秉璇共同請求

　　而撰寫的。

國立中央圖書館出版品預行編目資料

音韻探索/竺家寧著，--初版--臺北市：

臺灣學生，民84；

面；公分

ISBN 957-15-0708-3(精裝)

ISBN 957-15-0709-1(平裝)

1.中國語言-聲韻

802.4   84010396

音 韻 探 索 （全一冊）

著 作 者：竺　　　　家　　　　寧
出 版 者：臺　灣　學　生　書　局
發 行 人：丁　　　　文　　　　治
發 行 所：臺　灣　學　生　書　局
臺 北 市 和 平 東 路 一 段 一 九 八 號
郵政劃撥帳號○○○二四六六八號
電話：三六三四一五六‧三六三一○九七
傳真：（ 〇 二 ）三 六 三 六 三 三 四

本書局登
記證字號：行政院新聞局局版台業字第一一〇〇號

印 刷 所：常 新 印 刷 有 限 公 司
地址：板橋市翠華街8巷13號
電話：九 五 二 四 二 一 九

定價 精裝新臺幣三四〇元
　　　平裝新臺幣二八〇元

中 華 民 國 八 十 四 年 十 月 初 版

臺灣學生書局出版
中國語文叢刊